당신에게 좋은일이
나에게도 좋은일입니다

고즈윈은 좋은책을 읽는 독자를 섬깁니다.
당신을 닮은 좋은책 ― 고즈윈

당신에게 좋은 일이 나에게도 좋은 일입니다

강만길 | 권삼윤 | 김성동 | 김풍기 | 서중석 | 신명직
안철수 | 유영초 | 유창주 | 이윤기 | 이윤하 | 이희수
정호승 | 최　열 | 최영순 | 최재천 | 홍세화 지음 (가나다 순)

1판 1쇄 발행 | 2004. 9. 20.
1판 5쇄 발행 | 2011. 9. 22.

발행처 | 고즈윈
발행인 | 고세규
신고번호 | 제313-2004-00095호
신고일자 | 2004. 4. 21.
(121-896) 서울특별시 마포구 동교로13길 34(서교동 474-13)
전화 02)325-5676 팩시밀리 02)333-5980

값은 표지에 있습니다.
ISBN 978-89-91319-01-1

고즈윈은 항상 책을 읽는 독자의 기쁨을 생각합니다.
고즈윈은 좋은책이 독자에게 행복을 전한다고 믿습니다.

당신에게 좋은일이
나에게도 좋은일입니다

안철수 | 이윤기 | 최재천 | 홍세화 | 권삼윤 | 김성동

이희수 | 최영순 | 강만길 | 서중석 | 이윤하 | 김풍기

신명직 | 유영초 | 유창주 | 최 열 | 정호승

고즈윈
God'sWin

아침 잠을 깨우는 수다스런 새들
언제까지나 우리 곁에 있기를.
언덕에 핀 끈적끈적한 꽈리꽃
언제까지나 우리 곁에 있기를.
일찍부터 웃자란 맛이 쓴 상추
언제까지나 우리 곁에 있기를.

여름밤에 거리에서 들리는 음악소리
언제까지나 우리 곁에 있기를.
눈 속에서 해변에서 층계에서 지붕에서
들려오는 아이들의 웃음소리
막 태어난 갓난아이의 우렁찬 울음소리
언제까지나 우리 곁에 있기를.

거대한 열대 우림의 침묵
오지에 사는 사람들의 소박하고 단순한 생활
언제까지나 우리 곁에 있기를.
…

다이앤 디 프리마, 〈언제까지나 우리 곁에 있기를〉에서

우리에게는 너와 내가 따로 있지 않다

　기분이 우울할 때는 어떻게 하면 좋은지 묻는 사람에게 한 심리학자는 이렇게 충고했다고 한다. "다른 사람을 위해 무언가를 하십시오." 대개 기분이 좋지 않을 때는 자신을 위해서 무언가를 하는 것이 필요할 거라고 생각하기 쉬운데, 이 학자의 연구에 의하면 그보다 더 큰 효과를 나타내는 것은 다른 사람을 위해 무언가를 할 때였다고 한다. 다른 사람을 위해 무언가를 함으로써, 자신에 대한 생각에서 벗어나 외부로 신경을 돌릴 수 있게 되고, 그 일을 함으로써 결과적으로 자신에 대한 만족감이 커지면서 기분이 좋아진다는 것이다. 다른 사람을 도와줌으로써 오히려 자신이 도움을 받는 역설적인 상황이 생겨나는 것이다.

　미국 스탠포드대의 연구에 따르면 자신의 몸만을 생각하며 사는 암환자의 평균 수명은 19개월인 반면에, 봉사 생활을 하는 같은 환자의 평균 수명은 37개월로 거의 두 배를 더 살거나 건강을 되찾게 되었다고 한다. 남을 도우면 삶의 보람을 느끼게 되고 이때 체내의 면역성도 증가되면서 몸이 건강해진다고 한다.

이처럼 베푸는 일은 베풂을 받는 사람뿐만 아니라, 베푸는 사람에게까지 베풂이 돌아오도록 한다. 브루스 바턴(Bruce Barton)의 다음 글은 나눔과 조화의 의미를 잘 담고 있는 것 같다.

팔레스타인에는 두 개의 바다가 있다.

하나는 맑고 깨끗해서 물고기들이 살고 있다. 초록색 물보라가 방파제를 수놓는다. 나무들은 그 위에 가지를 드리우고 있고, 목마른 뿌리를 뻗어 갈증을 풀어 줄 물을 빨아들인다. …산 위에서 떨어져 내려오는 요단강은 이 바다에 빛을 더한다. 바다가 햇빛 아래 밝게 웃는다. 인간은 그 옆에 집을 짓고 새들은 둥지를 튼다. 바다가 있어, 갖가지 생명은 더 행복하다.

요단강이 남쪽을 달리다 보면 다른 바다를 만난다. 여기에는 물고기가 일으키는 물보라도, 펄럭이는 나뭇잎도, 새들의 노래도, 아이들의 웃음소리도 없다. 여행객들도 급한 용무가 아니고서는 이곳을 지나가지 않는다. 공기만이 물 위를 무겁게 짓누르고 있고 인간도, 동물도, 새들도 그 물을 마시지 않는다.

서로 가까이에 있는 이 두 바다의 차이는 무엇인가? 요단강은 아니다. 요단강은 똑같이 좋은 물을 똑같이 비워 낸다. 바닷가의 토양 때문도 아니고, 그 토양이 만들어진 곳 때문도 아니다.

다른 것은 바로 이것이다. 갈릴리해는 요단강을 받아들이지만 그것을 가두어 두지 않는다. 한 방울이 흘러들어 오면 한 방울을 흘려보낸다. 주는 것과 받는 것이 똑같이 이루어지는 것이다. 심술궂은 다른 바다는 강물이 욕심이 나서 내놓지를 않는다. 한 방울이 들어오면 바다는 그것을 모두 가져 버린다.

갈릴리해는 내주고, 살아 있다. 그러나 또 다른 이 바다는 아무것도 내주지 않는다. 이 바다에는 죽은 바다, '죽음의 바다', 사해(死海)라는 이름이 붙여졌다.

세상에는 두 종류의 사람이 있다. 팔레스타인에는 두 종류의 바다가 있다.

언제부터인가 우리 사회에는 '집단 이기주의'라는 말이 등장하였다. 사회를 구성하는 다양한 이해집단들 간에 이견이 생기는 것은 자연스러운 일이며, 이러한 이견을 서로의 대화나 제삼자의 조정을 통해서 합의를 이끌어내는 것이 건강한 사회의 모습일 것이다. 그러나 지금 우리는 서로 한 발짝도 물러서지 않고 끝없는 평행선을 달리기만 하는 일이 비일비재하며, 누구에게도 도움이 되지 못한 채 귀중한 에너지를 소진하기도 한다.

　이처럼 공존을 위한 사회적인 합의가 잘 이루어지지 않는 것은 서로간의 신뢰 부족이 가장 큰 원인이라고 생각한다. 끊임없이 배신을 당해 온 역사 속에서, 질투심과 경쟁심이 극심한 사회 환경 속에서, 그리고 투명성을 보장하는 시스템이 갖춰지지 않은 상황 아래서, 수평적인 관계의 집단들뿐만 아니라 수직적인 관계나 제삼자까지도 믿지 못하는 현실이 된 것이다. 이러한 역사적, 사회적, 제도적인 환경에서는 타인에 대한 배려는 자신만 손해 보는 일이라는 생각이 만연할 수밖에 없는 것이다.

전반적인 커뮤니케이션 능력의 부족은 이러한 상황을 악화시키는 데 일조한다. 학교 교육이 사회 구성원으로서의 소양을 함양하기보다는 개인 경쟁력 강화에 초점이 맞추어지고, 서로간의 협력과 역할 분담보다는 경쟁에 집중하다 보니 여러 가지 문제점이 노출되고 있다. 커뮤니케이션 능력이란 말을 잘하거나 자신의 의견을 정확하게 전달하는 능력만을 뜻하지는 않는다. 상대방의 이야기를 경청하고 그 의도를 정확하게 파악하는 것이 커뮤니케이션 능력의 절반 이상을 차지한다고 해도 과언이 아니다.

그러나 자신이 하고 싶은 말만 하고, 듣고 싶은 말만 듣는 사람들이 의외로 많다. 상대방 이야기의 전체 맥락을 이해하려고 노력하기보다는, 듣고 싶은 부분만 듣고 자신의 생각에 맞는 부분만 받아들이는 것이다. 이러한 사람들 간에는 대화를 하면 할수록 오히려 오해가 커지고 불신이 깊어지는 것은 너무나도 당연한 일이다.

상대방의 의견을 존중하지 않고 자신의 시각이나 그릇의 크기로만 판단하는 것도 커뮤니케이션 능력 부족의 한몫을 담당한다. 한 사람이 살아오면서 축적한 경험, 지식, 사색의 깊이와 폭은 한계가 있게 마련이며 사람마다 다를 수밖에 없는데, 자신의 판단이 틀릴 수도 있다는 생각을 하지 못하고, 서로간의 상식에는 차이가 있을 수 있다는 점을 인정하지 못하는 것이다.

우리들은 혹시 '상식' 또는 '커먼 센스' 라는 말 자체가 가지는 함정에 빠져 있는 것은 아닐까. 복잡한 현대 사회에서는 한 분야의 사람이 다른 분야에서 상식으로 통용되는 생각이나 지식을 이해하지 못하는 경우가 많다. 그러함에도 자기에게는 상식적인 것을 다른 사람이 이해하지 못한다고 해서 무조건 그 의도를 의심하거나 상식이 없는 사람으로 폄하하는 것은 대화의 단절을 가져올 수밖에 없다.

대화나 토론 과정에서 감정과 논리를 구분하지 못하고 자존심과 자신의 의견을 혼동하는 것도 상황을 더욱 어렵게 만든다. 최근에 외국인이 본 한국인의 모습에 대한 기사를 본 적이 있다. 어느 미국인이 말하기를, 그들은 자신의 의견을 말한 다음에도 자신이 몰랐던 새로운 사실을 알게 되거나 다른 사람이 더 좋은 설득 논리를 가지고 있으면 이에 수긍하는 태도를 가지는 반면에, 한국인들은 자기 의견을 공개적으로 이야기하기 전까지는 매우 유연한 태도를 보이다가도 일단 공개적으로 입장 표명을 한 다음에는 어떠한 경우에도 그 입장을 고수하는 특성이 있다고 한다. 이 말이 전적으로 옳은 것은 아닐지라도, 우리나라에서 토론과 협상이 잘 되지 않는 이유 중 일부분은 여기에서 찾을 수 있을 것이다.

그러나 이러한 상태가 지속되는 것은 누구에게도 도움이 되지 않는다. 투명성을 높이는 사회 시스템의 구축, 교육 제도의 개편, 문제점에 대한 공감대 형성과 함께, 모두가 나만이 아닌 상대를 생각하는 마음을 갖추려는 노력이 절실하다.

기업도 마찬가지다. 이제는 환경·윤리·투명 경영 등 지속가능 경영을 실천할 때만이 생존할 수 있는 시대가 되고 있다. GE·포드·소니 등 세계적인 선진 기업들은 이미 환경 분야를 뛰어넘어 사회의 빈부 격차 해소와 경제 활동의 투명성 제고 등을 아우르는 복합적인 지속가능경영(CSM)을 실현하고 있다. 고용과 이윤 창출만으로는 더 이상 21세기 생존의 충분조건이 되지 않는 시대가 되어가고 있는 것이다.

　얼마 전 유럽 최대의 전자업체인 필립스는 전 세계 납품 및 협력업체들에게 공통적으로 적용되는 '지속가능원칙'을 마련하고, 이 기준에 미달할 경우 거래를 중단한다고 발표했다. 이 선언에는 아동 노동력 착취 금지와 같은 노동 조건과, 환경 등의 분야에서 지켜야 할 원칙이 들어 있으며, 성·인종·종교 등에 의한 일체의 차별을 금지하는 인권 조항과 에너지 절감 노력 등이 포함되어 있다고 한다. 그리고 이를 지키지 않는 업체는 더 이상 필립스와 거래할 수 없다는 것이다.

　물론 이처럼 지속가능경영을 실천함으로써 얻고자 하는 궁극적인 결과는 기업의 경쟁력 강화이다. 모든 경영 과정에서 사회적 규범과 기준을 준수하고, 윤리 경영·환경 경영의 도덕적인 가치를 경쟁력으로 승화시켜 기업의 미래 가치를 지속적으로 높여 나가려는 전략인 셈이다. 이처럼 자유 경쟁과 공정 거래, 투명성, 신뢰성 등이 원칙으로 자리잡을 때 기업의 가치 창출 능력은 극대화될 수 있다고 믿는다. 또 경영자와 직원, 주주, 소비자 등 다양한 이해관계자의 알 권리가 존중될 때 서로의 파트너십이 강화되어 궁극적으로 기업의 성과가 올라갈 수 있다고 생각한다.

그리고 무엇보다 앞서 기업의 지속가능 여부를 결정하는 것은 그 물건을 살 수 있는 개인과 개인의 경제적 여유와 시장이 존재하는가 하는 점이다. 어느 한곳으로 모든 부와 정보가 집중되어서는 결과적으로 모두 존재할 수 없게 되어 버리는 '공존과 상생'의 진리가 여기에도 엄연히 존재하는 것이다. 누군가가 불편하면 결국 나도 불편한 것이 되고, 누군가가 행복하면 나도 행복할 가능성이 높아가는 이러한 진리 앞에서 우리는 무엇에 집중해야 하는가를 다시 한번 깨닫게 된다.

여기 다양한 분야의 분들이 모여 아름다운 글과 높은 안목으로 공존과 조화, 상생의 의미를 밝혀 주고 있다. 문명과 고전에서, 생명과 공간에서, 나눔과 역사에서, 숲과 풀에서 이 평범하고도 귀한 진리를 다시 한번 되새겨 주고 있다. 문명비평가와 문학작가부터 역사가와 만화가, 그리고 교수와 저널리스트까지 여러 분들이 이 하나를 위해 조화롭게 이 책에 모였다.

"풀님에게 기도합니다. 당신을 밟고 지나가게 해 주십시오. 내가 지나갈 때 당신이 고개를 숙여야 할지라도 내가 죽으면 나 역시 당신의 자매가 될 것입니다."

아메리카 원주민의 이 기도처럼 우리 모두는 우주 속에서 서로 닮은 존재다. 우리에게는 너와 내가 따로 없고, 오늘을 위해 내일을 희생할 수 없음을 함께 느껴 보면 좋겠다.

2004년 9월

안철수(안철수연구소 대표)

차례

2부 生 살아감을 모색하다

1부  더불어 · 함께

· · ·

자연은 언뜻 생각하기에 모든 것이 경쟁으로만 이루어져 있는 것 같지만 사실 그

속에 사는 생물들은 무수히 많은 다른 방법으로 제가끔 자기 자리를 찾았다. 어

떤 생물들은 반드시 남을 잡아먹어야만 살 수 있는 것들이 있는가 하면(포식), 모

기처럼 남에게 빌붙어 조금씩 빼앗아 먹어야 하는 것들도 있다(기생). 경쟁 관계

에 있는 두 생물이 서로에게 동시에 얼마간의 피해를 주는 반면 포식과 기생을

하는 생물은 남에게 피해를 줘야만 자기가 이득을 얻는다.

하지만 자연은 이렇게 꼭 남을 해쳐야만 살아갈 수 있는 곳은 아니게 진화했다.

상당히 많은 생물들이 서로 도움으로 해서 그 주변에서 아직 협동의 아름다움과

힘을 깨닫지 못한 다른 생물들보다 오히려 훨씬 더 잘살게 된 경우들도 허다하다.

1 어우르는 자들이 살아남는다

최재천

서울대 동물학과를 졸업하고 하버드대에서 박사학위를 한 후 미시건대 조교수를 역임했다. 현재는 서울대 생명과학부에 재직하며 인간을 비롯한 여러 동물들의 성과 사회성의 생태와 진화, 그리고 동물의 인지능력과 인간 두뇌의 진화에 대해 연구하고 있다. 저서로 《The Evolution of Social Behavior in Insects and Arachnids》《The Evolution of Mating Systems in Insects and Arachnids》《개미제국의 발견》《생명이 있는 것은 다 아름답다》《알이 닭을 낳는다》《여성시대에는 남자도 화장을 한다》《열대예찬》《살인의 진화심리학》《과학 종교 윤리의 대화》《과학, 그 위대한 호기심》 등이 있고, 역서로 《인간은 왜 병에 걸리는가》《인간의 그늘에서》 등이 있다. 미국곤충학회 '젊은 과학자상', '제1회 대한민국과학문화상', '제8회 국제환경상', '2004년 올해의 여성운동상' 등을 수상했다.

　기원전 1세기 로마의 시인 버질(Virgil)은 "더불어 비겁함이 우리
를 평화롭게 한다"고 했다. 힘의 우위가 뚜렷한 사회도 겉으로 보기
에는 평화로워 보인다. 하지만 그 속에는 언제든지 틈만 보이면 뚫
고 나가려는 분노의 용암이 들끓고 있다. 서로 상대를 적당히 두려
워하는 상태가 서로에게 예의를 갖추며 평화를 유지할 수 있게 만든
다. 우리 인간은 무슨 까닭인지 자꾸만 이 같은 힘의 균형을 깨고 홀
로 원하는 것을 거머쥐려는 속내를 내보인다. 그러나 내가 그 동안
관찰해 온 자연은 그렇지 않은 것 같다. 우리가 자연으로부터 배울
게 있다면, 나는 이 약간의 비겁함을 제일 먼저 배워야 한다고 생각
한다.

　흥미롭게도 얼마 전부터 부쩍 '상생(相生)'이란 말이 세상에 많이
돌아다닌다. 일간신문의 정치나 경제면에도 이 말이 등장한다. 왜
갑자기 상생인가. 생태학에서는 이미 오래 전부터 서로 돕고 사는
생물들의 관계를 '공생(共生)'이라는 용어로 표현해 왔다. 우리 주변
에서 요즘 많이 쓰고 있는 상생의 개념은 바로 이 공생의 개념과 다

르지 않은 것 같다. 다만 누군가가 '공생' 대신 '상생'을 처음 쓰기 시작한 뒤 따라 하고 있는 건 아닐까.

공생이란 단어가 있고 그 개념도 뚜렷한데 왜 갑자기 상생이란 말이 나왔는가 궁금하여 그 정확한 뜻을 찾아보았다. 그리 어렵지 않게 상생이란 본래 '상극(相剋)'의 반대 개념으로 금(金)에서는 물(水)이, 물에서는 나무(木)가, 나무에서는 불(火)이, 불에서는 흙(土)이, 흙에서는 금이 나는 오행(五行)의 운행을 설명하는 말이라는 것을 알게 되었다. 물론 넓게 보면 서로 통하는 개념일 수도 있겠지만, 공생 즉 서로 돕고 산다는 뜻과는 약간 거리가 있는 듯싶다. 그래서 나는 얼마 전부터 순 우리말로 '어우름'이란 단어를 사용하고 있다.

사람들은 '자연' 하면 흔히 약육강식 또는 적자생존 등의 표현을 떠올린다. 생명 현상에 대해 가장 포괄적이고 합리적인 설명을 제공한 다윈의 진화론에서 나온 개념들이라고 알려져 있다. 먹고 먹히는 것이 자연의 섭리이고 보면 남보다 월등해야 살아남을 수 있는 곳이 이 세상이라는 걸 부인할 수는 없지만, 다윈은 사실 이런 표현들을 그리 즐겨 사용하지 않았다는 사실에 주목할 필요가 있다. 이들은 모두 다윈의 이론을 세상에 널리 전파하기 위해 그의 '성전'을 끼고 세상으로 뛰쳐나간 그의 '전도사'들이 만들어 낸 용어들이다. 다윈의 이론에 이 같은 개념들이 중요한 부분을 차지하는 것은 사실이나, 그것이 전부가 아니었기에 다윈 자신은 그런 용어들을 자주 사용하지 않은 것이다.

자연의 모습을 가장 가까운 곳에서 관찰하는 생태학자들조차도 얼마 전까지는 이런 다윈의 깊은 뜻을 이해하지 못했다. 자연계의 모든 것이 경쟁에 의해 결정된다고 믿었다. 다른 종과의 경쟁에서 이긴 종들만이 오늘날 이 지구에 살아남은 것으로 이해했다. 실제로 1980년대 초반 미국에서 나온 한 통계에 의하면 그 당시까지 생태학자들은 대개 생물들의 경쟁 관계에 대하여 연구하고 있었다. 특히 남성 생태학자들에게 그런 경향이 더욱 두드러졌는데, 거의 95퍼센트 이상이 자연계의 치열한 경쟁을 연구 주제로 삼고 있었다. 그런가 하면 여성 생태학자들은 거의 절반 가까이가 이미 공생에 관한 연구를 하고 있었다.

그러나 20여 년이 지난 오늘날 생태학 연구의 추세는 엄청나게 달라졌다. 자연계의 생물들에게 경쟁은 피할 수 없는 현실이지만, 무조건 남을 제거하는 것만이 경쟁에서 이기는 방법이 아니라는 것을 발견했다. 그리고 나서 자연계를 둘러보니 무모한 전면 경쟁을 통해 살아남은 생물들보다 일찍이 남과 더불어 사는 지혜를 터득한 생물들이 우리 곁에 훨씬 더 많다는 사실을 깨닫게 되었다. 남성 생태학자들에게는 또 하나의 깨달음이 더 있었다. 여성 생태학자들의 선견지명에 아낌없는 찬사를 보냄과 동시에 고개를 숙여야 했다.

이 지구 생태계에서 생물 중량 면에서 제일 으뜸은 단연 식물들이다. 그것도 꽃을 피우는 식물 즉 현화식물들이다. 이 세상의 동물들을 다 한데 모아도 식물의 무게에 비할 바가 아니다. 그렇다면 이 지

한곳에 뿌리를 내려, 스스로 움직여 다닐 수 없는 식물을 위해 곤충은 대신 꽃가루를 날라 주고 그 대가로 식물로부터 꿀을 얻는다. 이 지구 생태계에서 수와 무게로 가장 막강한 두 생물 집단들이 서로 물고 뜯는 경쟁이 아니라 함께 손을 잡아 성공했다는 사실은 우리네 삶에도 엄청난 함의를 갖는다.

구 생태계에서 숫자로 가장 성공한 생물 집단은 누구인가? 바로 곤충들이다. 한곳에 뿌리를 내려, 스스로 움직여 다닐 수 없는 식물을 위해 곤충은 대신 꽃가루를 날라 주고 그 대가로 식물로부터 꿀을 얻는다. 이 지구 생태계에서 수와 무게로 가장 막강한 두 생물 집단들이 서로 물고 뜯는 경쟁이 아니라 함께 손을 잡아 성공했다는 사실은 우리네 삶에도 엄청난 함의를 갖는다. 무차별적 경쟁보다 공생이 더 큰 힘을 발휘한다는 결정적인 증거다.

호모 사피엔스에서 호모 심비우스로

그 누구도 과학이 우리 인간의 삶을 기대 이상으로 풍요롭게 해주었다는 사실을 부인할 수는 없을 것이다. 현대 사회의 중산층이 누리는 삶의 수준이 과거의 왕족의 수준을 훨씬 능가한다. 하지만 과학 발전이 너무나 자주 우리를 두렵게 만드는 것도 역시 부인할 수 없다. 인간의 역사를 돌이켜볼 때 새롭게 발견된 과학 지식이 당대의 가치관을 위협했던 일은 얼마든지 있었다. 예를 들어, 코페르니쿠스, 뷜러, 다윈, 그리고 아인슈타인의 발견은 모두 우리의 관점에 엄청난 변화를 요구했다. 생명과학은 현재 가공할 속도로 발달하며 우리 인류에게 일찍이 겪어 보지 못한 큰 도전을 던져 주고 있다. 인간의 정체성 자체가 그 근본부터 도전 받고 있다.

자본주의적 제국주의에 의한 무차별적 세계화와 그에 따른 국가 간 빈부 격차는 끝내 자살 테러로 폭발하고 있다. 자본주의 자체가 문제가 되는 것은 아니다. 자본주의적 행동은 어쩌면 인간의 자연스런 행동인지도 모른다. 개미와 벌과 같은 사회성 곤충들도 부를 축적한다. 그들의 사회 정치 체제는 적어도 우리가 알고 있는 의미의 민주주의는 아니라는 데 차이가 있을 뿐이다. 그들은 다분히 전체주의적인 체제를 갖고 있다. 표면적으로는 여왕개미 혹은 여왕벌이 사회의 중심이며 모든 사회 경제적인 활동의 유일한 수혜자처럼 보인다. 그러나 좀더 면밀히 들여다보면 그들의 부는 그 사회 구성원 전부 또는 적어도 절대 다수에게 고르게 분배된다. 우리도 지금 우리가 채택하고 있는 것보다 더 포괄적인 경제 체제를 구축할 필요가 있다.

우리는 또한 우리 자신의 생존마저 위협하는 전례 없는 환경 위기를 맞고 있다. 그렇다고 해서 우리가 다른 어느 누구를 원망할 수도 없다. 대부분의 죄악은 우리 스스로 저지른 것이기 때문이다. 나는 우리 인간이 반드시 멸종할 것이라는 사실을 추호도 의심하지 않는다. 종말론을 앞세워 신도나 끌어 모으려는 사이비 종교의 교조를 흉내내려는 것은 아니다. 다만 이 지구에 한 번이라도 존재했다가 사라진 생물이 전체의 90 내지 99퍼센트에 달한다는 고생물학자들의 통계에 비춰 냉정한 결론을 내릴 뿐이다. 우리라고 무슨 뾰족한 수가 있어 영생할 수 있겠는가? 현생인류가 지구에 등장한 것은 지금으로부터 대략 15~25만 년 전으로 추정한다. 겨우 100년도 살지 못하는 우리에게는 분명 긴 시간이다. 그러나 지구의 나이인 46억 년에 비하면 그야말로 눈 깜짝 할 시간에 지나지 않는다. 우리 인간이 지금까지 살아온 만큼 살 수 있을까? 나는 결코 자신할 수 있는 문제가 아니라고 생각한다. 우리는 아마 순간에 태어나 순간에 사라진 동물로 기록되고 말 것이다. 나는 우리가 사라지고 난 후 이 지구를 호령할 또 다른 지성적인 동물들이 우리를 가리켜 '짧고 굵게 살

현생인류가 지구에 등장한 것은 지금으로부터 대략 15~25만 년 전으로 추정한다. 겨우 100년도 살지 못하는 우리에게는 분명 긴 시간이다. 그러나 지구의 나이인 46억 년에 비하면 그야말로 눈 깜짝 할 시간에 지나지 않는다. 우리 인간이 지금까지 살아온 만큼 살 수 있을까?

다 간 동물'이라고 부를 것 같다는 생각이 든다. 그리고 무척이나 스스로 갈 길을 재촉한 '어리석은' 동물이었다고.

몇 년 전 워커힐 미술관이 아트센터 나비라는 이름으로 거듭나며 색다른 기획전을 준비하고 있었는데 참으로 뜻밖에도 자연과학자인 나에게 주제를 구상하는 영광이 주어졌다. 못 이기는 척 승낙하곤 곧바로 사이버공간 속에 새롭게 창조할 예술의 세계에 대한 꿈을 꾸기 시작했다. 그리 어렵지 않게 내 가슴을 달구며 떠오른 주제는 바로 '니취(niche)'였다. 니취란 원래 작은 조각품이나 꽃병을 올려놓기 위해 벽면을 오목하게 파서 만든 장식 공간을 칭하는 말이었는데 생태학에서는 한 생물이 환경 속에서 갖는 역할, 기능 또는 위치 및 지위를 의미한다. 구태여 공간의 개념으로 설명하자면 환경에서 생물이 차지하고 있는 다차원 공간을 뜻한다. 생물은 누구나 환경 속에서 자기만의 독특한 공간, 즉 역할이나 지위를 차지하고 있다는 개념이다.

니취의 개념은 원래 경쟁을 설명하기 위해 만들어졌다. 정확하게 동일한 또는 너무 비슷한 니취를 지닌 두 생물은 절대로 공존할 수 없다는 것이 기본적인 생태계 구성 이론이다. 이른바 '경쟁적 배제 원리'에 따르면 두 생물이 환경에서 추구하는 바가 너무 지나치게 겹치면 함께 살 수 없고 반드시 한 종이 다른 종을 밀어내게 된다. 그래서 지구의 생물들은 그 오랜 진화의 역사를 통해 서로간의 유사성을 줄여 공존할 수 있도록 변화해 왔다. 그 결과가 오늘날 우리 앞

최재천
어우르는 자들이 살아남는다

에 파노라마처럼 펼쳐져 있는 이 엄청난 생물 다양성이다.

자연은 언뜻 생각하기에 모든 것이 경쟁으로만 이루어져 있는 것 같지만 사실 그 속에 사는 생물들은 무수히 많은 다른 방법으로 제 가끔 자기 자리를 찾았다. 어떤 생물들은 반드시 남을 잡아먹어야만 살 수 있는 것들이 있는가 하면(포식), 모기처럼 남에게 빌붙어 조금씩 빼앗아 먹어야 하는 것들도 있다(기생). 경쟁 관계에 있는 두 생물이 서로에게 동시에 얼마간의 피해를 주는 반면 포식과 기생을 하는 생물은 남에게 피해를 줘야만 자기가 이득을 얻는다.

하지만 자연은 이렇게 꼭 남을 해쳐야만 살아갈 수 있는 곳은 아니게 진화했다. 상당히 많은 생물들이 서로 도움으로 해서 그 주변에서 아직 협동의 아름다움과 힘을 깨닫지 못한 다른 생물들보다 오히려 훨씬 더 잘살게 된 경우들도 허다하다. 이걸 우리는 공생 또는 상리공생이라 부른다. 예를 들면 개미와 진딧물, 벌과 꽃(현화식물), 과일(씨를 포장하고 있는 당분)과 과일을 먹고 먼 곳에 가서 배설해 주는 동물 등등 너무나 다양하다. 그래서 생태학자들도 예전에는 늘 경쟁 즉 '눈에는 눈' 또는 '이에는 이' 식의 미움, 질시, 권모 등이 우리 삶을 지배하는 줄로만 알았지만 이젠 자연도 사랑, 희생, 화해, 평화 등을 품고 있다는 사실을 인식한다. 모두가 팽팽하게 경쟁만 하며 종종 서로 손해를 보며 사는 사회에서 서로 도우며 함께 잘 사는 방법을 터득한 생물들도 뜻밖에 많다는 것을 발견하게 되었다. 경쟁 관계에 있는 생물들이 기껏해야 제로섬 게임을 하는 데 비해 어

당신에게 좋은 일이
나에게도 좋은 일입니다

모두가 팽팽하게 경쟁만 하며 종종 서로 손해를 보며 사는 사회에서 서로 도우며 함께 잘사는 방법을 터득한 생물들도 뜻밖에 많다는 것을 발견하게 되었다. 경쟁 관계에 있는 생물들이 기껏해야 제로섬 게임을 하는 데 비해 어우름을 실천하는 생물들은 그 한계를 넘어 더 큰 발전을 할 수 있다.

우름을 실천하는 생물들은 그 한계를 넘어 더 큰 발전을 할 수 있다.

상리공생이 아니더라도 상대에게는 이렇다 할 피해를 주지 않으며 함께 있어 이득을 얻는 경우도 있다. 이를 편리공생이라 부르는데 말미잘과 숨이고기의 관계가 그 한 예다. 말미잘은 숨이고기가 있으나 없으나 별 상관이 없지만 숨이고기는 말미잘의 독성이 있는 촉수 숲에 숨어 보호를 받는다. 또 들판을 거니는 소나 말들 옆에는 백로들이 종종 따라다니는데 그들은 소나 말들이 걸어가며 툭툭 차는 발길에 튀어오르는 곤충들을 잡아먹고 산다. 인간 못지않게 풍요로운 사회를 구성하고 사는 개미나 벌 사회에는 약간은 비정상적인 방법으로 사기를 치며 빌붙어 먹는 동물들이 적지 않다. 개미나 벌은 물론 인간 사회에 들어와 엉거주춤 함께 사는 그 많은 동물들, 또 심지어는 병원균 등도 인간이 그들을 포용할 수 있는 여유가 있기 때문에 존재한다.

인류 역사의 일대 전환점이라고 해도 지나침이 없을 이 시점에 나는 21세기 새로운 인간상으로 '호모 심비우스(*Homo symbious*, 공생인)'를 제안한다. 우리는 우리 자신을 '호모 사피엔스(*Homo sapiens*)'라고 추켜세운다. '현명한 인류'라고 말이다. 나는 우리가 두뇌 회전이 빠른, 대단히 똑똑한 동물이라는 점에는 동의하지만 결코 현명하다는 데에는 동의할 수 없다. 우리가 진정 현명한 인류라면 스스로 자기 집을 불태우는 우는 범하지 말아야 한다. 우리가 이 지구에 더 오래 살아남고 싶다면 나는 우리가 호모 심비우스로 겸허하게 거듭나야 한다고 생각한다. 호모 심비우스는 동료 인간들은 물론 다른 생물종들과도 밀접한 관계를 유지한다. 호모 심비우스의 개념은 환경적이기도 하지만 사회적이기도 하다. 호모 심비우스는 다른 생물들과 공존하기를 열망하는 한편 지구촌 모든 사람들과 함께 평화롭게 살기를 원한다.

호모 심비우스의 생물학적 기본은 생태학과 진화생물학에 있지만, 그 개념은 동양과 서양의 고대 철학 모두에 깊은 뿌리를 내리고 있다. 아리스토텔레스는 일찍이 우리 인간을 '사회적 동물'이라 일컬었다. 논어(論語)는 '화이부동(和而不同)' 즉 '남과 사이좋게 지내지만 무턱대고 한데 어울리지는 아니한다'는 정신을 얘기한다. 공자가 말하기를, "군자는 화이부동 하지만, 소인은 정반대로 한다"했다. 이런 점에서 볼 때 현재 미국 정부는 결코 군자가 아닌 것 같다. 그런가 하면, 지난 한일월드컵을 공동 주최한 한국과 일본은 화이부동의 정신을 실천했다고 볼 수 있다. 지구촌 이쪽의 동양이 훨씬 더 호모 심비우스에 가까운 것 같다.

개미로부터 배우는 어우름의 생태학

우리 사회는 요즘 이른바 '님비(NIMBY)' 현상이라 부르는 집단이기주의로 인해 절룩거리고 있다. 님비는 종종 치졸하고 적나라하게

최재천
어우르는 자들이 살아남는다

나타난다. 쓰레기 소각장이나 화장장은 절대 우리 동네에 들일 수 없다며 사생결단을 낼 듯하던 주민들이 양담배 공장은 맨발로 뛰어 나와 반긴다. 이미 죽은 이들의 영혼을 달래는 일은 절대로 안 되고 살아 있는 자들을 죽이는 일은 너도 나도 서로 하려는 것 같아 보기에 씁쓸하다. 나는 우리나라에 어느새 환경운동연합이나 녹색연합과 같이 힘 있는 시민 단체들이 생겨났다는 게 참으로 자랑스럽다. 그러나 이제 시민 운동도 성숙해져야 한다. 반대를 위한 반대만을 고집할 순 없다. 과학적인 근거가 뒷받침되지 않는 구호는 설득력이 없다. 구호성 운동도 때론 필요하겠지만 이젠 기초 생태연구에 힘을 기울일 때가 왔다. 기업도 이에 적극적으로 동참해야 한다.

어느덧 생태학은 우리 시대에 가장 중요한 분야로 떠올랐다. 내가 1970년대 말 미국으로 유학을 떠날 때만 해도 무엇 때문에 그런 공부를 하러 먼 미국까지 가느냐고 말리는 사람들이 많았다. 물리학이나 분자생물학과 같은 이른바 '첨단' 냄새가 나는 학문을 한다면 모를까 산으로 들로 쏘다니는 공부가 무슨 쓸모가 있겠는가 의심스러웠던 것이다. 하지만 세상이 많이 변해 나 같은 사람도 필요하게 되었다.

지난 몇 년 동안 생태학에 관한 일반인들의 이해를 높이기 위해 TV에서 강의도 하고 신문에 칼럼도 쓰고 했더니 크고 작은 환경 문제가 터질 때마다 내 연구실 전화는 불이 난다. 어떤 때에는 예고도 없이 카메라를 들고 내 연구실로 쳐들어오기도 한다. 그러나 대부분

당신에게 좋은 일이
나에게도 좋은 일입니다

의 경우 나는 그들을 실망시키고 만다. 생태 문제는 워낙 복합적이라서 한마디로 원인을 판정하기 어렵다. 이른바 '방송용'으로라도 간단명료한 진단과 처방을 원하는 그들에게 나는 번번이 "제게 연구비를 충분히 주시고 한 십 년 기다려 주시면 답을 드리도록 노력하겠습니다"라는 말 이상 더 하지 못한다.

오늘날 우리가 처한 온갖 환경 문제들을 해결하기 위하여 생태학과 같은 기초 연구가 필요하다는 것은 이제 누구나 수긍하는 것 같다. 그러나 왜 필요한지, 그리고 기초 연구를 하고 나면 어떤 좋은 점들이 있는지에 대해서는 이렇다 할 확신이 없어 보인다. 기초 생태 연구가 실제로 경제적일 수 있다는 좋은 예가 하나 있어 소개하고자 한다. 자연계 생물들 간의 공생을 이해하여 우리 스스로 자연은 물론 우리들 사이의 공생도 어렵지 않게 이끌어 낼 수 있음을 보여 주는 좋은 예다.

몇 년 전 한국동물학회는 저명한 영국의 개미학자를 기조 연설자로 초청했다. 그는 우선 영국 나비동호인협회에 감사한다는 말로 강연을 시작했다. 영국에는 나비를 사랑하는 이들이 워낙 많아 제 아무리 난다 긴다 하는 정치인이라도 그들이 조직한 동호인협회에 와서 절을 하지 않으면 표를 모을 수 없다고 한다. 나비동호인협회의 도움으로 당선된 의원들이 나비를 보호하는 법안에 찬성표를 던질 것은 너무도 당연한 일이리라.

그렇게 해서 절멸 위기에 놓인 부전나비 한 종을 보호하기 위해 적지 않은 예산이 책정되었다. 많은 환경 보호 운동들이 그렇듯이 그들도 그 부전나비의 서식지를 몽땅 사들인 후 말뚝을 뺑 둘러 박고는 자축의 술잔을 높이 치켜들었다. 그러나 그들의 기대와는 달리 부전나비의 수는 오히려 더 빨리 줄어들었다. 그래서 뒤늦게나마 부전나비의 생태를 연구하기로 했다. 부전나비가 개미와 공생한다는 사실을 알고 그 개미학자에게 연구비가 주어졌다. 부전나비의 애벌레는 개미가 개미굴로 데리고 들어가 키워 줘야만 나비가 될 수 있다.

연구 결과는 의외로 간단했다. 부전나비의 서식지에는 두 종의 개미들이 함께 살고 있었는데 부전나비를 데려다 키워 주는 개미는 실내 온도가 좀 높게 유지돼야 발육도 잘 되고 사회가 제대로 성장하는 반면 다른 종은 좀 서늘한 실내 온도를 선호한다. 그런데 부전나비를 보호한답시고 아무도 들어오지 못하게 하니 풀이 너무 자라 개미굴로 햇볕이 잘 들지 않아 부전나비의 의붓부모 노릇을 하는 개미들은 상대적으로 잘 자라지 못한다는 사실이 관찰되었다. 처방 역시 간단했다. 부전나비 보호 구역에 동네 사람들이 기르는 소나 말들을 풀어놓을 수 있도록 허락했더니 풀이 짧아지며 개미굴의 온도도 상승하기 시작했다. 나비와 개미는 물론 주민들까지 함께 승리하는 그야말로 환경친화적이며 생산적인 해결책을 찾아낸 것이다.

나 역시 이 같은 공생의 미를 찾기 위해 늘 자연을 들여다본다. 나는 지금 대학원생들과 함께 개미, 말벌, 병정진딧물, 갑옷바퀴, 거위벌레 등의 곤충들과 거미를 비롯하여 흰발농게, 개구리, 민물고기,

개미는 우리와 딴판인 진화의 길을 걸어왔지만 신기할 정도로 비슷한 삶의 지혜를 터득하며 우리와 함께 이 지구에서 가장 성공적인 동물이 되었다. 개미는 우리처럼 농사를 짓고, 가축을 기르며, 노예를 부리고, 대규모 전쟁을 일으키기도 하며 고도로 발달한 의사소통 수단을 사용하여 복잡한 사회를 구성하고 산다.

까치, 조랑말, 그리고 인간에 이르기까지 실로 다양한 동물들을 연구하고 있다. 그 중에서도 내가 가장 오랫동안 연구해 온 동물은 역시 개미다. 개미는 우리와 딴판인 진화의 길을 걸어왔지만 신기할 정도로 비슷한 삶의 지혜를 터득하며 우리와 함께 이 지구에서 가장 성공적인 동물이 되었다. 개미는 우리처럼 농사를 짓고, 가축을 기르며, 노예를 부리고, 대규모 전쟁을 일으키기도 하며 고도로 발달한 의사소통 수단을 사용하여 복잡한 사회를 구성하고 산다.

지난 2002년 한 해, 나는 그 동안 겁 없이 여기저기 글줄을 흩뿌린

죄값을 톡톡히 치렀다. 우리나라의 대표적인 문예지인 《현대문학》에서 에세이를 연재해 달라는 청탁을 받았다. 일찍이 신문에 시론을 기고하며 크게 겁먹어 본 일이 없건만 막상 '글쟁이'들이 읽는 문예지에 글을 써야 한다고 생각하니 덜컥 겁부터 나 도무지 한 줄도 쓸 수가 없었다. 며칠을 끙끙 대다 나름대로 문학적 상상력을 총동원하여 쓴 글이 하나 있다. 참 특별한 장례식장 두 곳을 다녀온 경험에 관하여 쓴 글이다.

개미와 인간의 장례식이었다. 개미의 장례식은 아침부터 그야말로 '인산인해'였다. 그 동안 개미와 온갖 공생관계를 맺고 있던 그 수많은 생물들이 만드는 애도의 행렬이 그 끝을 가늠하기 어려웠다. 그들은 모두 한결같이 개미가 없는 세상을 어떻게 홀로 살아갈 수 있을까 두려워하고 있었다. 그에 비하면 인간의 장례식장에는 속말로 '개미 새끼 한 마리 찾아보기 어려웠다.' 제일 먼저 인간 빈소를 찾아온 것은 바퀴벌레였다. 인간 덕택에 잘 먹고 잘살았지만 이젠 할 수 없이 숲속으로 다시 돌아가야 할 그들의 어깨는 마냥 무거워 보였다. 바퀴벌레들이 떠난 얼마 후 쥐들이 다녀갔고, 간간이 이, 빈대, 벼룩들이 의무적으로 나타나 봉투를 던지곤 사라졌다. 유사 이래 가장 엄청난 장난을 쳤던 인간의 서거를 진심으로 애석해 하는 생물은 별로 없어 보였다. 이제 드디어 이 지구에 독재의 시대가 물러가고 또다시 평화가 스며드는 듯싶었다.

당신에게 좋은 일이
나에게도 좋은 일입니다

우리 인간이 전혀 어우름의 지혜를 터득하지 못한 동물처럼 살아가고 있다는 것은 실로 엄청난 아이러니다. 규모로 보아 우리 인간만큼 훌륭하게 어우름의 삶을 살아온 동물이 없건만 오늘 우리는 왜 자연의 품을 떠나 자연을 짓밟으며 살고 있는 것일까?

그러다가 해가 반쯤 드러누울 무렵 어디에선가 소떼들이 밀려들기 시작했다. 소들도 우리 못지않게 자연계의 다른 동물들의 입방아에 오르내린다. 아르헨티나에서는 사람 수보다 더 많아질 정도의 성공을 거뒀다는 그들. 지구상에 얼마나 살기에 지구 온난화가 그들의 방귀에 섞여 나오는 메탄가스 때문에 생길지도 모른다는 학설이 점잖은 과학 학술지에 발표가 될까. 특별히 머리가 좋은 것도 아니고 행동이 민첩한 것도 아닌 그들이 어떻게 이렇게 성공할 수 있었겠는가. 그들은 정말 바퀴벌레 못지않게 서러워했다. 그러고 있는데 뒤늦게 소식을 들은 벼와 밀, 보리들이 헐레벌떡 들이닥쳤다. 그들은 또 누구인가. 인간이 농사를 짓기 시작하기 전까지 그러니까 불과 1만 년 전까지만 해도 그들은 저 들판 구석에서 말없이 피고 지던 한낱 잡초에 지나지 않는 존재들이었다. 그러던 그들이 오늘날 이 지구 표면을 가장 넓게 뒤덮고 있는 지구 제일의 지주가 된 것은 오로지 인간을 만난 행운 덕이었다.

우리는, 특히 도시에 사는 현대인들은 대체로 우리 자신을 자연의 일부가 아닌 것처럼 생각한다. 우리는 자연에서 멀리 떨어져 있으며 자연이란 우리가 필요할 때에만 이용해 먹으면 되는 것으로 생각하는 경향이 있다. 실제로 우리 인간은 자연을 가장 철저하게 유린하며 만물의 영장이 된 것임을 부인할 수는 없다. 하지만 우리 인간이 전혀 어우름의 지혜를 터득하지 못한 동물처럼 살아가고 있다는 것은 실로 엄청난 아이러니다. 규모로 보아 우리 인간만큼 훌륭하게 어우름의 삶을 살아온 동물이 없건만 오늘 우리는 왜 자연의 품을 떠나 자연을 짓밟으며 살고 있는 것일까? 한편으로는 그 누구보다도 철저하게 자연과 어우르며 살고 있으면서 다른 편으로는 전혀 그런 사실조차 모르는 듯 어리석은 짓을 하며 사는 것일까? 나는 이번 세기에 우리가 우리 조상들이 걸었던 길을 되짚어 보는 일을 게을리하지 말아야 한다고 생각한다.

최재천
어우르는 자들이 살아남는다

· · ·

난 21세기는 세 개의 다리로 이루어진다고 생각해요. 겉으론 경제가 모두인 것

처럼 나타나지만, 환경, 문화, 여성의 세 다리가 받쳐서 21세기를 이끌고 가야

하는데, 21세기 전체인 백 년을 보는 눈이 있어야 한다고 생각합니다. (최열)

· · ·

나는 왜 늘리려 하냐면 적어도 물은 석자만 있어도 저 스스로 맑게 한다는 믿음

을 갖고 있어요. 그런데 그걸 모르는 사람들이 거기를 차지하지 못하게 하겠다

는 욕심을 내고 있어요. 나는 땅을 되도록이면 넓혀서 논둑 선은 어떤 것인지 남

겨두고 싶어요. 그건 보존하고 지켜야 하는 거거든. 이제 그건 없어지면 끝나는

거거든요. (이윤기)

2

최열과 이윤기,
두 공존주의자의 만남
—물은 석 자만 흘러도 스스로를 맑게 한다

최열

현재 환경운동연합 공동대표이자 환경재단 상임이사. 1982년, 우리나라 최초의 민간환경단체인 한국공해문제연구소를 만들고 소장으로 활동하였으며, 1992년 리우환경회의 한국민간대표단장을 역임하였다. 1993년 환경운동연합을 창립, 사무총장으로 일하였고, '2000 총선시민연대' 상임공동대표로 활동하였다. 저서로 《최열 아저씨의 지구촌 환경 이야기 1, 2》《한국의 공해지도》《살아 숨쉬는 것은 모두가 아름답다》 등이 있다. 유엔환경계획(UNEP)에서 수여하는 '글로벌 500인상' 수상(1994). 미국 골드만재단이 수여하는 '골드만환경상' 수상(1995).

이윤기

1947년 경북 군위에서 태어났으며, 1977년 중앙일보 신춘문예에 단편 〈하얀 헬리콥터〉가 당선되어 문단에 나왔다. 1991~96년 사이에 미국 미시간주립대 종교학 연구원으로, 1997년에 같은 대학 비교문화인류학 연구원으로 재직하기도 했다. 1998년 중편 〈숨은그림찾기 1〉로 동인문학상을, 2000년 소설집 《두물머리》로 대산문학상을 수상했다. 소설집으로 《하얀 헬리콥터》《외길보기 두길보기》《나비넥타이》가 있으며 장편소설로 《하늘의 문(門) 1~3》《사랑의 종자》《나무가 기도하는 집》, 산문집으로는 《어른의 학교》《무지개와 프리즘》 등이 있다. 번역서로는 움베르토 에코의 《장미의 이름》《푸코의 진자》를 비롯, 《샤머니즘》《인간과 상징》《천의 얼굴을 가진 영웅》 등 2백여 권을 헤아린다.

"사람을 가지고 놀면 덕을 상하고,
사물을 가지고 놀면 뜻을 잃습니다."
(完人喪德 玩物喪志 완인상덕 완물상지)

오래된 것들에 대하여

최열 오랜만이에요. 그간 뭐 하며 지내느라 꼼짝도 안 하시고 집까
지 찾아오게 만드세요?

이윤기 최 대표야 언제든 환영이고 영광이지요. 이렇게 연락까지
주시고, 더군다나 애장품까지 보러 오겠다 하니 이거 원 긴장이 되
어서. 하하.

최열 애장품 보겠다는 건 핑계고 이렇게 만나 이 형과 얘기 나누고
싶어서 왔죠.

이윤기 나도 이야기 나누고 싶었어요. 오겠다고 하니 내가 애장하

는 물건이 뭐가 있나 곰곰이 생각해 봤어요. 그랬더니 그 말이 생각 납니다. '완물상지(玩物喪志)'라고, 물건을 너무 사랑하면 뜻이 상한다는 말이에요. 그래서 나는 물건에 대해 집착하지 않아요. 좋은 건 다 남 주고….

그런데도 절대 남에게 주지 않는 물건이 세 가지가 있더군요. 25년 전에 내가 디자인해서 피혁공에게 만들게 한 가방, 또 20년간 쓴 만년필이 있어요. 그리고 16년 전에 인사동에서 맞춘 등산화예요. 최성각 씨가 신은 게 멋있더라고요. 어디서 했냐 했더니 인사동 가면 만들어 준다고 알려 줍디다. 폐타이어 잘라서 바닥 깔고, 가죽을 재활용해서 만들었는데, 그건 지금도 신어요. 미국서도 끌고 다니고 전 세계 안 가본 데가 없는 신발이에요. 최 선생이 오신다기에 아침에 돋보기 쓰고 들여다봤는데 놀랐어요. 아직도 타이어 무늬가 선명한 거야.

최열 아직도 더 다닐 데가 많은가 보네요? 더 부지런히 다녀요. 그런데 작가 선생님이시니 만년필에 대해서도 이야기해 줘요.

이윤기 결혼 직후 내 한 달 수입이 20~30만 원이었어요. 그런데 무릇 글 쓰는 사람이 만년필 사치는 부려도 되지 않을까 싶어서 그 없는 살림에 무리하여 백화점에서 30만 원짜리 작가용 몽블랑 만년필을 샀어요. 그 만년필이 엄청나게 많은 일들을 했지요. 《장미의 이름》같은 책들의 번역이 다 이 만년필로 이루어졌으니까.

그런데 한 7년을 쓰다 보니 만년필촉이 다 무너진 거예요. 그래서 백화점에 찾아가 "만년필촉을 바꿔 줄 수 있는가?" 했더니 뭐 하느라 만년필을 이렇게 만들었냐 하더라고요. "나 글 쓰는 사람인데, 1년에 1만 5천 장, 7년이니까 약 10만 장 정도 글을 썼어요" 했죠. 그랬더니 그 사람이 "아저씨 그건 프랑스 독일 사람들 수표 사인하는 거예요. 그러니 무너지지" 하면서 촉도 못 바꾸고 촉 바꾸느니 만년필 하나 사는 게 낫다고 하더군요.

그래서 그냥 넣어 뒀다가 파리에 사는 처제가 와서 "이거 파리 가서 촉 좀 바꿔다 줘" 했더니 이게 또 단종이 돼 가지고 없대. 그래서 작년엔가 재작년엔가 교보문고에 가서 만년필촉을 바꿔 달랬더니 놓고 가래. 그래서 놓고 갔더니 1주일 뒤엔가 연락이 왔어요. 그런데 말이죠, 그게 가짜래.

최열　그래요? 아주 오랫동안 어마어마한 일을 해낸 가짜 만년필이네요. 가짜란 얘기 들었을 때 기분은 어떠셨소?

이윤기　괜찮았지 뭐. 어쨌든 난 진짠 줄 알았고, 자랑도 억수로 했거든. 내 청춘과 함께 한 만년필인데 더 재미있지. 처음 사서 가짜면 화났을 테지만, 이미 원고지 10만 장을 쓴 만년필이니.

최열　낳은 정이 아닌 기른 정 같은, 그런 정겨움이 있을 것 같네요.

이윤기　1978년에 워드프로세서로 바꿨으니, 그 다음부터는 만년필 쓸 일이 없었죠. 와, 그것도 벌써 세월이 억수로 지났네. 난 작업량이 많은 사람이라 보통 하루에 100장을 쓰거든요. 두 손가락이 하던 일을 이제 열 손가락이 나누어 하니 더 좋죠. 전에는 밤새 글 쓰고

당신에게 좋은 일이
나에게도 좋은 일입니다

나면 손이 아프고 부어서 마누라가 아침이면 주물러 주고 난리가 났
어요.

최열   손으로 쓰는 거하고 컴퓨터로 쓰는 거하고 느낌이 다르나요?

이윤기   아니, 나는 다시 옛날로 안 가겠어요. 내가 워드프로세서로
쓴다 했더니 어떤 방송작가가 "글을 기계로 쓰시나? 무릇 작품은 만
년필로 써야지!" 그러더군요. 그래서 내가 그랬지. "붓으로 써라, 이
자슥아!"

최열   하하. 나머지 가방 얘기도 좀 들어봅시다.

이윤기   이 가방은 수제품이에요. 1989년 경 내가 직접 디자인해서
만들었어요. 하도 책을 많이 넣고 이곳저곳 들고 다녀서 줄은 다 끊
어졌고, 요새는 가방이 여러 개여서 다른 가방도 들고 다니지만….
직사각형으로 만들었어야 했는데, 디자인에 조금 미스가 있어 아쉽

긴 해요. 하지만 여행을 다닐 때면 운동화와 이 가방이 늘 함께 했죠. 명함꽂이도 있고, 속주머니도 있고.

여기 이 운동화 보세요. 나는 등산을 어느 정도 하냐면, 사실 나는 일이 없으면 못 견뎌요. 거의 매주 산에 갔죠. 그런데도 아직도 바닥의 타이어 자국이 선명해요.

최열 그때 가격은 얼마나 주셨어요?

이윤기 전 머릿속에 뭐가 들었냐면, 난 탱크 아니면 안 한다. 대신 탱크값은 준다. 이런 식이에요. 나는 기성품은 잘 못 견뎌요. 집사람도 자기가 디자인해서 옷을 만들어 입어요.

그러고 보니 나는 고등학교 시절에도 튼튼한 옷만 엄청 사 입었어요. 난 튼튼 아니면 안돼요. 이 책꽂이도 세계에서 제일 튼튼한 책꽂이에요. 내 책은 모두 무겁거든요. 반쪽이 최정현 씨가 디자인한 거예요. 나랑 같이.

최열 미국 미시건 대에 있을 때 보니 거의 목수시더군요. 그때 거기서 우리도 처음 만났죠. 나무 이런 걸로 목각도 하고.

이윤기 어쨌든 난 무식하게 튼튼하지 않으면 견딜 수 없어요. 책상도 이걸 제일 튼튼한 걸로 6개를 준비했어요. 학교 물건 폐기 처분하기 전에 구입했거든요. 거기다가 디자인을 곁들이고 철공소에 따로 주문해서 기둥을 더 튼튼하게 했어요.

최열 그게 바로 환경친화적인 거라 생각되네요.

당신에게 좋은 일이
나에게도 좋은 일입니다

리어카도 함께 오르는 고갯길

최열 이 형, 우리가 함께 환경재단도 만들고 또 좋은 환경을 위해 무언가 고민해야 한다고 생각해서 136포럼도 만들었잖아요. 이 형은 이 포럼이 어떤 모습이어야 한다고 생각해요?

이윤기 중국에서는 자전거와 리어카를 변형해서 만든 세발수레에 배추를 싣고 다녀요. 돈 있는 사람은 거기에 엔진을 달지요. 고갯길을 올라갈 때 엔진이 없는 사람은 힘들게 올라간단 말이에요. 그럼 엔진을 단 사람은 어떻게 하는지 아세요? 올라가면서 발을 엔진 없는 리어카에 탁 대요. 그럼 둘이 같이 올라가요. 난 그 장면을 보며 감동을 받았습니다.

환경 운동 하는 사람은 엔진 없는 리어카에 배추를 싣고 올라가고 있는 겁니다. 거기에 엔진이 있는 사람이 발을 얹고 올라가는 것도 운동이라 생각해요. 난 내 이름이 136포럼에 있다는 것이 영광이에요.

난 환경 운동은 내가 할 수 있는 형식으로 하면 된다는 생각이에요.
그게 136포럼의 회원들이 각자의 영역에서 고민해야 할 몫이고요.

이윤기의 나무 심기

최열 이 형은 나무 심는 이야기를 많이 하는데….

이윤기 네, 맞아요. 양평집 얘기인데 최열 선생이 오면 최열 나무를
심는 것이지요. 지금 한 천 그루 심었어요.

내가 늘 주장하는 게 우리는 이 땅에 백 년밖에 못 머물지만, 나무
는 천 년을 머무니까요. 소위, 시간의 부피를 나무처럼 정확하게 표
현할 수 있는 건 없는 것 같아요. 우리 집 뒤에 76년 된 잣나무가 두
그루 서 있는데, 아, 76년이란 게 잣나무를 이만큼 기를 수 있는 시간
이구나 하는 생각이 들어요. 그래서 내가 집 이름을 '하우스 오브 메
멘토 호', 즉 '시간을 기억하는 집'이라 지었어요.

최열 나무 하나하나에 의미를 준 거군요.

이윤기 장 지오노의 《나무를 심은 사람》이라는 책이 있지요? 나 그
거 보고 울었어요. 아하, 이건 종교다 싶더군요. 말하자면 나무와 영
적 교감을 나누면서 우리가 삶의 근원으로 돌아가 보는 일, 명상하
는 일은 종교의 영역이다, 그리고 나무는 재산이 아니다, 존재다 실
존이다, 그런 느낌이 들었어요.

당신에게 좋은 일이
나에게도 좋은 일입니다

그런데 그런 느낌이 너무 강하니까, 잣나무 때문에 볕이 안 들어 다른 나무가 자라질 못하는데, 그 잣나무를 못 베어요. 너무 깊이 들어가 버려서, 사랑에 빠져 버려서.

우리 장인이 산판(山坂)으로 돈을 번 사람이에요. 그런데 이런 말을 하더라고요. "언제 제사라도 지내야겠다"고. 연로하시니까, 이제 그런 느낌이 드시나 봐요.

최열 많은 작가 분들이 나무에 대한 명작들을 쓰셨더군요. 이 형도 《나무를 심은 사람》처럼 나무에 대해서도 잘 아시겠네요.

이윤기 그런데 내가 작년에 구상나무를 100만 원어치 사가지고 10만 원어치밖에 못 건졌어요. 나무에 대한 공부를 안 해서. 이 나무는 습지에 심으면 안 되는데, 50그루도 못 남아서 지금 슬퍼요.

물은 석자만 흘러도 스스로를 맑게 한다

최열 저희가 올가을에 준비하는 환경영화제의 특별 섹션 중 하나가 나무입니다. 나무 이야기 좀 더 해 주시죠.

이윤기 미국 미시간 대학교에서 근무할 때 느낀 건데, 미국은 너무 자국민 중심의 오만함이 느껴지는 환경관이 유감이긴 했어요. 예를 들면, 낚싯대만 넣으면 고기가 잡히는 곳인데도, 반드시 감시인이 붙어서 감시를 해요. 세상에, 내가 54센티미터짜리 잡았는데 빼앗겼

내가 늘 주장하는 게 우리는 이 땅에 백 년밖에 못 머물지만, 나무는 천 년을 머무니까요. 소위, 시간의 부피를 나무처럼 정확하게 표현할 수 있는 건 없는 것 같아요.

다니까! 그 고기는 56센티미터가 되어야 잡을 수 있다는 거지.

또 하나, 우리도 장차 그렇게 되겠지만, 벼락 맞은 나무를 베면 그 그루터기에 6명이 둘러앉아 맥주를 마실 수 있는 나무가 있어요. 이런 나무들이 빽빽이 있어요.

그런데 내가 놀라운 걸 알아냈어요. 우리의 산은 표토(表土)가 20센티미터 밖에 안 됩니다. 이 나라는 3미터가 넘어요. 하수도 공사할 때 내가 유심히 살펴봤어요. 파도 파도 검은 흙이었어요. 그러면 그런 게 나무의 성장에 어떤 영향을 주는가 하면, 놀라운 사실이 있어요. 한국의 평균 성장 속도보다 14배 빠릅니다. 4배가 아니에요, 14배예요.

우리가 살던 교환교수 아파트 앞에 아름이 넘는 졸참나무가 있었어요. 그 나무의 나이가 얼마인지 알고 싶었지요. 그래서 물어봤지. 그런데 사람이 자꾸 바뀌는 바람에 그 나무의 처음부터를 알고 있는 사람이 없었어요. 그런데 캘로그 센터에서 22년 전 항공사진을 거대한 슬라이드로 만들어 전시했더군요. 그 사진을 보니 22년 전 교환교수 아파트 앞엔 그 나무가 없었어요. 그렇다면 22년이 채 못 되었다는 거예요. 우리나라는 그렇게 아름이 되려면 적어도 100년은 되어야 하는데.

그렇다면 방법이 어디 있느냐 하면, 내가 양평 숲에서 실험해 보려고 해요. 불필요한 나무를 베었을 때, 미국은 화목(火木)으로 쓰지 않고 그걸 갈아 가지고 나무 밑을 향해 쏩니다. 취퍼라는 기계가 있어요. 큰 건 멀처라고 하고. 그 나무를 갈아가지고 숲을 향해 쏘는 겁니다. 사람이 그 숲에 들어가면 발이 푹푹 빠져요.

표토층이 3미터가 넘는데도 죽은 나무를 재활용하고, 물고기가 천지인데도 잡는 걸 규제하는데 왜 우린 그게 안 되는지. 뭐 미국은 기름이 펑펑 나고 우린 아직도 나무와 기름을 함께 쓰는 시골도 많지만. 나도 이제 내년쯤 멀처, 그러니까 나무를 가는 기계를 구입해서 사람들이 잘라 낸 불필요한 나무를 다시 나무로 환원시키고 싶은 소망이 있어요.

최열 얼마 전 미국방성 비밀 문서가 유출돼서 발표된 게 있는데, 앞으로 20년 안에 대환경 재앙이 생긴다는 거예요. 그래서 기후가 급격히 변화해서 농작물이 잘 자라지 않거나 홍수, 또는 대가뭄이 생길 것이다. 그리고 그걸 막기 위한 것으로 한국 등의 나라에서도 핵무기를 만들 가능성이 높다. 이런 게 나왔거든요. 그런데 작가는 창의력 또는 직관력 같은 게 있잖아요. 환경운동가가 늘 얘기하는 것과는 다른, 보다 더 민감하게 느끼는 직관 같은 게 있을 텐데, 작가로서는 어떻게 생각하는지?

이윤기 양평에 내가 산 땅이 2천 평 정도 돼요. 그걸 물길도 바로잡고 싶고, 땅의 선도 만들고 싶고…. 이런 생각을 쭉 하다가 어떤 결론에 도달했냐면, 물길을 가장 아름답게 만드는 건 물 스스로다, 그래서 손 안 대기로 했어요. 그리고 아! 나무를 가장 잘 아는 건 식물학자가 아니라 나무로구나. 수로의 아름다움을 가장 잘 아는 건 토

그걸 물길도 바로잡고 싶고, 땅의 선도 만들고 싶고…. 이런 생각을 쭉 하다가 어떤 결론에 도달했냐면, 물길을 가장 아름답게 만드는 건 물 스스로다, 그래서 손 안 대기로 했어요. 그리고 아! 나무를 가장 잘 아는 건 식물학자가 아니라 나무로구나. 수로의 아름다움을 가장 잘 아는 건 토목학자가 아니라 물이로구나 했지요.

목학자가 아니라 물이로구나 했지요.

그런데 지금은 그걸 전부 다 뒤집어 놨잖아요? 박정희가 낙동강 물이 좀 흐려지더라도 배 안 곯면 좋지 했어요. 난 그때 그 말을 믿었어요. 아, 정말 배곯는 건 배고픈 일이다. 그런데 30대 중반이 되면서 그건 아니구나 하는 걸 알게 됐어요. 이 사람이 생각이 모자란 사람이었구나 하고요. 자연스러움이 없어진 거예요.

난 이제 그걸 실천해 보려고 해요. 순리, 이 어마어마한 힘을 거스르려고 하면 안 되겠다 이거죠. 나는 거기서 농사를 짓는데, 비닐 없이 지어요. 동네 사람들이 바보 아니야 하죠. 그런데 참 이상하죠? 난 간작(間作)해야 한다는 걸 모르고 같은 자리에 고추를 두 번 심었어요. 첫 해는 컸지만 둘째 해는 작았어요. 그런데 앞집 큰 밭의 7~8년 농약을 준 고추는 다 죽었어요. 탄저병 때문에. 그런데 내 건 멀쩡해. 내가 항상 하늘처럼 받들고 사는 말인 '물은 석자만 흘러도 스스로를 맑게 한다'가 떠올랐지요.

그리스 패망의 이유, 그리고 숲의 상상력과 사유

최열 최근 이 형이 작가적 상상력을 가지고 구상하는 것은 어떤 것이 있는지?

이윤기 구상은 끝나지 않았는데, 그리스 정신의 변화에 대해 말해

당신에게 좋은 일이
나에게도 좋은 일입니다

보고 싶어요. 우리가 신화 시대의 자유로운 상상력을 되찾는 방법은 역시 숲속에서 가능한 것 같습니다. 저는 그리스가 내리막길을 간 이유를 이렇게 봅니다.

그리스라는 나라가 원래는 숲속에 있는 나라였어요. 그리스가 내리막길을 간 이유가 뭐냐면 신탁(神託)을 받아보니 나무로 성벽을 지어라 했단 말예요. 신탁을 해석하는 사람이 생각하길, 해전(海戰) 준비를 하란 얘기구나 하고, 그래서 나무를 전부 다 베어서 배를 짓습니다. 그래서 바로 펠로폰네소스 전쟁들을 다 그렇게 치릅니다. 그러면서 그리스가 지금은 황무지가 되었어요.

우리들의 상상력이, 우리 숲이 1950년대 초에 어땠느냐 하면 지금 이스라엘 같았어요. 상상 못하시겠죠? 지금 내가 이스라엘 광야 사진을 보면, '아! 우리가 저랬는데' 싶어요. 나무 하나 베려고 20리를 갔으니깐.

그래서 나무를 심었는데, 우리가 신화 시대 사유로 돌아가는 길은 역시 숲속에서의 상상력이 그리로 돌아갈 수 있게 하지 않겠는가 하는 거죠. 나는 신화 얘기도 하지만 신화에 대한 글쓰기는 글의 문제고 글 이전의 문제는 뭐냐면, 제가 아내하고 종종 양평에 땅을 늘리는 문제로 다퉈요. 나는 왜 늘리려 하냐면 적어도 물은 석자만 있어도 저 스스로 맑게 한다는 믿음을 갖고 있어요. 그런데 그걸 모르는 사람들이 거기를 차지하지 못하게 하겠다는 욕심을 내고 있어요. 나는 땅을 되도록이면 넓혀서 논둑 선은 어떤 것인지 남겨두고 싶어요. 그건 보존하고 지켜야 하는 거거든. 이제 그건 없어지면 끝나는 거거든요. 내가 2000년에 들어갔는데 2001년만 하더라도 일하다가 갈증이 나면 냇물을 퍼 마셨거든? 근데 지금은 그걸 못해요.

나는 글 쓰는 것은 글 쓰는 데로 나아가고, 내 실제 삶은 자꾸 뒤로 가 볼 생각이에요.

최열 그리스 로마 신화에 서양 사람들의 생명사상이 나타나 있나요?

이윤기 바로 그 나무를 자르던 시절에 쓰여진 신화가 아닌가 싶어요. 아테네에서 25킬로미터밖에 안 떨어진 곳에 있는 엘레우시스는 농업의 신 데메테르의 신전이 있는 곳으로 유명해요. 그런데 에릭쉭톤이 거기 있는 거대한 참나무를 잘라 버렸어요. 에릭쉭톤은 나무의 요정들이 안 된다고 하는데도 잘랐어요. 그래서 이놈이 무슨 병에 걸리는가 하면 아귀병에 걸려요. 먹어도 먹어도 배가 고픈 병이에요. 그래서 이놈이 있는 거를 모조리 먹고, 먹을 게 떨어지니 딸까지 팔아 그 돈으로 먹어, 딸이 포세이돈의 도움으로 돌아와, 그럼 딴 데 또 팔아, 이러다가 나중엔 모든 것을 다 먹고 모자라 자기 살을 파먹어… 그러다 에릭쉭톤이 죽었는데 이빨만 한 짝 남았더라는 거지요. 나는 이걸 들으니 온 산의 나무란 나무를 다 때는 아궁이란 놈이 생각나더라고요.

원래 그리스에서 신앙의 명소는 엘레우시스에 있는 곡물의 여신 데메테르의 신전이었어요. 근데 기원전 432년에 뻬라클레스라는 정치가가 정권을 잡으니까 아무래도 자기네들이 섬겨야 할 신은 농업의 여신이 아닌 것 같은 거예요. 공업의 신이어야 할 것 같았던 거죠. 공업의 신은 아테나 여신이었고요. 전쟁을 하려면 갑옷도 만들고, 생활을 풍요롭게 하려면 도자기도 만들어야 할 거 아니었겠어요? 그래서 성벽 바깥에서는 도자기를 만들고 성벽 안쪽에서는 칼, 갑옷 같은 무기를 만들게 했죠. 그러면서 중심을 농업의 여신에서 공업의 여신으로 한 거죠. 지금도 아테네에 가면, 아크로폴리스에 있는 신전은 공업의 여신의 신전입니다. 헤파이스테이온, 대장장이 신의 신전이죠. 이렇게 해서 그리스의 역사가 농업에서 공업의 역사로 바뀌어요.

엘레우시스에 있는 데메테르의 신전에서 아크로폴리스 아테네 신전까지의 25킬로미터를 그리스가 걸어온 거룩한 길이라 불러요. 에릭쉭톤이 나무를 자른 엘레우시스에 가면, 나무 한 그루 없는 공업지대 중심에 데메테르 신전이 있어요. 이 농업의 여신의 신전은 비참하게 폐허가 되어 있고, 아크로폴리스의 공업의 여신의 신전은 아주 아름다워요.

그래서 이 생명에 대한, 생명을 소중하게 여기는 어떤 정신이 묽어지고 공업에 대한 정신으로 돌아서면서 망해 버린 듯한 나라가 그리스예요.

그리스 남쪽에서는 시로코(Sirocco)라고 하는 열풍이 불어옵니다. 나무는 없고, 그늘은 없고, 바람은 불고, 그리고 더러워요. 담배도

아테네 아크로폴리스에 세워진 파르테논 신전. 지금 군상 조각이나 메토프, 프리즈의 돋을 새김 대부분은 '엘긴 마블스'라 하여 런던의 대영박물관에, 일부는 아크로폴리스 미술관과 파리의 루브르 박물관에 소장되어 있다.

그냥 마구 던지고, 그러니까 맨날 산불이 나요. 나무가 없고 습기가 없으니까. 지금 아크로폴리스 언덕에 자라고 있는 식물이 뭔지 아세요? 선인장! 아크로폴리스 사면을 덮고 있는 나무가 선인장이에요. 사막이 된 거죠. 왜? 올리브는 밑에만 있으니까요. 그리고 그쪽이 산성비로 유적지가 다 망가졌어요.

5, 6년 전에는 그리스만 가면 대영박물관에 있는 파르테논 신전 속벽 뜯어간 걸 돌려달라고 운동하는 브로셔를 주었단 말이에요. 그런데 나는 극단적으로, 대영박물관에 있는 게 낫다고 생각해요. 왜냐하면 보관이 잘되니까.

그 사람들이 영국에 간 건 못 찾으니까, 100년 전에 그걸 만들어 붙였어요. 근데 다 녹았어요. 석회암이 산성비에 치명적이거든. 아테네에 딱 내리면 무슨 냄새가 나냐면, 그들은 납이 든 유연휘발유를 쓰거든, 게다가 차량 2부제를 해도 아무도 안 듣고. 그리스에서 왜 민주주의가 나타나게 되었느냐 하면 국가의 말을 죽어라 안 들어요. 프랑스도 마찬가지고. 그네들은 어디서 담배 피우냐면 금연 표지판 밑에서 피우잖아요. 그것 때문에 100년 전에 만든 것도 다 녹았어요. 산성비 때문에.

델포이에 가면 난 주먹으로 쳐서 확인해요. 주먹으로 진흙을 쳤다가 죽을 뻔했어요. 진흙이 아니라 석회암 녹은 거였단 말이죠. 근데 올림픽 하게 되면서 정부가 얼마나 단속을 했는지 요즘은…, 이번에 갔더니만 사대문 안으론 못 들어가요. 그런데 그게 지켜진다 하데

최열, 이윤기
최열과 이윤기, 두 공존주의자의 만남

요? 워낙 호되게 하니까.

세 가지 돌아올 수 없는 다리

최열 난 21세기는 세 개의 다리로 이루어진다고 생각해요. 겉으론 경제가 모두인 것처럼 나타나지만, 환경, 문화, 여성의 세 다리가 받쳐서 21세기를 이끌고 가야 하는데, 21세기 전체인 백 년을 보는 눈이 있어야 한다고 생각합니다. 작가께서는 21세기를 어떻게 살아야 한다고 생각하는지?

이윤기 아, 그거 정말 중요하네요. 환경, 문화, 여성의 문제는 '돌아올 수 없는 다리' 란 말이에요. 그런데 그 문제를 옛날부터 인식을 했다면 다시 돌아오려고 그 큰 노력을 하지 않아도 된단 말이지요. 제일 대표적인 것이 환경이지요. 예를 들면 과천을 복개를 해 놓고 보니까, 말하자면 돌아올 수 없는 다리를 건너 엄청난 비용을 지불한 거예요. 양재천도 마찬가지고. 나는 만일에 한국의 지성인들이 그 문제를 진작부터 알았더라면 현재는 달라졌을 거라 생각해요.

　나는 요즘 여성의 문제에 관심을 가져요. 여성의 문제가 뭐냐면 내가 즐겨 쓰는 '콘트롤 보드' 라는 이론이 있어요. 그게 뭐냐면 옛날에는 힘으로 했어요. 예를 들어 삼국지를 보면 조자룡이 아이를 품고 적들을 헤치고 가는데 마치 풀 베고 지나가듯이 지나갔다는 거예요. 그게 가능합니다. 왜냐면 지금 내 체중이 65킬로그램쯤 되는데, 아들놈은 110킬로그램 된 거구예요. 그런 거구가 90킬로그램짜리 칼을 휘두르며 가는데 막을 방법이 없잖아요?

그때는 여성이 열세였어요. 내가 이번에 몽골을 갔는데, 나담축제가 벌어져요. 여기서는 활쏘기, 말달리기 같은 걸 하는데 남성은 목표까지의 거리가 70미터입니다. 여성은 60미터예요. 그 시대 여성은 정확히 10미터만큼 차별을 받았어요. 물론 그 차별 자체를 정당화할 순 없지만, 노역과 군역이 나라를 지켰을 때에는 남녀 차별이 정당화될 수 있었어요.

그러나 지렛대가 생기고 20세기 초반, 중반에 들어서면서 콘트롤 보드가 나옵니다. 그게 뭐냐면 우리가 핸들을 돌리면 기계가 알아서 바퀴를 돌리지요? 문을 열려면 단추만 누르면 열리지요. 이처럼 모든 기계를 움직이는 장치가 모여 있는 자리, 이게 콘트롤 보드입니다.

이제부터는 힘이 필요가 없어졌어요. 콘트롤 보드가 있기 때문에 여성이 남성으로부터 야유를 받을 이유도 없어졌지요. 지금부터는 남성과 여성의 자리가 역전된단 말이에요. 근데 아직도 그걸 모르는 사람들이 있어요. 제가 그래서 이 이야기를 더 많이 해 대면, 심지어 주변의 어떤 문인들은 "야, 책 팔아먹으려고 별짓을 다한다" 그래요.

근데 아니에요. 미국의 포드 자동차 박물관에 가 보면, 마차들이 있어요. 그걸 멈추려면 손으로 제동간을 당겨야 하는데, 제가 당겨 보니 안 움직여요. 무지막지한 힘으로 당겨야 멈출 수 있는 거예요.

최열, 이윤기
최열과 이윤기, 두 공존주의자의 만남

콘트롤 보드가 없고, 그때는 힘으로 이걸 해결해야 했던 거죠. 그 시대에도 여성 억압은 존재합니다. 왜? 마누라가 밀가루 사러 장에 가야 하는데, 자기는 이걸 못 당기거든요. 그럼 할 수 없이 "여보 밀가루 좀 사러 가야 하는데, 좀…." 그럼 남편이 목에 힘주고 "알았어." "미안해요…." 이렇게 됐는데, 지금 미국 자동차는 안 그렇거든요. 심지어는 포드 자동차 캐치프레이즈가 '살짝 밟으세요'거든요. 브레이크에서요. 콘트롤 보드 시대, 사고를 완전히 바꾸어야 하는 부분이에요. 조자룡이 헌 칼 쓰듯 하던 시대는 갔다, 콘트롤 보드 시대가 왔다, 남자들아 까불지 말아라, 그러는 거죠.

콘트롤 보드 시대가 오면 제일 먼저 무슨 변화가 생길까? 사관학교가 여자를 받을 것이다. 이렇게 생각했어요. 그런데 이제 벌써 한 6년 되었지요? 교사 연수하는데 여자가 99명 남자가 1명이에요. 왜냐면 교사는 힘으로 하는 것이 아니거든요. 이제 남성이 여성보다 우월할 수 있는 기반을 다 잃었어요.

최열 근데 그거 있죠. 요리사. 세계적인 요리사, 유명한 요리사는 대부분 남자예요. 왜 그렇죠? 조리사는 대부분이 여성들인데.

당신에게 좋은 일이
나에게도 좋은 일입니다

이윤기　중국의 '확' 요리는 단시간에 뜨겁게 달궈야 하거든요? 근데 여자의 힘으로는 할 수가 없지요.

최열　언젠가는 요리도 콘트롤 보드가 나오지 않을까요? 하하.

이윤기　그런 몇 가지는 좀 오래갈 듯해요. 프랑스 요리사도 남성이 많아요. 왜 그런가 했더니, 여성은 신체 구조상 남성만큼 오래 서 있을 수가 없대요. 또 하나 남성의 발과 여성의 발을 비교해 보세요. 사이즈가 100대 70이에요. 근데 체중은 100대 80이에요. 그렇다면 여성이 몸에 비해 발이 작아 압력을 더 많이 받는다는 얘기예요.

남성의 팔 길이는 여성의 허리 사이즈와 같다, 남성의 가부장적 생각에서는 그래요. 그런 게 이제는 어떻게 변해 가는가를 잘 살펴볼 필요가 있어요.

최열　요즘 젊은 여성들은 발이 커요. 점점 커져 가요.

이윤기　우리 딸이 미국에서 백인 애들을 데리고 다녔지만, 다른 건 어떻게 해보겠는데 체력 그건 어렵다 합디다. 그게 왜인지 아세요? 그들은 기본적으로 유목민족에 수렵민족이죠. 우리 농경정착민의 여성은 집 안에 있었잖아요. 그런 차이가 있었던 거죠.

거룩한 마당, 신앙하는 사람의 모든 태도는 진실하다

최열　이 형의 신앙과 종교는 어떠세요?

이윤기   나는 어릴 때부터 종교 사회에 관심이 많았어요. 도대체 인간들은 왜 신을 만들어가지고 거기가서 빌고 그러는지…. 그런 문제를 추적하다 신앙에 관심을 가지게 됐어요.

최열   각각의 종교에 대한 태도는 어때요?

이윤기   나는 모든 종교를 넘어서, 범신론자예요. 모든 종교를 존중해요. 신앙하는 모든 사람의 태도는 진실하지요. 서낭당에서 비는 사람도, 절에 가서, 또 주님 앞에서 비는 사람도 다 진실해요. 신앙과 종교는 다른 건데, 난 모든 종교에 대해 허구성을 밝힐 생각은 없어요. 서낭당에서 비는 사람도, 왜냐면 거룩한 마당이기 때문이에요. 비욘드 더 로직(Beyond the Logic), 논리 너머에 있는 거룩한 마당. 우리는 겨우 지성 가지고 까부는데, 영성의 세계에 발을 들여놓을 때는 아주 조심해야 해요.

저도 예수를 한참 잘못 믿을 때는 산을 다닐 때 무속인들이 켜 놓은 촛불도 끄고 다녔어요. 전 원래 완강한 크리스천이었죠. 그런데 말 한마디에 종교가 바뀌었어요.

최열   아니, 어떻게요?

이윤기   날카로운 말 한마디, 그 한마디에 바뀌어 버렸어요. 포에르바하라는 사람의 책을 죽 읽는데.

최열   그럼, 이 말을 듣는 다른 사람도 바뀌나요?

이윤기   아니요. 그렇지는 않아요. 이 말을 듣는다고 모든 사람의 종교가 바뀌지는 않습니다. 왜냐하면, 그건 우리의 근기(根機)에 따라

당신에게 좋은 일이
나에게도 좋은 일입니다

달라요.

최열 그렇군요.

이윤기 제가 종교사 공부를 죽 해보니까, '인간은 아무리 존중하는 신에게라도 자기가 갖고 있는 것 이상의 재물은 바칠 수가 없다. 아, 그렇다면 인간이 혹 신을 만든 것은 아니냐?' 하는 생각이 드는 거예요. 그런데 포에르바하가 뭐라 하냐면, "맞다. 종교는 인간이 가지고 있는 관념적 소원의 반영이다." 그러는 거예요. 아, 그러니까, 암전의 신천지가 전개되도다 그렇더군요. 그러면서 계속 공부를 죽 하다 보니 '아, 포에르바하가 옳다' 싶더군요.

그런데 놀랍게도 진중권이가, 그 논객 진중권이 있잖아요. 그이가 크리스천이에요. 그래서 그 말 많은 이가 크리스천인 거에 대해 어찌 생각하느냐 직접 물었더니, "거기서는 논쟁이 안 되잖아요." 그러는 거예요. 아, 이 말을 들으니 뜨겁더라고요. 자기 철학적 모든 지식도 거기 가면 눈물 한 방울로 죽 흘러내리는 거죠. 그래서 아, 이놈 진짜 괜찮은 인간이로구나 했어요. 그런데 우리는 영성을 수용하지 못한단 말이에요. 논쟁을 하려 한단 말이에요. 그런데 그 논객이 논쟁에서도

경계를 딱 정해 놓고 그 길을 가는 거예요. 그래서 내 이 젊은놈한테 졌다 그랬어요.

야곱이 길을 가다가 돌베개를 품고 잠을 잤어요. 밤에 천사들이 사다리를 오르내리는 걸 봐요. 그래서 야곱이 뭐라 하냐면 아침에, 아 여기가 하늘의 문이로구나. 그래서 거기 돌탑을 쌓죠. 그리고 유대인은 거기에서 경배를 해요. 그런데 그 돌이 성분이 바뀐 거 있나요? 아니죠. 의미의 첨가, 의미가 첨가되면 성소가 되는 거예요. 그걸 어찌 논리로 설명해요. 나라도 야곱이 잠든 그곳에 가면 무릎을 꿇을 것 같아요. 그건 인간이 관여할 수 없는 영역이에요.

그래서 나는 신앙과 종교의 영역을 말할 때는 조심해야 한다고 말해요. 비록 종말론일지라도. 그래서 나는 우리 아이들에게 자주 '절제하자'고 말해요. 무엇이 우상인지 모르기 때문이에요. 그 시대 크라이스트는 헤테로독시(heterodoxy: 이단)였는데, 지금은 오소독시(orthodoxy: 정통)죠. 어느 시대 헤테로독시였던 것이 오늘은 오소독시가 된 거예요. 그리고 우린 지금 또 다른 많은 헤테로독시를 보고 있잖아요. 인류의 역사는 패러독스(paradox: 역설)가 오소독시를 뒤집으며 이루어져 왔어요. 그래서 나는 다른 데 돌 던지지 말자고 해요.

최열　오늘 만나 참 즐거운 대화를 나누었네요. 오늘 여기 오며 지구를 살리는 일곱 가지 물건이 디자인된 스카프를 가져왔어요. 자전거, 빨랫줄, 콘돔, 무당벌레, 천장선풍기, 타이국수, 공공도서관이

들어 있습니다. 모두 일상생활에서 볼 수 있는 참 평범한 것들이라는 게 더 새롭네요.

이윤기 참 좋습니다. 저도 즐거운 시간이었어요.

풀과 나무를 알고 이해한다는 것은, 철따라 피고 지는 전체의 순환성과 개체의

유한성을 생태적 관계 속에서 깨달아 간다는 것이며, 자신도 그 생명의 그물과

우주의 리듬에 따라 춤추고 있음을 자각하는 것이라고 할 수 있다. 풀과 나무는

우리를 철들게 하고 우리에게 자유의 본질을 각인시켜 주는 야생의 지도자이자,

동반자이다.

3 풀과 나무가 꽃피우는
공존의 희망

유영초
숲해설가. 풀빛문화연대 주간으로 환경생태의 문화에 관심을 두고 활동한다. 한국교회
환경연구소 연구원, 숲해설가협회 창립이사 및 사무처장을 역임했다. 《더럽게 살자》를
썼고, 《환경과 친해지는 50가지 이야기》《세계의 환경도시를 가다》를 우리말로 옮겼다.

　지금도 바이칼 호수의 깊고 푸른 심연에 살고 있는지 알 수 없다. 크기가 몇 만 리가 되는지 모르는 곤(鯤)이라는 그 대어(大魚). 그러나 이 물고기가 변해서 된다는 새, 대붕(大鵬)은 아무나 볼 수 있는 것이 아니라는 것은 안다.

　장자(莊子)의 소요유(逍遙遊)에 등장하는 붕은 마음의 눈으로밖에 탐조되지 않는 상상의 새이다. 그래서 마음의 눈을 뜨지 못한 나는, 아직도 성능 좋은 필드스코프에 기대어 새들이 남긴 허공의 발자국을 쫓고 있는 형편이다. 살아 생전 이 새를 본다면 '저녁에 죽어도 좋다' 는 말이 아마 유효할지도 모른다.

　이 상상의 새만큼이나 보고 싶은 나무들도 있다. 장자의 같은 이야기에 등장하는 팔천 년을 봄으로 팔천 년을 가을로 삼는다는 참죽나무도 그 중 하나이다. 또, 단일 생명체로서는 이 세상에서는 가장 큰 몸집을 지녔고 나이가 삼천 세요, 무게가 이천 톤에 이른다는 미국 캘리포니아 국립공원의 삼나무도 물론 끼어 있다. 그러나 육천 년을 살고 갔다는 미국의 에온나무나, 칠천 년을 살고 있다는 일본

세계에서 가장 오래 살고 있는 나무로 유명한 미국 서부 캘리포니아 화이트마운틴의
브리슬콘소나무

의 삼나무의 이야기를 들으면, 장자의 나무도 전혀 과장되지 않은 비유인 셈이고 어쩌면 마음의 눈까지 동원할 필요 없는 현실의 나무였을지도 모른다.

살아서 이 나무들을 한번 껴안아 보고 싶은 것은 물론이지만, 정말 보고 싶은 나무 아니 어쩌면 보기 위해 정진해야 할 나무는 따로 있다. 키가 삼백 리에 둘레가 이천 아름이며 나뭇가지에 열 개의 태양이 걸려 있다는 조선의 뽕나무[扶桑], 가지가 삼천 세계를 덮었으며 향기는 구만 리에 이르렀다는 태백산의 우주목(宇宙木) 신단수(神檀樹) 같은 나무들이다.

하얀 태양이 걸린 뽕나무며 푸른 구름을 거느린 거대한 느티나무는 아마도 모든 이론을 무채색의 회색으로 만들었던 늘 푸른 생명의 황금나무임에 틀림없다. 때문에, 그리운 대붕(大鵬)과 부상(扶桑)은 아마도 뛰어난 생태적 상상력과, 그것을 통해서 보는 마음의 눈이 없다면 결코 볼 수가 없을 것이다.

생태학적 상상력과 생명의 본질

그래서 생태학적 상상력이야말로 어쩌면 모든 존재의 비밀을 열고 생명의 온전한 삶을 열어가는 열쇠인지도 모른다. 그리고 신화와 전설은 생태학적 상상력을 통해 생명과 우주의 본질로 로그인할 수 있는 하나의 패스워드가 될 수도 있을 것이다.

그러나 우리 인간들은 야생의 자연에 맞서 바리케이트를 치고, 도시라는 거대한 콘크리트 참호에 둥지를 틀고 있다. 때문에 야생의 풀 한 포기 나무 한 그루에서 존재의 비밀과 생명의 온전함을 그리고 개체와 전체의 유기적 관계의 고리와 막(膜)을 짚어 내는 생태학적 통찰력과 상상력의 눈이 현실적으로 어두울 수밖에 없다.

도덕경에 '인법지(人法地), 지법천(地法天), 천법도(天法道), 도법자연(道法自然)'이라는 구절이 있다. 사람은 땅을 따르고 땅은 하늘을 따르고 하늘은 도를 따르는데, 도는 자연을 따르는 것이라고 하여, 결국 자연을 따르는 것이야말로 진리임을 강조한 것으로 읽을 수 있다.

지극히 당연한 듯 보이는 이 구절 또한 생태학적 상상력을 자극하는 깊은 함의가 있다. 사람은 기본적으로 땅에 의거해서 존재하고 그 순리를 따르지 않을 수 없으며, 땅의 모든 생명체는 근원적으로 태양의 빛을 에너지로 하여 존재하고 있다. 태양 또한 우주의 질서라는 맥락 안에 놓여 있고 도(道)라고 일컫는 진리란 결국 자연 그 자체라고 할 수 있는 것이다.

여기에서 '따른다'는 의미로 해석되고 있는 물 수(水=氵)에 갈 거(去)가 붙어 있는 '법(法)'자도 물과 관련되어 있는 문자다. 즉, 물이 흐르는 것, 물이 가는 것처럼 되는 것이 바른 법이라는 의미를 담고 있다. 법의 요체는 자연에 있으며, 그것이 인간이 따라야 할 도리(道

理)라는 말이 된다.

앞서 말한 대붕이나 부상은 기본적으로 생태학적 인식의 패러다임 속에서 나온 상상력의 산물이다. 학자들은 이러한 상상력의 산물인 신화와 전설이 고대와 현대를 하나로 관통하는 시간의 묶음이라서 당대에 구현되었던 여러 가지 상징적 이미지는 오늘날 언제나 재현될 수 있다고 말한다. 또 일반적인 신화의 공통적인 주제인 대지(大地)와 신목(神木)과 천상(天上)의 거룩한 존재들이, 대개의 경우 사람과 자연물 더 나아가 개개의 인격과 우주 전체와의 유기적 연대를 은유한다고 해석한다. 그래서 신화와 전설과 상징들은 생명과 우주의 근원에 대한 정신문화의 해석이자 텍스트이며, 이것을 통해서 사람들은 스스로의 존재 가치를 부여하고 존엄한 성역의 울타리로 끌어들이는 중요한 문화적 매개물인 것이다.

중국의 반고(盤古) 신화도 일반적인 신화가 갖는 상상력의 생태학적 패러다임 밖에 있지 않다. 반고는 이 세계를 창조한 조물주인데, 사전에 따르면 다음 두 가지 이야기로 전승된다고 한다.

태초의 세계는 위도 아래도 없는 곤죽과 같은 상태였고 그 속에서 반고가 태어났으며, 하늘과 땅이 열리자 음양(陰陽)의 이기(二氣) 중에서 양기(陽氣)는 하늘이 되고, 음기(陰氣)는 땅이 되었다. 반고는 이 하늘과 땅 사이를 떠받친다고 하는 천지분리형(天地分離型) 설화가 있다.

또 하나는 사체화생형(死體化生型)으로 이 세상 가장 처음에 있었

당신에게 좋은 일이
나에게도 좋은 일입니다

던 반고가 죽자 그의 몸 각 부위가 변화되어 세계가 되었다고 하는 설화이다. 즉, 두 눈은 해와 달로, 몸은 대지로, 혈액은 강으로, 근육의 힘줄은 대지의 주름으로, 피부는 논과 밭으로, 머리와 수염은 별로, 체모(體毛)는 식물로, 이와 뼈는 암석으로 변했다고 하는 이야기다.

이 신화의 구조도 하늘과 땅, 그리고 이 둘 사이에 존재하는 생명의 형식적 구조를 갖는 보편적이고 기본적인 신화의 큰 틀과 일치하고 있다.

한편, 이러한 세계의 신화 속에 배어 있는 생태학적 상상력에 대한 이해도 중요하지만, 담헌 홍대용(湛軒 洪大容)의 생태적 실학사상과 같은 우리 역사 전통의 생태주의에서도 중요한 시사점을 건질 수 있을 것이다.

그의 저서 《의산문답(醫山問答)》의 해석에 따르면, 땅이란 우주 안의 생동적 존재이다. 흙은 그 존재의 피부와 살이다. 물은 정기와 피다. 비와 이슬은 그 존재의 눈물과 땀이다. 또 바람과 불은 그 존재의 혼(魂)과 백(魄)을 일으키거나 보호하는 것이다. 따라서 물과 흙은 이 존재 안에서 길러지고, 태양에서 오는 불은 밖에서 더운 김을 쐬어 주기에, 원기가 모여서 여러 존재들이 자라나게 되는 것이다. 풀과 나무는 이 땅의 털과 머리칼이요, 인간과 짐승들은 거기에 사는 벼룩이나 이 같은 존재인 것이라는 생각이 펼쳐져 있다.

어쩌면 이렇게 생태학적 상상력과 통찰력에 기초해서 생명과 우

풀과 나무가 태양의 빛과 실체적 동맹을 통해 빚어 내는 거룩한 업적이 광합성이다. 하늘과 땅의 조화, 음과 양의 교감, 그 광합성을 통해 풀빛을 띠는 생명체들이 만들어 내는 물질과의 신선한 연대, 즉 호흡과 영양소의 섭취로 말미암아 동물들이 존재한다.

주의 본질을 이해하려는 태도야말로 풀과 나무가 꽃피우는 공존을 이해하는 근본적인 프레임이 될 수도 있을 것이다.

풀과 나무에 관한 철학적 사색

풀과 나무가 태양의 빛과 실체적 동맹을 통해 빚어 내는 거룩한 업적이 광합성이다. 하늘과 땅의 조화, 음과 양의 교감, 그 광합성을 통해 풀빛을 띄는 생명체들이 만들어 내는 물질과의 신선한 연대, 즉 호흡과 영양소의 섭취로 말미암아 동물들이 존재한다.

결국 동물들의 근육은 풀과 나무의 섬유질이요, 나의 폐 또한 본질적으로는 초록의 바람결에 은빛 리듬의 춤을 추는 한 장의 떡갈나무 잎에 불과하다. 그러고 보면, 풀과 나무야말로 지구상의 모든 생물들, 특히 동물들은 그들의 삶의 영광을 온전하게 돌리지 않을 수 없는 존재의 은인인 셈이다.

동양의학에서는 모든 생명체는 기(氣)를 통해 생명을 유지한다고 말한다. 숨을 쉼으로써 천기(天氣)를 받아들이고, 영양물질의 섭생으로 땅의 지기(地氣)를 받아들여, 천기와 지기가 조화하는 그 힘으로 생명을 유지한다고 보는 것이다. 이 음양의 논리에 근거한 생명 시스템의 운행 논리가 오행(五行)이다. 오행은 목화토금수(木火土金水)라는 다섯 가지의 성질 혹은 기운의 이미지인 성상(性象)으로 표

유영초
풀과 나무가 꽃피우는 공존의 희망

현된다.

　각 성상의 관계는 서로 생〔相生〕하고 서로 극〔相剋〕하는 관계가 맺어지며, 그 구성은 춘하추동, 동서남북의 사계와 방위로서의 성상인 네 기운〔四氣〕과 중심적 성상으로서의 땅의 기운인 흙의 기운〔性氣〕으로 이루어진다. 또 이 성상들은 각각 색과 맛과 소리와 느낌, 그리고 몸에 대응하여, 오장육부, 오음육률, 오방신(五方神), 오부제(五部制) 등 신체적 · 문화적 · 사회적 · 역사적 이해와 상상력의 틀로 이용된다.

　이러한 추상적 사색의 논리 안에는, 하늘의 태양 에너지와 땅의 물을 매개로 하여 성장한 녹색식물인 풀과 나무의 성상으로부터 출발하여 생명의 생장염장(生長斂藏)의 순환 과정을 이해하는 중요한 단서가 들어 있다. 음양의 조화는 태양의 에너지가 지구의 땅과 교감한 것이며 그 교감을 통해 탄생한 생명체들의 시간과 공간, 물리적 그물망의 운행(運行) 논리가 바로 오행(五行)으로 이해될 수도 있을 것이다.

　풀은 여린 존재의 기호이다. 살랑거리는 바람에도 눕고 혹독한 추위가 아니라도 쉽게 시든다. 그럼에도 풀은 겨울을 나는 끈질긴 생명력으로 오로지 태양과의 교감, 물과 약간의 광물질을 이용해서 지구의 생명체들을 지탱하는 생명의 펌프질을 멈추지 않는 원천적인 에너지 발전소이다.

　오로지 물과 빛과 약간의 광물질로서 삶의 동력을 만들어 내는 이 풀과 나무들에 비해 인간은 식물과 동물에 기생하지 않으면 존재할 수 없다. 그럼에도 인간들은 겨우살이를 비웃고 자기 자신의 기생적인 존재 형식 자체를 잊고 사는 생물종이다. 가장 고등한 생물종인 인간이 종들의 다양성과 존재 의미의 평등성을 잊음으로 해서 빚어지는 결과의 하나가 오늘날의 환경 문제이다.

생태계 속에서 그저 존재하는 '잡초'와 '잡목'은 없다. 이런 잡초와 잡목에 의해 사람들은 물론 생태계가 건강하게 유지되고 보전된다. 전문가들은, 우리가 채 인식하지 못하고 살아가고 있지만, 무려 4만 종 이상의 미생물, 균류, 식물, 동물이 사람의 일상적 생존을 지탱해 주고 있고, 이들이 생태계 속에서 건강하게 생명 게임에 참여해 주고 있기에 삶의 존속이 가능하다고 말하고 있다.

《오카방고, 흔들리는 생명(*Life in the Balance*)》의 저자 닐스 엘드리지(Niles Eldredge)는 각각의 생물종이란 전 지구의 모든 생태계에서 벌어지고 있는 '생명'이라는 거대한 게임에 참가한 경기자들이라고 표현한다. 이 경기자들은 제각기 고유한 생태학적 지위를 가지면서 구체적인 역할을 수행하고, 이에 따라 끝없이 에너지의 흐름이 이루어지는데 이것이 '생명 게임'이다. 결국 이 경기자들이 사라지는 것은 생명이라는 거대한 게임의 종료를 의미한다.

이 게임 종료의 상황이 생물 다양성의 위기를 통해 감지되고 있다. 그것도 지난 다섯 차례의 대멸종처럼 운석이나 그 밖의 외부적 환경 변화에 의해 야기되는 것이 아니라, 생명 게임 내부 경기자의

유영초
풀과 나무가 꽃피우는 공존의 희망

하나인 호모 사피엔스, 즉 인류에 의해 일어나고 있는 것이다.

　인류는 지구의 생장염장의 순환적 역사 속에서, 현재로서는 가장 큰 진화의 결실인 것처럼 보인다. 그런데 이 인류에 의해 우주의 다음 계절이 준비되는 것이 아니라 오히려 망가지고 있다면, 그것은 오도된 진화일 뿐만 아니라 그것을 위해 진화의 충실한 동력이 되어 준 풀과 나무에 대한 배신이라고 표현해도 좋을 것이다.

　대체로 학자들은 연간 3, 4만여 종의 생물 종들이 급속히 사라져 가고 있다고 보고 있다. 이렇게 인간들이 다른 생물 종들의 서식지

생태계 속에서 그저 존재하는 '잡초'와 '잡목'은 없다. 이런 잡초와 잡목에 의해 사람들은 물론 생태계가 건강하게 유지되고 보전된다.

당신에게 좋은 일이
나에게도 좋은 일입니다

를 침탈하면서 이루어진 절멸들은, 우리 지구별 생명 게임에서 반칙과 배신일 뿐만 아니라, 결국 인류 스스로 삶을 지탱하는 발밑을 허무는 일이다.

닐스 엘드리지의 이야기처럼 지혜로운 인간인 호모 사피엔스가 그 영리함 때문에 이렇게 발전해 왔고, 또 이렇게 문제를 만들었다면, 또한 스스로 멈춰 서서 안정을 찾고 균형점을 모색할 수 있을 만큼 영리할 것인지는 아직 장담할 수 없다. 다만, 인간이 계속해서 스스로 서식지를 파괴함으로써 공멸의 길로 간다면 아마 지구 생태계에서 뿌리 뽑혀야 할 유일한 '잡초'로 인류가 선정될 수밖에 없다는 점은 부인하기 어렵다.

야생의 길, 자유의 길

날짐승이 말을 하고 나무들도 꿈틀대던 원시의 생태계를 벗어난 이래, 우리는 풀과 나무의 말들을 알아듣지 못하게 된 지 오래다. 조수(鳥獸)와 초목(草木)들의 언어는 오늘날 문화적 상상력으로 현신하고는 있지만, 이제는 자연의 언어를 이해하는 것은 물론, 느끼는 기술조차 갑골문자를 해독하는 지식처럼 거의 모두 학습에 의존해야 할지도 모른다.

그래서 어쩌면 오늘날만큼 풀과 나무가 소중했던 적이 없다고 해도 지나치지 않을 것이다. 특히 우리는 풀과 나무의 존재 방식, 그 야생성에서 보고 듣고 배워야 한다. 야생성이야말로 모든 존재의 진정한 자유의 뿌리이자 진화의 결정판이기 때문이다. 생명의 자주성과 독립성, 그리고 연대를 위해 뻗은 나뭇가지는 야생을 이루는 필요조건이자 충분조건이다.

야생화와 야조, 야생동물들의 독특한 '아름다움 방정식'을 구하는 또 하나의 결정적인 변수가 생명의 자주성과 독립성이다. 가창오리와 닭의 차이는 닭장과 하늘의 차이보다 큰 그 야생성의 차이에 있다. '사육되지 않는 야생의 자유'는 그 자체로 감동과 찬탄인 것이다.

최근 탐조 동호회며, 야생화 동호회, 숲 탐방 마니아들이 늘어나고 있는 것은 어쩌면 귀소본능과 같은 것일지도 모른다. 아무런 이유도 목적도 없이 새를 쫓고 야생풀꽃을 찾아다니는 인간들은 어쩌면 야생성을 회복하려고 하는 스스로의 본능에 충실한 호모 사피엔스들일 것이다.

이미 사육된 본능에 야생성을 불어넣을 수 있는 방안은 역시 스스로의 생태적 체험을 통해 이루어질 수밖에 없다. 특히 야생성을 회복하기 위한 자연 체험, 숲 체험은 자연으로부터 소외를 극복하고 자연과 인간이 합일하는 좋은 길이 된다.

자연 체험 방법들 중에서는 우리가 역사 속에서 진화해 왔을 대상들이나 동반자가 되어 보는 것도 중요한 체험 요소가 된다. 풀이나 나무가 되어 보고 애벌레가 되어 보는 체험을 직접 하는 것이다. 이

야생성 회복은 곧 사람이 철들어감을 의미한다. 철이 든다는 것은 풀과 나무가
싹틔우고 꽃피우고 열매 맺는 전 과정에 내가 동참함으로써, 그 시간과 계절의
감이 몸에 배는 것을 말한다. 그렇게 해서 철마다의 바람 끝만으로도 계절의 맛
을 느낀다면, 분명 충분히 철이 든 사람이라고 해도 좋다.

것은 역사 속에서 우리가 거쳐 온 우리 안의 여러 단계에 걸쳐 겹겹이 누적된 진화적 유산을 몸으로 체험하고 이해하며 다시 획득하는 일이 될 것이다.

야생성 회복은 곧 사람이 철들어감을 의미한다. 철이 든다는 것은 풀과 나무가 싹틔우고 꽃피우고 열매 맺는 전 과정에 내가 동참함으로써, 그 시간과 계절의 감이 몸에 배는 것을 말한다. 그렇게 해서 철마다의 바람 끝만으로도 계절의 맛을 느낀다면, 분명 충분히 철이 든 사람이라고 해도 좋다. 바람의 질감만으로도 계절을 안다는 것은 달력으로 살아온 세월보다는 몸으로 겪은 시간의 풍상이 더 많을 것이기 때문이다.

요즘이야 철이 없어도 좋을 만큼 기계적으로 물리적으로 계절을 평준화시키고 있다. 그래서 철부지로 살다 가도 좋을 시절인지도 모른다. 그러나 내 몸에 철이 안 드는 것과 아무 상관없이, 지구를 거꾸로 돌릴 수 없고 시간을 역행할 수 없듯이, 철 없는 세상은 존재하지 않는다.

풀과 나무를 알고 이해한다는 것은, 철따라 피고 지는 전체의 순환성과 개체의 유한성을 생태적 관계 속에서 깨달아 간다는 것이며, 자신도 그 생명의 그물과 우주의 리듬에 따라 춤추고 있음을 자각하는 것이라고 할 수 있다. 풀과 나무는 우리를 철들게 하고 우리에게 자유의 본질을 각인시켜 주는 야생의 지도자이자, 동반자이다.

당신에게 좋은 일이
나에게도 좋은 일입니다

'아우라' 의 연출자

풀과 나무는 육신을 살찌우는 섬유질이자 영양소로서 식탁의 재료가 될 뿐만 아니라 근본적으로는 정신문화의 콘텐츠를 구성하는 본원적인 소스가 된다. 풀과 나무가 우리에게 주는 콘텐츠의 질량을 헤아리는 것은 부질없는 짓이다.

풀과 나무가 연출하는 색과 맛과 향기와 분위기와 관계의 조합 하나하나가 문화 콘텐츠의 원본들이기 때문이다. 그 중에서도 가장 소중한 것은 아름다움에 대한 추억의 원본들이다. 예술 작품에서 절대 흉내낼 수 없는 '분위기' 를 '아우라' 라고 부르는 데 동의한다면, 이 '아우라' 를 구성하는 핵심적 소스들이 풀과 나무들이다.

풀과 나무가 주는 '아우라' 의 원본들은 색깔과 향기와 소리와 촉각의 미세한 느낌들이다. 소리는 풀과 나무의 아우라 중에서 가장 감각적인 부분인데, 이를테면 '낙엽을 밟는 소리' 는 풀과 나무가 연출하는 아우라의 가장 고전적인 전형이다. 그렇게 풀과 나무가 연출해 내는 소리 풍경의 아우라는 심장에 새겨진 사랑의 지문과 같아서 지워지질 않는다.

성문(聲紋)은 지문(指紋)보다 선명하고 오래간다. 그래서 소리의 풍경들은 지워지지 않는 성문의 흔적처럼 마음에 깊이 새겨진다. 나무들이 움을 틔우기 위해 언 땅을 뚫고 수액을 길어올리는 소리를 듣는 것은 경이롭고 신비한 원음(原音)에 대한 체험이다. 대지에 뿌

유영초
풀과 나무가 꽃피우는 공존의 희망

소리 중에서 가장 심오한 소리는 적막일 것이다. 적막에도 등급이 있다면, 풀과 나무들이 연출하는 숲의 적막이야말로 우주의 심연을 주유하는 것만큼 신비한 최고 등급의 적막이다. 적막한 산에서 풀과 나무들이 주는 고요의 선물은 경이로운 '아우라' 이다.

리를 박고 심장의 박동만큼 힘차게 펌프질을 하여 수액을 긷는 나무들의 그 신비로운 노동의 소리를 듣는 것은, 결코 복제되지 않는 유일한 원본의 체험 예술이 되는 것이다.

물론, 소리 중에서 가장 심오한 소리는 적막일 것이다. 적막에도 등급이 있다면, 풀과 나무들이 연출하는 숲의 적막이야말로 우주의 심연을 주유하는 것만큼 신비한 최고 등급의 적막이다. 적막한 산에서 풀과 나무들이 주는 고요의 선물은 경이로운 '아우라'이다.

색깔은 사물이 태양 빛과 교감하여 나오는 저마다의 농도를 갖는 관능의 불꽃이다. 꽃이 아름다운 것은 이 생명의 색깔, 관능의 불꽃 때문이다. 컬러야말로 사물이 자기를 현현(顯現)하는 최고의 방법이자 최후의 메시지일지도 모른다. 풀과 나무가 연출하는 풀빛의 아우라는 RGB 빛의 삼원색 값으로는 도저히 조합될 수 없는 마음의 빛깔이다.

숲은, 나무는, 풀은 생의 한 매듭 한 매듭마다 계절마다 새로운 분위기로 우리들에게 아름다움의 '아우라'를 전한다. 풀과 나무의 초록의 색에 대한 우리들의 정보는 생명의 색으로 각인되어 있듯이, 생명의 시원의 기억 속에 각인된 풀빛의 '아우라'는 마치 자궁 속 아기의 기억만큼 편안한 색깔일 것이다.

사람의 지각 능력 중에서 가장 민감한 것이 후각이다. 그러나 요즘은 아마도 귀신같이 맡는 돈 냄새 말고는 도무지 무슨 냄새인지 모르는 경우가 많을 것이다. 나무는 죽어서도 향기를 간직하고 있고, 숲은 굳이 도끼를 휘두르지 않아도 우리 코끝에 향기를 묻혀 준다. 풀과 나무가 주는 향기는 돈 냄새밖에 못 맡는 인간들을 치료하는 아로마 테라피의 좋은 약재가 된다.

초목을 꺾지 아니한 뒤에라야 숲이 무성해진다

"제비의 알을 깨뜨리지 아니한 뒤에라야 봉황이 와서 거동하고, 초목의 싹을 꺾지 아니한 뒤에라야 산림이 무성하리라."

해월 최시형의 말이다. 물론, 이렇게 이야기되어 있는 생태학적 경구들만으로는 풀빛의 생각이 사람들의 뇌리에 쉽사리 염색되지 않으리라는 것은 안다.

그럼에도, '제비의 알을 깨뜨리지 아니한 뒤에라야 봉황이 거동한다'는 말에서 생태학적 상상력을 꺼내오고, '초목을 꺾지 아니한 뒤에라야 숲이 무성해진다'는 문장에서 풀빛 문화의 메시지를 끄집어내서 공존과 상생의 아이콘으로 삼을 수 있느냐는 읽어 내는 사람의 몫이기에, 또 여기 다시 한번 새겨 보는 것이다.

홍대용은 "초목의 이(理)가 금수의 이요, 금수의 이가 사람의 이요, 사람의 이가 곧 하늘의 이"란 표현으로 위와 같은 말을 반복하였다. 풀과 나무에게 좋은 것은 작게는 사물과 사람에게, 크게는 하늘로 표현되는 생명과 우주의 득으로 이어진다.

풀과 나무를 공존과 상생의 지혜를 일깨우는 풀빛 문화의 아이콘으로 삼느냐 마느냐는 결국 우리들의 선택이다. 풀과 나무는, 어느 지식 분류에 따르면, 살아 있는 암묵지(暗默知, tacit knowledge)의 움직이지 않는 교본이 될 것이다.

풀과 나무를 공존과 상생의 지혜를 일깨우는 풀빛 문화의 아이콘으로 삼느냐 마느냐는 결국 우리들의 선택이다. 풀과 나무는, 어느 지식 분류에 따르면, 살아 있는 암묵지(暗默知, tacit knowledge)의 움직이지 않는 교본이 될 것이다. 그러나 이미 박제화된 지식으로서의 형식적인 지식(形式知, explicit knowledge)은 지금 같은 디지털 복제 시대에는 수많은 디렉토리의 폴더 안에 갇힌, 하나의 확장자를 가진 파일에 불과하다.

마치 증기기관이 인간의 근육을 대체한 것처럼, 어쩌면 이제 논리와 지식의 확장을 위한 형식적인 지식의 용량, 뇌의 용량은 이제 무한 복제의 디지털 단말기의 몫이 될지도 모른다. 그렇다면 경험과 체험을 통해서만 체득될 수 있는 개개인의 고유한 느낌을 수반한 지식, 암묵적 지식은 풀과 나무의 몫이 되는 것이다.

새로운 느낌, 나만의 느낌, 유일한 원본으로서의 아우라를 갖는 지식의 데이터는 체험과 성찰을 통해 얻어지는 아날로그의 역할인 셈이다. '무한 복제'로 열린 공간인 디지털 시대에는 '같음'은 무의미하다. '다름'이야말로 살아남는 유일한 이유가 된다. 차이가 곧 존재의 가치다.

사물이든 사람이든 진정한 '차이'에서 정체성(Identity)이 형성된다. 이 정체성의 정체를 우리는 아날로그의 보루로 상징되는 풀과 나무 속에서 쉽게 구할 수 있을 것이다. 리더십보다는 멤버십이, 독점보다는 나눔이, 집중보다는 네트워킹이 중시되는 '관계'의 시대를 이끌어가는 '차이'와 '다름', 그리고 '정체성'은 풀과 나무의 아우라, 아날로그에서 나올 수밖에 없기 때문이다.

가우디는 예술에서 창조(Originality)는 근본(Origin)으로 돌아가는 것이라고 말한다. 그리고 건축도 인간의 인식 이전에 존재하고 기능하는 자연 법칙의 지배를 받을 때 비로소 생명력을 갖는다고 말한다. 모든 창조는 근본에서부터 시작되고 상상력은 창조의 원천이다. 그리고 이 상상력은 생태학적 본능이 열릴 때, 활짝 필 것이다.

유영초
풀과 나무가 꽃피우는 공존의 희망

．．．

서울 성수동에서 20년 동안 구두를 닦아 온 이창식 씨는 매월 수입의 1퍼센트를

공익재단에 기부하고 있습니다. 그의 가게 한쪽에 걸려 있는 작은 달력 매월 25

일에는 동그라미 표시가 있습니다. 이날은 구두를 닦으면서 한 달 모은 돈 1백

만 원 중 1퍼센트를 기부하는 날입니다. 한때 돈이 없어 딸아이를 맡기고 돈을

벌러 다니기도 했다는 그는 현재 1천만 원 보증금에 15만 원 월세의 작은 방 한

칸에 팔순 노모와 여덟 살짜리 딸과 함께 살고 있지만, 이렇게 한 지붕 아래 같이

살고 있는 것만으로도 얼마나 좋은지 모르겠다고 말합니다.

4 마음으로도 나눌 수 있다

─ "작은 나눔이 아름답다"

유창주

마창노련 지역 문화패 '일과 손' 창립멤버이다. 1992년 지운(JI-WOON)이라는 필명으로 독일 카셀대학 슈토프벡셀이 기획한 아시아 아프리카 라틴아메리카 국제예술제(다른 것들과의 만남전)에 평론이 채택되어 심포지움에 초청 참석하였다. 광고사와 기업홍보실에서 영화미술, 광고, 홍보, 전시기획자로 일하였고, 참여연대 전 문화사업국장, 매체사업국장, 아름다운재단 설립 준비 기획국장으로 활동하였으며 현재 아름다운재단 사무처장직을 맡고 있다.

누림에서 나눔으로

얼굴도 아름답고, 만남도 아름답고, 사랑도 아름답고, 삶도 아름답고… 이제는 너무 흔해져 버린 '아름다움'에 대해 생각해 보았습니다. 원래 '아름'은 한아름, 아름드리처럼 '양팔을 벌려 껴안은 둘레'를 뜻한다고 합니다. 또 옛날에는 '아름'이 '나'를 뜻하는 '아람'이라는 말로 쓰였다고도 합니다. 아름에 다움이 더해진 아름다움이란 내 몸에 넉넉하게 들어오는 풍요로움, 다른 것들을 나스럽게 여기는 것, 이런 뜻이 아닐까 싶습니다.

'아름다움'이란 무엇일까요? 진정으로 아름다운 아름다움이란 내 이웃과 내가 살아가는 세상을 나처럼 소중히 여기며 두 팔을 벌려 다른 사람을 한아름 가득히 껴안는 것 아닐까요? 그렇기에 아름다움의 진의는 사랑이며, 나눔일 것입니다.

우리는 누구나 궁핍함이 아닌 풍요로움을 원합니다. 그러나 그 풍요로움은 다른 사람의 궁핍함과 소외됨을 외면한 채, 내 풍족함을

당신에게 좋은 일이
나에게도 좋은 일입니다

위해 돈을 버는 데만 열중하는 것이 아닙니다. 풍요로움을 위해 탐욕과 거짓, 부정과 부패가 횡행하는 세상을 원하지는 않습니다.

풍요롭되 정의로운 세상, 사회의 어느 한편에만 흘러넘치는 풍요로움은 정의롭지 못합니다. 낙오한 사람들을 일으켜 함께 살아갈 수 있는 사회, 낙오한 사람에게도 더 나은 삶을 추구할 수 있는 권리와 기회가 부여되는 사회, 정직하고 성실한 사람들이 행복하게 살 수 있는 사회, 그런 사회가 정의롭게 풍요로운 사회라고 생각합니다.

함께 나눔으로써 모두가 조금씩 풍요로워질 수 있는 사회가 진정으로 아름답습니다. 버는 것은 돈이지만 나누는 것은 마음입니다. '누림에서 나눔' 으로, 아름다움을 위해 우리가 실천해야 할 덕목이 아닌가 싶습니다.

나누면 남는다

어떤 사람이 대중을 향하여

"작은 솥 하나에 떡을 찌면 세 명이 먹기도 부족합니다. 그러나 천 명이 먹으면 남습니다. 그 이유를 아시는 분?"

하고 물었습니다.

아무도 답을 하지 못했습니다.

그때 멀찍이 서 계시던 노스님이 말했습니다.

"서로 다투면 모자라고 나누면 남지."

─《송고승전》, 〈풍경소리〉에서

그동안 우리는 '나눔'이라는 것에 대하여 너무 인색하거나 어렵게 생각해 왔던 것 같습니다. 나눔에는 굳이 큰 돈과 큰 마음만 필요한 것은 아닙니다. 내가 가진 것 중 작은 하나, 그 하나를 나누고 싶은 따뜻한 마음만으로도 '나눔의 삶'을 살아갈 수 있습니다. 그리고 그 나눔으로 우리 사회는 조금씩 부드럽게 변화될 수 있습니다. 나누어 삶이 풍요로워질 수 있습니다.

서울 성수동에서 20년 동안 구두를 닦아 온 이창식 씨는 매월 수입의 1퍼센트를 공익재단에 기부하고 있습니다. 그의 가게 한쪽에 걸려 있는 작은 달력 매월 25일에는 동그라미 표시가 있습니다. 이 날은 구두를 닦으면서 한 달 모은 돈 1백만 원 중 1퍼센트를 기부하는 날입니다. 한때 돈이 없어 딸아이를 맡기고 돈을 벌러 다니기도 했다는 그는 현재 1천만 원 보증금에 15만 원 월세의 작은 방 한 칸에 팔순 노모와 여덟 살짜리 딸과 함께 살고 있지만, 이렇게 한 지붕 아래 같이 살고 있는 것만으로도 얼마나 좋은지 모르겠다고 말합니다. 그리고 그는 가끔씩 자신만을 알고 이웃을 못 본 체 지내는 이 세상이 너무 차갑게 느껴질 때가 있다고 덧붙입니다.

삯바느질로 번 돈, 김밥 장사를 하면서 어렵게 모은 돈, 이렇게 모은 수억 원, 수십억 원의 돈을 나눈 사람들의 사연을 우리는 익히 들어왔습니다. 정작 자신은 평생을 가난하게 살았으면서도 온 재산을 털어 아무런 대가도 바라지 않고 사회를 위해 내놓은 사람들의 아낌없는 기부는 하나같이 위대한 인간 드라마입니다.

우리들의 존경을 받는 감동적인 사연의 나눔이 있는가 하면 이름 없는 사람들의 알려지지 않은 소박한 나눔도 있습니다. 새로운 나눔 문화를 만들어가는 그 한가운데에는 이러한 평범한 우리 이웃들의 소박하지만 아름다운 나눔이 있습니다. 그리고 평범한 우리 이웃들의 작은 나눔도 충분히 감동적이며 존경스럽습니다.

어쩌면 그동안 우리는 기부 혹은 나눔에 대한 잘못된 편견을 갖고 있었는지도 모릅니다. 기부가 좋은 것이기는 하지만 특별한 재력가나 큰 돈을 가진 사람만 할 수 있다고 생각해 왔던 것은 아닌지, 또한 나눔 자체를 너무 어렵게만 생각했던 것은 아닌지 모르겠습니다. 그러나 다시 말하지만 나눔에 굳이 큰 돈과 큰 마음이 필요한 것은 아닙니다. 내가 가진 것 중의 작은 하나, 그 하나를 이웃과 사회를 위해 나누고 싶은 따뜻한 마음, 그것만으로도 우리는 나눔의 삶을 살아갈 수 있습니다. 그리고 그 나눔으로 우리 사회는 우리가 희망하는 모습으로 조금씩 변화될 수 있을 것입니다.

물질이 아니더라도 따뜻한 눈길과 마음만이라도 나눈다면 우리들의 삶이 지금보다는 더 넉넉해질 수 있을 것입니다. 나누면 남습니다. 삶이 풍요로워집니다.

유창주
마음으로도 나눌 수 있다

콩 세 알의 삶

생명농사 지으시는 농부 김영원 님은
콩을 심을 때
한 알은 하늘의 새를 위해
또 한 알은 땅속의 벌레들을 위해
나머지 한 알을 사람이 먹기 위해
심는다고 말씀하십니다.

지금도 만주 들판에는 삼전(三田)이 전해오는데
일제 때 쫓겨 들어간 우리 조상님들이
눈보라 속에서 맨손으로 일궈낸 논을 3등분해
하나는 독립운동 하는 데 바치는 군전(軍田)으로
또 하나는 아이들 학교 세우는 데 학전(學田)으로
나머지 하나는 굶주림을 이겨내는 생전(生田)으로
단호히 살아내신 터전이 바로 삼전인데

희망이 보이지 않는다는 오늘
내가 번 돈
나의 시간
나의 관심

나의 능력

어디에 나눠 쓰며 살고 있는가요

지금 나는 콩 세 알의 삶인가요

삼전의 뜨거움, 삼전의 푸르름,

셋 나눔의 희망을 살고 있는가요.

-박 노 해, 〈나눔의 희망〉

'나눔'이라는 키워드를 검색창에 입력해 봅니다. 잊혀졌던 '셋 나눔의 희망'이라는 희망을 찾았습니다.

그리고 잊혀지지 않는 한 명의 아름다운 농부가 떠올랐습니다. 그는 4년째 계속 추수가 끝날 때쯤이면 쌀 한 포대씩을 '수확 1퍼센트'라는 이름으로 아름다운재단으로 보내옵니다.

"내가 농사를 좀 짓는데 쌀도 기부할 수 있습니까? 추수가 끝나면 보내 주리다."

이렇게 그의 기부는 시작되었습니다. 추수 전에 이미 자신의 쌀 한 포대를 나눔을 위해 마련하기로 한 약속을 지금도 묵묵히 지키고 있습니다.

아파트 관리원으로 하루 일하고 하루 쉬는 날에 그는 농사일을 합니다. 일 년 수확량은 40킬로그램 기준으로 70~80포대 정도. 매년 한 포대씩을 보내니 수확량의 1퍼센트를 넘는 셈입니다. 그가 나눈

쌀은 노숙자에게 따뜻한 밥으로 제공됩니다.

그는 쌀은 누구나 먹으니 노인이건 굶는 사람이건 누구에게나 보내질 수 있을 거라고 생각했답니다. 한때 실직자로 하루하루를 생활했던 그는 그 누구보다 밥 한 그릇 나누는 소중함을 잊지 못했던 것입니다.

"넉넉하지 않은 형편이지만 어려울 때 돕는 게 진정한 도움 아닙니까. 이웃들을 도울 수 있는 것이 기쁩니다. 나도 잘못되면 실업자가 되고 노숙자가 되는 것이니, '남'이라는 생각이 안 듭니다. 그래서 작은 것이나마 함께 나누며 살아야겠다는 생각을 한 것이지요."

고단한 삶의 흔적인 듯 그의 머리에는 벌써 나이보다 많은 백발이 돋아 있습니다. 하지만 "어려웠던 사람이 어려운 사람의 처지를 더 안다"는 그는 어렵게 살아가는 이웃들에 대한 따뜻한 마음을 결코 잃지 않겠다고 합니다. "노숙자들에게 직접 땀 흘려 농사지은 쌀로 따뜻한 밥을 꼬박꼬박 먹이고 싶다." 이것이 그가 열심히 살아가는 이유입니다.

콩 세 알의 삶, 옛 것 속에 담긴 나눔의 행동과 정신을 현재에 다시 살려내는 것, 그것이 오염되고 병든 이 시대를 이겨내게 하는 힘이 될 수 있을 것입니다. 우리는 어떤 나눔을 실천하고 있는가요.

당신에게 좋은 일이
나에게도 좋은 일입니다

2004년 5월 경기도 광명의 한 초등학교에서 바자회가 열렸습니다. 필요는 없지만 버리기 아까운 물건들을 친구와 바꿔 쓰기도 하고, 수익금으로 기부도 하는 작은 행사였습니다. 이 학교 2학년 어린이 280명이 모두 자신에게는 꼭 필요하지 않지만 버리기에는 아까운 물건들을 한두 점씩 들고 왔습니다. 언니에게 물려받은 원피스와 반짝이 풀을 가져다 파는 친구도 있었고, 소장품 경매마냥 애지중지하는 만화책을 가져온 친구도 있었습니다. 그림동화책, 장난감, 인형, 옷, 학용품 등 다양한 물품이 운동장 한쪽에 마련된 알뜰장터에 쌓였습니다.

바자회는 이 학교 선생님의 제안으로 열리게 되었습니다. 한 달에 한 번씩 실시하는 주5일제 토요일 수업시간에 아이들이 재활용할 수 있는 물건을 집에서 직접 가져와 사고팔면서, 친구들과 나눠 쓰고 바꿔 쓰는 경험도 하고, 나눔을 실천할 수 있는 기회도 가져 보자는 뜻에서였습니다. 바자회를 통해 거둔 수익금은 모두 28만 8천 원. 잔뜩 부푼 기대를 안고 아이들과 선생님은 머리를 맞대고 이 돈을 어떻게 쓸까 고민하기 시작했습니다.

부산의 한 사회복지사가 안타까운 마음으로 아름다운재단에 사연을 하나 전해 주었습니다. 세탁기가 하나 필요하다는 것이었습니다. 요새 세탁기 없는 집이 있을까 싶었는데, 맘만 먹으면 삼십만 원 안

퍕 하는 세탁기 하나 못 살까 싶은데, 사연을 읽어 보니 마음이 아려 왔습니다. 세탁기가 필요한 집은 다섯 형제가 어머니와 함께 살고 있는 가정. 다섯 형제의 맏형이 이제 중학교 3학년, 막내가 여섯 살인 이들 형제는 정신장애를 앓고 있는 어머니를 수발하고 있었습니다. 실질적인 소년 가장의 집인 셈입니다.

집을 청소해 줄 사람도, 밥을 챙겨 줄 사람도, 목욕을 시켜 줄 사람도 없습니다. 부모님의 보살핌을 받아야 할 어린아이들이 고사리 손으로 직접 빨래를 합니다. 그 어린 손으로 여섯 식구의 빨래를 감당하기는 너무 벅찹니다. 궁핍한 살림에 세탁기를 살 엄두도 못내는 이 아이들.

광명의 초등학교 아이들이 바자회 수익금을 어디에 값지게 써야할지 고민하는 사이, 또래의 다섯 형제들은 세탁기도 없이 직접 빨래를 하며 세탁기 기증을 애타게 기다리고 있었습니다. 어린 친구들을 위해 중개사가 나섰습니다. 도움을 주고 싶다는 사연과 도움을 필요로 하는 사연을 이어 주는 나눔의 복덕방, 행복한 중개사 덕분에 고사리 손 나눔이 실현되었습니다. 그야말로 친구들끼리 서로서로 나눔을 주고받은 것이지요.

예전에는 기복신앙의 상징인 서낭당에서 당제를 지낸 뒤 제사 음식을 마을로 가져와 모든 이웃들이 골고루 나누어 먹었다고 합니다. 그 음식을 먹어야 무병(無病), 무화(無禍), 무액(無厄)하다는 믿음 때문이었습니다. 이처럼 마음의 안정을 찾아 주는 제사 음식이라고 해

당신에게 좋은 일이
나에게도 좋은 일입니다

서 '복덕'이라고 불렀답니다. 복덕을 나누는 자리가 바로 복덕방(福德房)인 것입니다. 이런 의미가 있는 자리라서 마을 사람들이 많이 모였고 자연스레 여러 홍정이 오가면서 일종의 중개소 역할을 하게 된 것이지요.

경기도 한 초등학교와 부산의 다섯 형제들의 고사리 손 나눔을 이어 준 중개 사연처럼 세상에서 가장 아름다운 거래, 나눔을 서로 주고받을 수 있는 복덕방이 생긴다면 상상만 해도 즐겁지 않은가요. 마치 맘에 꼭 드는 집을 사고파는 것처럼 행복한 중개사가 손님이 원하는 최적의 나눔을 찾아 연결시켜 주는 곳, 희망의 중개소, 사랑의 복덕방. 1년 365일 내내 문을 닫지 않는 그곳의 행복한 중개사이고 싶습니다.

'웰빙'의 참뜻

불교 경전 중의 하나인 《잡보장경(雜寶藏經)》에는 재물 없이 남에게 베풀 수 있는 일곱 가지 보시(布施)에 대한 내용이 담겨 있습니다.

첫 번째는 몸으로 봉사하는 것입니다. 두 번째는 따뜻한 마음을 베풀어 주는 것입니다. 세 번째는 눈으로 남을 볼 때 남이 평온한 느낌을 받을 수 있도록 하는 것입니다. 네 번째는 온화한 얼굴 표정을 통하여 남에게 도움을 주는 것입니다. 다섯 번째는 친절하고 따뜻한

유창주
마음으로도 나눌 수 있다

우리 사회를 돌아봅니다. 한편에서는 누리는 사람들이 있는가 하면, 다른 한편에서는 궁핍함으로 고통스러운 사람들이 있습니다. 풍요로움을 누리는 이들이 있는가 하면, 더 이상 줄일 것이 없는 이들이 있습니다. (사진·류관희)

말을 해 주는 것입니다. 여섯 번째는 남에게 자리를 찾아 주거나 양보하거나 편안하게 해 주는 것입니다. 일곱 번째는 남에게 자기의 방을 이용하게 하거나 집에 와서 쉬거나 묵게 하는 것입니다.

남을 위해 나눌 수 있는 것은 재물만 있는 것이 아닙니다. 작지만 내가 가진 그 어떤 유무형의 것도 남을 위해서는 소중하게 사용될 수 있습니다.

이슬람 교리에도 무재칠시(無財七施)의 의미처럼 자선에 대한 소중한 뜻이 담겨 있습니다.

나뭇가지마다 찾아드는 참신한 햇빛의 자선이 있으며 사람들 사이를 공평하게 해 주는 것 또한 자선입니다. 나뭇가지마다 매일 거기에는 자선이 있습니다. 한 사람이 다른 사람에게 그의 가축을 타도록 돕는 것도 자선입니다. 가축에 짐을 싣도록 돕는 것도 자선이고 또 좋은 말씨도 자선이며 예배하러 가는 한 걸음 한 걸음도 자선입니다. 길을 안내하는 것 또한 마찬가지입니다.

자선 행위는 인간이 인간에게 당연히 행하는 의무로서 되어져야 하며, 주는 자의 우월감이나 받는 자의 열등감이 전혀 작용하지 않아야 한다는 뜻이 담겨 있습니다.

나눔은 이렇듯 내가 서 있는 곳에서 조금만 관심을 기울인다면 어렵지 않게 베풀고, 받을 수 있습니다.

우리 사회를 돌아봅니다. 한편에서는 누리는 사람들이 있는가 하면, 다른 한편에서는 궁핍함으로 고통스러운 사람들이 있습니다. 풍요로움을 누리는 이들이 있는가 하면, 더 이상 줄일 것이 없는 이들이 있습니다. 우리 생활에서 조금씩 줄여가면서, 줄여도 줄여도 나아지는 것 없이 어려운 삶을 살아야만 하는 사람들, 바로 우리 이웃들과 나눔을 실천할 수 있어야 합니다.

소비가 미덕인 시대가 아닙니다. 자린고비가 부의 지름길도 아닙니다. 알맞게 소유하고 조금 적게 소비하는 것, 그리고 그 속에서 나눔을 생각하는 것, 그것이 진정한 웰빙이 아닐까요? 줄임의 미덕은 우리가 먹고, 쓰고, 버리는 것들을 조금씩만 줄이면서 건강을 생각하고, 이웃을 생각하고, 환경을 생각하는, 다음 세대를 생각하는 나눔입니다.

줄여서 나누는 것은 나의 것을 다른 누구와 나누어 쓰는 것입니다. 우리가 생활 속에서 조금씩만 줄이면 그만큼 필요한 누군가에게 되돌아갑니다. 이와 같은 나눔으로 우리는 자연스럽게 '함께 사는 세상에서, 함께 누리는 삶'의 의미를 실천할 수 있습니다.

'마음의 풍요'를 찾아서

'석과불식(碩果不食)'이라는 말이 있습니다. 직역하면 "큰 과일은

당신에게 좋은 일이
나에게도 좋은 일입니다

먹지 않는다"는 의미이지만, 여기서 큰 과일은 까치밥을 일컫습니다. 까치나 날짐승을 위해 과일 하나 남겨두는 마음. 나눔은 자연과 사람을 배려하고 아끼는 마음 씀씀이에서부터 시작되어야 합니다.

돈이나 물건을 모으거나 아끼는 경제 교육도 중요하지만 어려서부터 나눔의 의미를 느낄 수 있는 교육이 필요합니다. 경제 활동의 한 주체로서 사회적 역할과 책임을 제대로 인식하게 하고, 다른 사람들과 더불어 살아가는 법을 가르치는 것이야말로 아이들에게 꼭 필요한 진정한 의미의 경제 교육이 아닐까 싶습니다. 평소 자기 것을 아껴 쓰고, 어려운 이웃을 위해 나눠 쓰는 습관을 길러 주는 것이 건강한 경제 의식의 바탕이 될 수 있을 것입니다.

노벨경제학상을 수상한 아마르티야 센(Amartya Sen)과 진 드레즈(Jean Dreze)가 쓴 《기아(飢餓)》라는 책에 따르면, 매일 굶주림으로 죽어 가고 있는 사람은 점보제트기 300대의 승객과 거의 같은 수라고 합니다. 물론 대부분이 아이들이고요. 세계화에 기반을 둔 경제 발전 정책에 따라 시장이 돌아가고 있음에도 불구하고, 이렇게 많은 사람들이 죽어 가고 있는 것이 오늘날의 현실입니다.

정치학자이자 평화운동가인 더글러스 러미스(Douglas Lummis)는 물질의 풍요보다는 마음의 풍요를 찾아야 한다고 합니다. 물질의 풍요가 아니라 참다운 의미의 풍요를 추구하는 사회, 그리고 정의에 바탕을 둔 사회를 어떻게 만들어 갈 것인가 하는 것이 중요한 문제라고 지적합니다.

유창주
마음으로도 나눌 수 있다

굶어 죽어 가는 인간, 사라져 가는 생물, 사라져 가는 언어, 줄어 드는 생물권을 바라만 보고 있을 것인가? 재난은 이미 시작되었지만 파괴된 인간의 문화, 자연계에도 이 파괴만 멈추면 희망은 남아 있다고 더글러스 러미스는 얘기합니다. 변화가 너무 늦어서 커다란 재난과 함께 찾아들 것인지, 아니면 적극적·의도적인 개혁이 제때에 이루어져, 늦기 전에 재난을 피할 수 있을지, 늦지 않을 수 있을지가 중요한 때라고.

미래 세대를 위한 길이 어떤 것인지, 어른들은 속내를 풀어 놓고

미래 세대를 위한 길이 어떤 것인지, 어른들은 속내를 풀어 놓고 얘기를 나누어야 합니다. 대안을 찾아 끊임없이 실험과 모색을 계속해야 합니다. 어린 벗들이 출세지향적인 사회 풍토 속에서 편향된 교육을 계속 받게 할 수는 없습니다. 참된 교육이 필요한 때입니다. (사진·서경원)

당신에게 좋은 일이
나에게도 좋은 일입니다

애기를 나누어야 합니다. 대안을 찾아 끊임없이 실험과 모색을 계속해야 합니다. 어린 벗들이 출세지향적인 사회 풍토 속에서 편향된 교육을 계속 받게 할 수는 없습니다. 참된 교육이 필요한 때입니다.

지금은 더딘 것 같지만 차근차근 바른 인성을 심어 줄 수 있는 교육 환경과 제도를 만들어 내야 합니다. 대지를 품고 세계를 품을 수 있는 사람을 만들어 내는 것이야말로 새로운 희망을 만드는 단초가 될 것입니다. 마음의 풍요를 찾을 수 있는 교육, 그 교육은 바로 나눔의 진정한 의미를 되새겨 주고 실천하게 만드는 것입니다.

빈곤의 문제는 이론이 아니라 말이 아니라 따뜻한 시선에서부터 시작되어야 합니다. 자원과 재원이 아무리 많아도 마음이 담긴 시선을 가지고 문제를 들여다보지 않으면 생색내기에 그쳐 버릴 수 있습니다. 닭이 먼저냐 계란이 먼저냐라는 성장과 분배의 논의도 좋지만 현재의 복지 시스템이 어떻게 돌아가고 있는지 다시 들여다볼 필요가 있습니다. 돈을 모으기도 힘들지만 제대로 쓰기는 더 어려운 문제입니다. 이제 더불어 함께 사는 길이 어떤 것인지, 마음을 담아 내는 나눔이 어디에서부터 시작되어야 하는지 고민하고 또 실천해야 할 때입니다.

"고기를 주는 것보다, 고기 잡는 법을 가르쳐 주어야 한다." 사실 말은 쉽지만 어렵고 먼 길입니다. 이보다 먼저 삶의 의지를 높일 수 있는 기회를 주고, 더 어려운 이웃을 위해 나눔에 참여하는 것 하나만으로도 일단 희망을 다시 살릴 수 있을 것입니다.

그렇지만 깨진 독에 물 붓기를 계속 할 수는 없습니다. 기준이 있으면 기준을 뒷받침하는 법이 제정되고, 제도가 개선되어 사회 안전망을 견실하게 만드는 작업이 이루어져야 합니다.

그러나 그 빛이 보이기까지 기다릴 수만은 없습니다. 나눔의 의미를 새롭게 조명하고 나눔의 방정식을 풀어야 합니다. 감성을 움직이는 일회적인 모금과 시혜성 자선만으로 해답을 찾을 수는 없습니다. 이웃과 사회를 위해 헌신하며 삶의 변화를 위해 대안적인 활동을 하는 단체와 사람을 찾아 지속적으로 지원해야 합니다. 그렇게 되기 위해서는 시민의 관심과 참여가 있어야 합니다. 모든 것을 정치와 정부에게 맡길 수는 없습니다. 먼저 내가 가진 가장 작은 것이라도 나눌 때입니다. 주저할 때가 아닙니다.

공존, 상생의 시대는 멀리 있는 것이 아닙니다. 우리들은 물질 만능 시대가 쏟아 낸 오색찬란한 빛에 눌려, 우리의 모습을 잊은 채 살고 있습니다. 이제라도 스스로를 돌아보는, 마음을 들여다보는 시간들이 필요합니다. 자성(自省)을 통해 벼랑 끝에 매달린 희망을 건져 올려야 합니다. 더불어 사는 삶은 상아탑의 낡은 서고에 쌓여 있는 철학 교리를 통해서가 아니라, 자성과 나눔의 실천을 통해 만들어집니다.

'자리이타(自利利他)' 라는 말이 있습니다. '자신의 이로움이 곧 남의 이로움' 이라는 뜻입니다. 자기가 잘살아야 남도 잘살고, 남도 잘살아야 자기도 잘살 길이 열린다는 이 뜻이 이상적인 인간상으로만

당신에게 좋은 일이
나에게도 좋은 일입니다

머물러 있어서는 안 됩니다. 상생의 길은 자기 자신과 이웃, 자연의 돌아봄과 들여다봄을 통해 열릴 것입니다. 서로가 평등한 시선을 가지고 손을 잡을 때, 마음을 열 때 공존의 풍경소리가 울려퍼져 나갈 것입니다.

---

* 이 글에 인용된 일부 글은 더글러스 러미스의 《경제 성장이 안 되면 우리는 풍요롭지 못할 것인가》를 참고했습니다.

유창주
마음으로도 나눌 수 있다

• • •

음식을 만들기 위해 많은 재료들이 들어간다. 그러나 그들 중 하나라도 자신만

의 강한 맛을 지닌 채 음식을 완성하게 된다면 전체 음식맛이 이상해질 것은 당

연한 이치다. 그들 재료는 자신만의 맛과 향을 그대로 가지고 다른 것들과 어울

려서 전혀 색다른 차원의 맛을 창조해 낸다. 이것이야말로 이질적인 것들이 모

여서 자신과 남을 초월한, 전혀 다른 맛을 만들어 낸 것이다.

나와 다른 것을 인정하는가, 그것들을 나와 동일하게 만들려고 하는가에 따라 군

자와 소인, 조화와 동일함이 나누어진다.

5 예(禮)와 악(樂)이
구성하는 조화의 힘

김풍기

강원대학교 사범대학 국어교육과를 졸업하였으며, 고려대학교 대학원 국어국문학과 석
사 및 박사과정을 마쳤다. 현재 강원대학교 사범대학 국어교육과 교수로 있다. 주요 저
서로 《조선전기 문학론 연구》《고전시가교육의 역사적 지평》《시마(詩魔), 저주받은 시
인들의 벗》《옛시읽기의 즐거움》《누추한 내 방: 허균 산문집》 등이 있다.

'人—間', 관계를 형성하는 힘

근대 이후 사람들의 삶이 각박해지면서 개인이 맺는 관계의 그물망은 한층 촘촘해졌다. 나를 둘러싸고 있는 수많은 요소들이 치밀하게 맞물려 있기 때문에, 하나라도 삐끗하기만 하면 순식간에 '나'라는 존재는 가뭇없이 사라져 버린다. 세계는 언제나 자아를 중심으로 혹은 자아에 의해 구성된다. 알게 모르게 우리는 얼마나 많은 것들에 의해 스스로를 구성해 나가는가. 그런 점에서 내가 관계 맺는 세계는 내가 구성하는 우주이면서 동시에 나를 옥죄는 족쇄이기도 하다. 순간, 사슬이라는 말의 이중성을 다시 한 번 절감한다. 사슬은 나와 세계를 이어 주는 가교 역할을 하기도 하지만, 다른 한편 나를 세계의 횡포에 얽어매는 끔찍한 역할을 하기도 한다. 그 인연의 사슬을 끊어야만 '나'의 자유가 완성된다고 하는 교의는 불교에서만 주장하는 것은 아니다. 유교나 도교와 같은 동아시아의 여러 종교에서 항용 내세우는 생각이다.

그러나 인연의 사슬을 끊는다는 것이 말처럼 쉽지가 않을 뿐만 아니라, 실제로 끊는다 하더라도 인간의 '몸'이라는 현실을 벗어나지 않는 한 인간을 구성하는 기본 조건인 관계의 그물은 언제나 나를 둘러싸고 있게 마련이다. 엄존하는 '몸'의 현실은 타자 혹은 세계를 전제로 구성된다. 관계의 윤리성이 필요한 것은 바로 이 지점이다.

나와 세계의 관계를 정립하는 일종의 윤리적 기준을 만들어 내는 것은 꼭 인간과 인간 사이에서만 설정되는 것은 아니다. 나는 다른 인간뿐만 아니라 나무, 풀, 새, 바람, 구름, 강아지, 자동차, 책, 지구, 우주에 이르기까지 무엇과도 치밀한 관계를 맺고 살아간다. 그 사이에는 당연히 관계의 윤리성이 필요하다. 그것은 어느 한쪽의 입장에서 만들어지는 것이 아니라 양자 사이의 관계를 모두 넘어서는, 전혀 다른 차원에서 설정되고 만들어져 가야만 한다.

그러나 이러한 모든 문제를 고려한다면 논의는 무한정 넓어질 것이고, 논점을 맞추기가 어렵다. 범위를 축소시켜서 시선을 인간과 인간 사이에 맞추면서, 부분적으로 우주의 수많은 존재들과 소통 가능성 내지는 관계성의 문제를 생각해 보기로 한다.

조화와 동일의 거리

하나의 개념을 중심으로 모든 것들이 배치되는 순간 우리는 강력한 독점적 권력을 경험한다. 범박하게 말하면 개별적인 것을 넘어서 보편적인 것을 지향하는 것이지만, 그리하여 철학적 사유가 현실적으로 현현하는 중요한 지점을 확보하는 것이지만, 개별자들의 입장에서는 절대적 기준에 의해 자신의 모든 것을 재단 당해야 하는 현실을 맞이한다.

그러나 '하나의 힘 = 절대적 권력'이 세계를 어떤 방식으로 통어하는가에 따라 사회 현실은 전혀 다른 국면으로 전환되기도 한다. 어떤 권력도 개별자의 삶을 자신의 기준으로 재단할 권리는 없다고 한다면, 모든 논의는 종결된다. 문제는 '그럼에도 불구하고' 여전히 그런 권력은 존재한다는 현실이다. 우리 주변으로 눈을 조금만 돌려보면 크기에 차이가 있을 뿐 수많은 권력들이 자신만의 원심력으로 하나의 공고한 세계를 구성하고 있는 것을 발견한다.

이러한 세계는 대부분 '동일성'의 원리를 가지고 있다. 그 동일성 속에는 오직 하나의 절대적인 권력과 기준만이 존재한다. 개성은 설자리를 잃고 배제되거나 부유할 뿐이다. 이러한 세계 구성을 반대하고 새로운 사회로 나아가기 위해 우리는 '조화'를 깊이 사유해야 한다.

당신에게 좋은 일이
나에게도 좋은 일입니다

조화와 동일에는 근본적인 차이가 있다. 실현되는 모습은 비슷하게 보여도, 그 이면으로 들어가면 전혀 다른 층위에서 형성되는 개념이다. 양자 사이의 거리를 명확하게 표현한 구절을 우리는 《논어》에서 발견한다.

공자가 말씀하셨다.
"군자는 조화롭되 동일화하려 하지 않고, 소인은 동일화를 하려 하면서도 조화롭지 않다〔君子和而不同 小人同而不和〕."

공자는 조화와 동일함을 기준으로 군자와 소인을 구별하면서, 자연스럽게 우리가 지향해야 할 실천적 가치를 드러낸다. 주희가 편찬한 《논어집주》에서는 두 항목을 대비하면서 논지를 분명하게 한다. 즉 '조화 – 의로움 – 군자'와 '동일함 – 이익 – 소인'의 계열로 이으면서 논의를 한층 선명하게 배치한다. 동일함이 때로는 조화와 혼동되면서 사회의 다양성을 획일화시키는 논리로 작용하기도 한다. 여기서 말하는 '동일함'이 바로 그것이다. 그들은 이익을 위하여 언제든지 다른 사람들에게 아부하여 무리를 만든다. 그들이 만드는 무리가 이익

김풍기
예(禮)와 악(樂)이 구성하는 조화의 힘

이라는 하나의 목표를 향하고 있기 때문에 동일화의 원리를 중시하는 것은 당연한 일이다.

다양성이 살아 있기 위해서는 무엇보다 개별자의 자기 계발 가능성을 충분히 인정하고 배려해야 한다. 세계의 수많은 인간-사물들이 나와 다른 점을 가지고 있다는 것을 인식하고 그것을 존중해야 한다. 이것은 일견 누구나 아는 상식적인 수준의 진술로 보인다. 그러나 정작 자신의 마음을 들여다보면 자기도 모르는 사이에 다른 것에 대한 머뭇거림이 스며 있음을 깨닫게 된다.

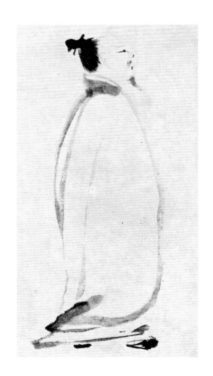

자아를 중심으로 세계를 구성하기 때문에 원심력의 핵에는 항상 '나'가 위치한다. 설령 세계의 수많은 사물들과 내가 다르다는 점을 인식한다 해도 그것은 언제나 '나'의 기준으로 인식되게 마련이고, 어느샌가 나와 '동일'해지기를 원하며 행동한다. 그 사슬의 고리를 끊기는 참으로 어려운 일이다. 이것이야말로 '부처의 평등안(平等眼)'이다. 그렇게 될 때 각각의 사물은 그 나름의 개성을 충실히 발휘하면서 새로운 세계를 구성하는 재료로 이용된다.

당신에게 좋은 일이
나에게도 좋은 일입니다

조화와 관련해서 자주 인용되는 《춘추좌전(春秋左傳)》〈소공(昭公)〉 20년조의 기사는 그 의미를 확연히 보여 준다. 거기서는 음식의 맛을 통해서 조화의 의미를 이야기한다. 음식을 만들기 위해 많은 재료들이 들어간다. 그러나 그들 중 하나라도 자신만의 강한 맛을 지닌 채 음식을 완성하게 된다면 전체 음식맛이 이상해질 것은 당연한 이치다. 그들 재료는 자신만의 맛과 향을 그대로 가지고 다른 것들과 어울려서 전혀 색다른 차원의 맛을 창조해 낸다. 이것이야말로 이질적인 것들이 모여서 자신과 남을 초월한, 전혀 다른 맛을 만들어 낸 것이다.

나와 다른 것을 인정하는가, 그것들을 나와 동일하게 만들려고 하는가에 따라 군자와 소인, 조화와 동일함이 나누어진다. 그것을 나의 입장에서 보면 두 가지 조건을 필요로 한다. 하나는 내가 다른 존재와의 차이를 인정하기 위해 노력하는 일종의 내면 공부고, 다른 하나는 나와 차이를 가지는 존재들과 서로의 입장을 인정하면서 사회를 구성하려는 외부적 조건을 만드는 공부라고 할 수 있다.

문제는 그러한 요목들이 사회적으로 실현되는 형식이 각기 다르다는 점이다. 이 다른 모습 속에는 당시 사회의 고민과 희망이 반영되어 있다. 근대 이전 조선 사회는 어떤 항목으로 실현하였을까. 그것을 가장 집약적으로 보여 주는 것이 바로 예(禮)와 악(樂)이다.

예(禮) : 사회의 조화로운 질서를 완성하는 길

사회를 유지하는 가장 기본적인 규칙이 '예'다. 개인과 개인, 개인과 사회, 개인과 국가 사이에 일정한 규칙이 존재하고, 그 규칙을 지킴으로써 사회가 유지된다. '예'의 근원이 어찌 되었든, 현실적으로 그것은 인간 사회를 안전하고 편안하게 만드는 중요한 요소임에는 틀림없다.

근대 이전의 학동들이 처음 배우던 《소학(小學)》만 하더라도 온통 실생활에서의 행동 지침이 어떠해야 하는지 시시콜콜이 규정되어 있다. 아이가 태어나 여섯 살이 되면 숫자와 방위의 명칭을 가르쳐야 하며, 일곱 살이 되면 남녀가 자리를 함께 하거나 식사를 같이 하도록 하면 안 되며, 여덟 살이 되고 아홉, 열 살이 되면 어떻게 해야 하는지를 가르쳤다. 손님을 맞이하는 예절을 보면 정말 예의 적용이 얼마나 치밀하게 구성되어 있는지 숨이 막힐 지경이다.

주인은 문에 들어서 오른쪽으로 가고 손님은 문에 들어서 왼쪽으로 간다. 주인은 동쪽 계단으로 나아가고 손님은 서쪽 계단으로 나아간다. 손님이 만약 등급이나 지위가 낮으면 주인이 오르는 계단으로 나아간다. 주인이 굳이 사양한 뒤에야 손님은 다시 서쪽 계단으로 나아간다. 주인이 손님과 올라가기를 사양하다가 주인이 먼저 오르게 되면 손님은 그를 따른다. 층계를 오를 때마다 발을 모아 걸음을 연속하여 올라간다. 이 경우 동쪽 계단으로 오르는 사람은 오른발을 먼저 계단에 올리고, 서쪽 계단으로 오르는 사람은 왼발을 먼저 계단에 올린다.

읽기만 해도 복잡하다는 생각이 든다. 너무 구체적으로 진술하고 있기 때문에, 이 글을 꼼꼼히 읽은 사람이라면 손님을 맞을 때 주인의 행동을 정확히 알 수 있을 정도다. 그러나 문제는 이 같은 예절이 지나치게 번잡해지면서 형식적 의례로 변한다는 사실이다. 어떤 예절이든 사람이 상대방을 정중하고 친근하게 대접하려는 의도를 가진 것이어야 하는데, 자연스럽게 시행되어야 할 예절이 오히려 사람의 삶을 구속하는 셈이 되어 버린다.

그렇다면 '예'에서 가장 중요한 것은 무엇일까? 공자의 제자 유약(有若)은 이렇게 갈파한 바 있다.

유자께서 말씀하셨다.

"예의 쓰임이란 조화로움을 귀하게 여긴다. 옛 선왕들의 도가 이것을 아름답게 여겨서, 크고 작은 것들이 모두 예를 근거로 삼아 이루어졌다. (그러나) 행해지지 않는 경우가 있다. 조화를 안다고 조화롭기만 하면서 예로써 그것을 절제하지 않는다면 이 또한 행해지지 않을 것이다."

김풍기
예(禮)와 악(樂)이 구성하는 조화의 힘

유약이 제시하는 예의 가장 중요한 실천 덕목은 '조화〔和〕'다. 그 것은 인간과 인간이 조화롭게 잘 어울려서 살아가자는 것이 근간의 정신이다. 그러나 유약이 강조하는 것은 바로 '예'에 의해 절제하는 것이다. 오직 조화롭기만 한다면 지나치게 방만한 관계를 만들게 되 므로 이상적인 인간 관계를 형성하기 어렵다는 뜻일 터이다. 그래서 예의 현실적 현현에서 중요한 덕목으로 지적되는 것이 '공경〔敬〕'이 다. 상대방에 대한 배려와 존중이 예를 실천하는 과정에서 공경으로 나타난다. 때때로 배려와 존중이 스며 있지 않은 예 때문에 가식적 이고 형식적인 것으로 오해되기도 하지만, 그 이면의 정신을 체득한 다면 조화와 공경이 넘쳐나게 될 것이다.

　이렇게만 이야기하고 만다면 다른 의문이 생긴다. 예가 조화로워 야 한다는 것은 알겠는데, 그렇게 추상적인 원론만을 이야기한다면 구체적인 생활 속에서는 무엇을 모범으로 삼아 예를 형성해야 하는 가 궁금해진다. 유약의 진술에 대한 집주(集註)에서도 언급된 것처 럼, 예라고 하는 것은 천리(天理)의 현현태이다. 인간의 삶이란 인위

당신에게 좋은 일이
나에게도 좋은 일입니다

적인 다양한 조건에 의해서 왜곡된다. 그것을 벗어나는 길은 올바른 예를 배우고, 그것을 실천하는 일이다. 예는 천리의 현현태이므로 당연히 인간의 '인위적인 차원'을 '자연-스러움'의 차원으로 이끈다.

앞서 언급한 계단 오르는 예절을 다시 생각해 보자. 글만 읽으면 복잡하지만 실제로 해 보면 그렇게 규정한 이유를 금세 눈치챈다. 즉 동쪽 계단을 오르는 사람이 오른발을 먼저 내딛고 서쪽 계단을 오르는 사람이 왼쪽 발을 먼저 내디딜 때 비로소 주인과 손님은 서로를 마주보게 된다. 만약 계단을 오르기 시작하는 발이 바뀐다면 주인과 손님은 서로 등을 지고 맞이하는 꼴이 된다. 서로를 마주보고 대면하는 것이 자연스러운 이치라면, 왼발과 오른발을 규정하는 것도 자연스럽게 정해지는 것이다. 천리의 현현은 추상적인 거대 담론 속에 현현하는 것이 아니라, 이처럼 구체적인 우리의 삶 속에 모습을 드러낸다.

서로가 서로를 존중하고 아름답게 살아가기 위한 최소한의 조건, 그것이 바로 예이다. 번잡하고 인위적이고 불필요한 것처럼 보이는

김풍기
예(禮)와 악(樂)이 구성하는 조화의 힘

실생활에서의 몸짓은 그 표면에만 주목할 때 형식적인 층위로 인식되면서 우리를 옥죄는 족쇄가 된다. 표현되는 행동의 속 깊은 곳을 통찰할 수 있을 때 비로소 예는 우리를 구속하는 것이 아니라 우리 삶이 천지자연의 이치와 합치되도록 만들어 주는 소중한 덕목이 된다. 그렇게 될 때 사람과 사람 사이의 조화로운 관계가 형성되고, 아름다운 이상 사회로 한 걸음 나아갈 수 있는 것이다.

악(樂) : 내 마음속 조화로움은 어떻게 천지와 합일되는가

정해진 규정을 따르는 것 중에서 음악만큼 철저한 것이 있을까 싶다. 악보가 만들어지고 나면 누가 연주하든 그 악보의 범주를 벗어날 수 없다. 연주자가 악보를 벗어나는 순간 연주되는 음악은 전혀 다른 작품이 된다. 그 사이에 미묘한 변주와 울림이 존재할 수도 있지만, 가장 근간에는 이미 만들어져 있는 악보가 자리한다.

예와 악(樂)은 근대 이전 지식인들의 정신 세계를 구성하는 두 개의 핵이었다. 이들은 모두 생활 속에서 실천적으로 구현되는 것이었지만, 예가 다른 사람과의 관계 형성에 초점을 맞추는 것이었다면, 음악은 자신의 내면을 다스리면서 스스로와의 관계를 만들어 내는 매재(媒材)였다.

그들의 문집에서 음악에 관한 언급을 찾는 것은 매우 쉽다. 삶의

현장에서 즐기는 것이었든 사유의 공간에서 즐기는 것이었든, 음악은 당시 지식인에게는 생활의 일부였다. 나아가 음악에 대한 논의는 개인적 차원을 넘어서 국가적 차원에서 논의되기 일쑤였다. 도대체 무엇 때문에 음악을 중시했을까.

국가의 근간은 학문에 정진하는 지식인 - 학인(學人)들이다. 그들의 수행과 공부가 현실 속에서 발현될 때 비로소 온 백성들에게 그 은택이 미친다고 생각했다. 통치자가 언제나 지식인들의 정신적 향배에 관심을 기울이는 이유가 여기에 있다. 그러나 문제는 지식인들

김풍기
예(禮)와 악(樂)이 구성하는 조화의 힘

의 정신 세계는 가시적인 차원에서 논의될 일이 아니다. 그들의 정신이 건강한지 어떤지를 무엇으로 보겠는가. 결국 이들의 정신적 차원이 현실태로 드러나는 부분을 주목하게 되는데, 그것이 바로 시문(詩文)과 예악(禮樂)이었던 것이다. 주기적으로 당대 지식인들의 시문 창작에 주목하고 그것을 바로잡으려고 애썼던 것도 이 때문이고, 예와 음악의 시행 과정을 틈틈이 점검하면서 문제점을 보완하려고 노력했던 것도 이 때문이다.

음악은 언제나 예와 짝을 이룬다. 이것은 인간의 안과 밖을 담당하면서 가장 이상적인 인간상 구현과 함께 인간 관계의 모범적인 모델을 만드는 것이기 때문이다. 사회 속에서 인간과 인간 사이의 관계 형성과 질서에 기여하는 것이 예라면, 음악은 인간 내면의 질서를 형성하는 데 큰 역할을 한다.

인간의 마음처럼 시시때때로 변하는 것도 흔치 않다. 조금만 '마음을 놓으면〔이것이 바로 '방심(放心)'이다. 공부를 하는 이유를 맹자는 '놓친 마음을 되찾는 것(求放心)'이라고 말한 것을 기억할 필요가 있다〕' 쉽게 잃어버리는 것이 마음이다. 마음은 가시적인 것이 아니기 때문에 무슨 마음을 먹든, 무슨 생각을 하든 손쉽게 할 수 있다. 그러나 마음이 이처럼 방일하게 되면 언젠가는 행동으로 나오게 되고, 이것이 빌미가 되어 사회의 조화 역시 어긋나게 된다.

이렇게 격동하는 마음을 다스리는 도구로 음악을 선택한 것이다. 질서 지워지지 않은 마음에 새로운 질서를 부여함으로써 마음의 조

당신에게 좋은 일이
나에게도 좋은 일입니다

화 혹은 화평을 획득하게 된다.

　무릇 음(音)이 일어나는 것은 마음으로 인하여 만들어진다. 마음이
움직이는 것은 사물이 그렇게 만든다. 사물에 감응하여 움직이기 때
문에 소리에 드러나고 소리가 서로 응하기 때문에 변화를 만들어 낸
다. 변화가 일정한 형식을 만든 것을 '음(音)'이라고 한다. 음을 배열
하여 그것을 연주하고 여러 춤의 도구에 이른 것을 '악(樂)'이라고 한
다. '악'이란 '음'에서 말미암아 생겨난 것인데, 그 근본은 사람 마음
이 사물에 감응하는 것에 있다.

《예기》〈악기〉의 첫 부분이다. 음과 악의 구분에서 시작된 이 논의
의 요체는 음악이 자아의 내면과 세계의 접촉에서 생겨난다는 것으
로 요약된다. 나와 천지가 어떤 관계를 맺는가에 따라 다른 음악이
생겨난다. 위 인용문에 이은 〈악기〉의 논의는 세계와 만나서 관계를
맺는 자아의 마음에 따라 음악이 어떻게 달라지는지 구체적으로 진
술한다. 그렇게 되면 음악 문제는 두 가지 측면을 공유한다. 하나는
내 마음을 화평하게 만드는 수양의 문제가 대두하게 되고, 다른 하
나는 세계의 조화를 내 마음으로 끌어들이는 문제가 화두로 제기될
수 있다. 서로 다른 항목인 것처럼 보이지만 기실은 하나의 문제다.
가장 아름다운 소리가 천지의 조화에서 만들어지는 자연스러운 소
리라는 점은 항용 이야기되는 것인데, 음악은 그것을 본받기만 하면

된다. 마음이 화평에 이르는 것은 그러한 과정에서 이루어지는 수양을 통해서이다.

음악이 완성되는 자리가 바로 '물아일체(物我一體)'의 자리이며 '자아가 천지와 합일되는' 자리다. 예가 시행되는 자리에 언제나 음악이 따르는 것도 바로 외면의 질서에 내면의 조화를 덧붙인다는 의미일 것이다. 천지의 리듬이 내면화되어 자연스럽게 음악의 질서로 축적된다면 조화의 지극한 경지일 터, 이것이 다시 외면의 질서와 그 흐름을 같이 할 때 비로소 악은 예를 완성시켜 주고 예는 악을 충실히 구현하게 된다. 동시에 사람과 사람, 사람과 천지만물 사이의 조화로운 관계가 형성되어 가장 이상적인 사회로 나아가는 길이기도 하다.

조화와 긴장, 새로운 세계를 열다

다시 조화의 문제로 돌아가 보자. 앞서 음식으로 '조화'를 비유한 바 있다. 다양한 재료가 섞여서 하나의 음식을

당신에게 좋은 일이
나에게도 좋은 일입니다

만들어 낼 때, 그 속의 재료는 자신이 가진 독특한 맛과 향으로 참여한다. 그러나 이들이 모여서 단순한 결합으로 나타나는 것이 아니라 그것과는 전혀 다른 차원의 맛으로 나타난다. 하나와 하나가 만나서 둘이 되는 관계가 아니라 둘 이상의 전혀 다른 세계를 펼쳐 보이는 것이다.

현실적으로 예와 악은 서로 다른 모습을 드러낸다. '예는 차이를 강조하고 악은 같음을 지향한다.' 물론 이럴 때의 '같음[同]'은 앞서 언급한 바 소인의 동일성과는 전혀 다른 개념이다. 이것은 조화를 통한 합일을 의미한다. 그러므로 예가 공경함을 위주로 한다면 악은 친근함을 위주로 한다. 그러나 어느 한쪽이 지나치면 문제가 발생한다. 예가 지나치게 강조되면 진실한 마음은 사라지고 형식만 남는다. 반대로 악이 지나치게 강조되면 방종으로 흐른다. 이 둘의 관계를 얼마나 절묘하게 유지하는가가 조화로운 세계를 만드는 관건이다.

김풍기
예(禮)와 악(樂)이 구성하는 조화의 힘

예가 만드는 질서와 악이 만드는 질서는 서로 다른 두 개의 조화로움으로 나타나는 것이 아니다. 이들이 합쳐져서 전혀 다른 차원의 사회적 질서와 조화로 구현된다. 그러기 위해서는 예와 악 사이에 적절한 긴장 관계가 유지되어야 한다. 〈악기〉의 주석을 붙인 채씨(蔡氏)가 적절히 언급한 것처럼, 예와 악은 서로 다른 두 가지 개념이 아니다. 이들은 서로 다른 모습으로 드러날 뿐, 하나의 이치에서 나온 것이다. '예의 조화로움이 악이고, 악의 절조가 바로 예〔禮之和卽是樂, 樂之節卽是禮〕'이다.

사물들 간의 우호적이고 조화로운 관계는 저절로 이루어지지 않는다. 그것은 지금의 부조화한 사회와는 전혀 다른 차원의 세계를 위해서 새로운 관계를 모색하는 과정에서 만들어진다. 그 속에 아름

당신에게 좋은 일이
나에게도 좋은 일입니다

다운 예와 악이 있다. 각고의 노력 끝에 도달하는 예와 악의 지극한 경지가 새로운 세상을 여는 것이다.

· · ·

무엇보다도 무한한 우주 공간에 집 한 채 들여다 놓는 행위에 대해 생태계 전체를 배려한다는 겸허한 마음으로 다시 생각해 보아야 한다. 이른바 산업 사회로 이행되기 이전에는, 이 땅의 우리 선조들뿐 아니라 지구의 어느 곳이나 그 지역에 알맞게 집을 지어 온 방식이 있었고 자연과 더불어 살아 내는 나름의 원칙이 있었다. 우리 선조들은 자연 재료를 이용해서 이 땅에 어울리는 건축 미학을 가꾸어 왔으며, 수챗구멍에 사는 미물까지 생각해서 개숫물조차 함부로 버리지 않는 생활 철학을 지키며 살아왔다.

이러한 풍토적인 살림살이와 생물들의 몇몇 집짓기에서 우리 인간의 생태적 집짓기의 단초가 보인다.

6 인간과 자연과 공간의 생태주의적 조화와 공존

이윤하

글쓴이 이윤하는 시인이자 건축가이다. 생태건축연구소, 건축사사무소 '노둣돌' 대표이
며 우송대학교 겸임교수이다. 경희대 건축전문대학원, 생태아카데미 등에서 생태주의
건축을 강의하고 있다. 2003년 대한민국건축대전 초대작가이며, 제1회 한국목조건축대
전에서 본상을 수상한 바 있다. 저서로는 《아홉건축가 아홉무늬》 등 다수가 있으며 《파
올로 솔레리와 미래도시》 등 다수의 번역서가 있다. 건축 작품으로는 〈조태일시문학기
념관〉〈가평명상수련원〉〈세진당〉〈물아당〉 외 생태건축 관련 작품 다수가 있다.

그대로 갈 것인가, 되돌아갈 것인가

존재는 어디에서 사유하고 무엇으로 꿈꾸는가? 인간과 자연과 공간은 서로 존재하지만 사유의 방식은 서로 다르며, 꿈꾸는 세계도 그들만의 사유가 머물 수 있는 공간 속에 있다. 아니, 우리가 인식하지 못하고 있는 사유 너머에 있는지도 모른다. 그리고 인간의 사유는 어떠한 공간에서 비롯되어 확장된다. 인간은 공간을 창조하지만 결국 자연 속에서 근거하고, 공간은 우주 속으로 확대되어 삼라만상의 집이 되기도 하고 길이 되기도 한다. 그 속의 일부가 우리 인간이 점유하고 있는 마을이고 도시이다. 그래서 우리 인간이 이 광활한 대지 위에 집 한 채 들이는 일도 우주 속의 무언가를 채우는 일이므로 위대하면서도 조심스런 창작 행위이다.

인간은 자연을 극복하기 위해 피난처의 공간을 만들었다. 본디 자연과 자연 속의 생태계는 자기 스스로의 공간으로 존재하였고, 스스로 집과 마을을 이루고 살았으므로 집이란 것이 인류의 산물만은 아

당신에게 좋은 일이
나에게도 좋은 일입니다

니다. 인류의 역사 이전부터 생물들은 자기 삶의 거처를 스스로 짓고 살아내며 종족을 유지시켜 왔지 않은가. 조류, 파충류, 어류에 이르기까지 자기의 보금자리를 마련하여 살며 사랑하며 종족을 이어온 것을 보면 우리 인류의 생태적 집짓기의 기원도 여기서 찾을 수 있겠다. 지구에 난 지 1억 3천5백만 년이나 된다는 날도래 유충은 스스로 몸을 보호하기 위해서 나뭇가지를 붙여 집을 만들고, 하물며 물살이 심한 곳에서는 떠내려가지 않기 위해 조약돌을 몸에 붙여 갑옷 같은 집을 짓는다. 타일피시는 조약돌과 모래를 이용하여 집을 지을 뿐 아니라 입구에 대문까지 만들어 놓고 암놈에게 청혼을 준비한단다. 또한 널리 알려진 것처럼 개미나 벌은 매우 정교하고 기하학적인 집을 조형하여 모둠살이를 하는데 이는 인간과는 달리 학습되는 것이 아니라 본능에 의해 이루어진다는 것이다.

　서로 다른 방식으로 존재하는 인간과 자연과 공간은 서로의 독자성을 지니지만, 서로에게 사유하는 문이 되기도 하고 길이 되기도 하고 벽이 되기도 한다. 인간과 자연과 공간은 서로 대지를 점유하고 있지만 그 점유 방식과 목적은 서로 다르다. 그래서 서로의 간섭을 낳게 되고 충돌한다. 인간은 자연 생태계를 무엄할 정도로 점령하여 파괴하고 자연은 나름의 방식으로 인간 마을에 보복한다. 악순환이다. 해답이 있는데도 실천하지 않은 오만함에 대한 악순환이라니 경고가 들릴 리 없을 것이다. 거기서부터 인간의 이름으로 문명의 폭력은 정당화되고 자연 서식지와 인간 주거공간은 더 이상 공존

날도래 유충의 집짓기.
날도래는 유충일 때 자기 몸을 보호하기 위하여 몸에 갑옷 같은 집을 짓고 물속에서 유충의
시기를 보낸다. 이때 돌이나 모래, 나뭇가지 등의 주변에 있는 재료를 사용하여 집을 짓는다.

할 수 없는 일방의 해코지가 되고 만다.

이제부터라도 인류가 만들어 낸 도시에서의 속도를 자연 생태계에서의 속도와 숨고르기를 하여 조절해야 한다. 여기서부터 현대 문명과 자연의 흐름에 대한 서로간의 화해를 시도할 수 있다. 스코트 니어링은 그의 책《그대로 갈 것인가 되돌아갈 것인가》에서 "문명은 팽창하는 본성을 가지고 있다. 팽창은 호전성을 가지고 있어 경제, 군사 면에서 충돌을 일으킨다. …경쟁하는 군국주의는 끝내 스스로 멸망하고 만다. 따라서 결론은 이렇다. 문명은 사회의 자살행위이다"라며 문명의 속도를 질타한다. 하지만 인류에게 있어 공간—건축, 주거—은 존재하는 한 필요하며, 그것을 어떻게 생태주의적 관점에서 풀어내는가 하는 것이 오늘날의 공간의 문제이다.

우리 건축 공간이 그대로 갈 것인가 되돌아갈 것인가를 이야기하려면, 어디서부터 어떻게 왔는지를 먼저 살펴서 근대 건축이, 근대 살림살이가 자연 생태계를 어떻게 외면했는지를 반성해야 한다. 공간 소유의 사적 욕망으로부터 벗어나 모둠살이의 공동체적 공간을 추구해야 한다. 사실상 현대 건축공간들은 우리의 눈앞에 소유욕구의 형태로 나타난다. 그것들은 마치 욕망 자체와도 같이 자본주의로 상징화된 비곗덩어리 속의 내면에 나타나고 자라고 마침내 당신을 침공하고 공간을 헐벗게 한다.

인간과 자연의 공간

인간적 차원에서 현대인들의 자연관은 자연을 생태적 순환의 개념으로 인식하는 게 아니라, 대상화한 자연으로 보기 때문에 자연의 깊이와 생태계의 다양성을 이해하지 못한다. 자연의 품속에는 수많은 공간이 자리하고 살아가고 커 가고 있다. 그 속에 생물의 공간과 그냥 거기 있으므로 존재하는 미생물들의 공간이 들어가 산다. 여기에 허락되어 있는 우리 인간의 공간과 시간은 그 중 일부분이 아닌가? 인간의 눈의 척도로 볼 수 있는 공간, 인간의 시각으로 가늠할 수 있을 정도의 시간, 아니면 난해한 방정식으로 풀어 예측할 수 있을 정도의 문명이 전부 아닌가 말이다. 그러나 자연의 시 · 공간을 우리가 너무 학대하거나 인간 세상 속으로 끌어들여 놓으려고 안달인 것 같다.

모든 것은 스스로 그러해야 할 자연을 인간의 눈앞에 존재하는 자연으로 재단하려는 것에서 비롯된다. 인간이 집 한 채만큼의 공간을 이 지구 위에 들여놓으면 다른 생물들의 공간을 그만큼 점령한다는 애틋한 마음으로 공간을 써야 한다. 빈 공간이라고 마구잡이로 인간의 공간으로 건축하기보다는 건축화하였을 때 자연 생태계에 미치는 영향을 고려한 종합적인 분석과 판단이 요구되는 것이다. 예를 들면 어느 빈터에 건물을 들일 때에는 땅속에서 미리 자리잡고 살고 있는 토양 생태계를 배려해 줘야 하고, 대지 위를 노니는 바람과 햇

당신에게 좋은 일이
나에게도 좋은 일입니다

빛과도 이야기해 보아야 하고, 곧 방문해 줄 비와 물과도 충분히 상의하여 서로의 입장을 크게 훼손하지 않는 타협점을 찾아야 한다.

인간 공간의 깊이와 자연 공간의 깊이는 마치 물속에 아랫도리를 담그고 있는 갯바위와 바다의 폼 같다. 품고 있는 종류의 다양성을 헤아리려 하지 않고, 인간이 범접할 수 있는 눈앞의 자연을 인간이 자꾸 소유하려 한다는 것에서부터 비극을 잉태한다. 이 다함 없이 위대한 생명의 거처와 자연의 다양한 순환의 모습에서 겸허함을 느끼고 경외심을 가져야 한다.

품 너른 한적한 숲을 거닐다 보면 나무등걸을 요란하게 쪼아대는 딱따구리 소리를 들을 수 있다. 이는 목수들이 목재를 다루듯 억센 팔뚝 힘참이 있고, 수면 위를 차고 오르는 물찬 제비처럼 경쾌하여 무어라 소리쳐 화답하고 싶을 지경이다. 이는 딱따구리가 나무를 갉아먹는 딱정벌레를 찾아 나무를 쪼아 먹이를 찾는 과정인데 여기서 나무에 멋진 집 한 채가 만들어지는 것이다. 이 집은 자기의 신혼집이 되기도 하고 스스로 둥지를 만들지 못하는 산비둘기에게 무상으로 분양되기도 한다. 이 훌륭한 숲속의 건축가가 생태계에 부담을 주지 않으면서도 집짓기와 거주하기를 해내며 집 없는 다른 생물과 공생의 삶을 살고 있음이 아직은 위안이다.

참을 수 없는 '존재의 가벼움'이 미학이 되고, 주체할 수 없는 '주체의 해체'가 경향으로 문화를 생성해내는 우리 현실에서 '희망의 건축, 집짓기의 희망'은 가능한가? 하는 문제가 지금 건축계의 화두

독일 킬하세 생태 단지.
킬하세 지역에 있는 생태마을로서 자연 재료로 집을 지었고, 폐지를 이용해 단열재로 활용하였다.
지붕에 녹화를 하였고, 마당에 생태연못이 있다.

가 되어 전면으로 나서고 있다. 철학과 이성은 폐허가 되고 그 틈을 타 이미지화되고 꼴라쥬화된 상업적 요소들이 후기 자본주의의 소비 성향을 부추기며, 공간 논리도 소비 양식에 의해 형성되어 유지 관리되는 지금, 공간으로서 생태주의적 집짓기가 작으나마 옹골찬 움직임으로 희망의 홀씨이다.

원천적으로 과소비적 형태를 지닐 수밖에 없는 건축적 현실은 인간성 단절과 생태계 역행이라는 '불임 시대'를 낳고 말았다. 전 세계 어디를 보아도 재앙을 예방할 조정력과 그 자기 조절 능력을 상실해 버린 지금, 문명 사회 인간들의 교만과 투기성에 강력한 경고를 보내고 있으며, 그 상징적 증상들이 여기저기에서 나타나고 있는 이때야말로 생태적 살림살이의 고민이 우리에게 보태진 것이 아닐까?

인간과 공간

인간을 비롯한 이 지구상의 생물과 미생물은 각기 다른 나름의 방식으로 대지의 공간을 점유하고 있다. 동굴, 나무, 굴, 바위 아래 같은 곳을 집으로 삼아 살던 인류가 자연 초막을 지을 줄 알면서부터 새로운 것을 창조해내는 노동으로 첫 건축물을 지은 뒤로 우리의 주거 문화는 진화, 발전되어 왔다. 또한 살림집의 형태는 이미 고대 사회에서 그 틀거리를 갖추었다고 할 수 있다. 수천 년 내려오면서 인간의 노동과 여가의 변화에 따라서 단지 주거 요소와 체계가 자연스레 사라지거나 더해지면서 주생활 문화로 정착되었을 뿐이다.

또한 집에 대한 인식도 크게 변하였다. 공동체 삶의 자연스런 산물이 되어야 할 집은 개인의 이기와 자본의 상징으로 비틀려, 더불어 사는 이웃보다는 밀폐된 자아와 가족 단위의 은둔지로 변질되어 버린 것이다. 이러한 변화는 무엇보다 우리 사회가 산업 사회로 바뀌어갈 때 그 부작용조차 받아들이기만 한 우리의 인식에서부터 찾아볼 수 있다.

공간이 근대적 억압 구조를 형성하게 된 것은 서구적 개발 형태와 자본주의의 팽창적 도시 구조의 확대 등에서 기인한 생태주의적 철학의 부재에서 비롯되었다. 문명화된 자본주의에 의한 공간은 거식증에 걸린 환자다. 끊임없이 공간을 집어삼키며 영토를 확장하고, 지구상의 원주민이었던 다른 생물들의 서식지를 침략하여 점령하는 파시스트와 같다.

우리는 이 같은 공간에 너무 쉽게 습관적으로 순응하여 침식당하고 만다. 공간을 향유하지 못하고 마치 공간의 세입자들처럼 복종하는 공간의 노예가 되어 가고 있다. 공간은 기계처럼 작동되는 것이 아니라, 사유의 조직체이자 유기적 생물체처럼 생성되는 것이다. 타자에게 말 걸 듯 주어진 공간과의 대화가 인간과의 소통 체계를 마련할 수 있다. 오랜 시간이 지난 뒤에도 영화 속의 한 장면이 불현듯 떠오를 때 공간 속의 한 프레임으로 회상되고 누구를 추억할 때 그

독일 프랑크푸르트 에코하우스.
도시의 업무 시설로서 생태적 개념으로 건축되었다. 생태연못, 지붕 녹화 그리고 전면부 비오톱(Biotop)과 온실 로비를 부가한 녹색 디자인이다.

장소가 함께 되살아나듯이, 공간은 단지 소비되는 것이 아니라 재생산되는 구조로 이해하여야 한다.

지금까지의 건축물은 일방으로 소비만 하도록 지어져서 과소비와 환경 오염을 낳았다. 그래서 생태건축은 건축 자재도 자연 생태계에서 가져온 것을 그대로 써서 자연 순환 체제 안으로 들어가려는 것이다. 그래서 전체 구조를 생태계와 상호연계하고 크게 벗어나지 않는 구조로 만들려고 노력한다.

자연과 공간

우리에게 집이란 어떤 의미로 다가오는 것일까? 사람마다 모두 다르게 느껴지며 여러 건축가들이 집에 대한 나름의 정의를 내린다. 그 중에서도 집은 어머니의 자궁 안이라고 한 말만큼 감동적인 표현이 어디 있으리. 집은 헐벗은 우리 삶에 모태(母胎)적 공간이자 지구의 한 자락에서 우주와 교감하는 사상의 거처인 것이다. 거기서 우리의 삶을 담아내고 꿈꾸고 사랑하므로 집은 인간에게 있어 소우주라 이야기할 수 있다. 그래서 집은 인간의 생태를 유지시켜 주는 그릇이며 거주 생활을 통해 자연 생태와 소통하며 지구의 순환 고리의 한 부분을 지탱하는 또 다른 의미에서 인위적 생태의 문이자 창인 것이다.

당신에게 좋은 일이
나에게도 좋은 일입니다

요즈음 먹을거리, 입을거리와 함께 우리 삶의 틀거리가 되는 살림집과 그 주변을 말할 때 '친환경적'이라든가 '생태'라는 낱말을 앞세우는 것이 유행처럼 번지고 있다. 하지만 이제 우리는 생태주의라는 담론을 사회 구성원 전체가 함께 사고하고 또 발전시켜 나가기 위해, 그것을 더 정확히 이해하고 실현할 방법을 찾아야 할 것이다. 그리고 무엇보다도 무한한 우주 공간에 집 한 채 들여다 놓는 행위에 대해 생태계 전체를 배려한다는 겸허한 마음으로 다시 생각해 보아야 한다. 이른바 산업 사회로 이행되기 이전에는, 이 땅의 우리 선조들뿐 아니라 지구의 어느 곳이나 그 지역에 알맞게 집을 지어 온 방식이 있었고 자연과 더불어 살아 내는 나름의 원칙이 있었다. 우리 선조들은 자연 재료를 이용해서 이 땅에 어울리는 건축 미학을 가꾸어 왔으며, 수챗구멍에 사는 미물까지 생각해서 개숫물조차 함부로 버리지 않는 생활 철학을 지키며 살아왔다.

　이러한 풍토적인 살림살이와 생물들의 몇몇 집짓기에서 우리 인간의 생태적 집짓기의 단초가 보인다. 건축 재료는 주변에서 쉽게 구할 수 있는 자연 소재를 이용하거나, 재활용하거나, 과소비하지 않으면서도 주변의 조건에 잘 적응하는 집을 짓는 지혜로운 살림살이가 우리의 생태적인 집짓기의 시작이 아닐까?　.

이윤하
인간과 자연과 공간의 생태주의적 조화와 공존

요즈음 생태주의와 생태적 공동체 만들기에 대한 신학적 접목이 여러 군데에서 일어나고 있다. 신은 각 생물종에 고유한 먹이를 할당하고 욕망을 제한함으로써 평화로운 공존이 가능한 연속적인 공동체를 만들어 낸다고 한 18세기 식물학자 칼 폰 린네의 말을 빌리지 않더라도, 이러한 노력들은 신이 지구상에 행한 배열의 신묘함에 대한 인간적 겸허한 자각과 다양한 생물들의 조화로운 삶에 대한 생태적 사유에서 비롯된 것이리라.

진정 버리고 온 인간의 생태주의적 삶과 자연친화적 건축에 대한 보급과 수용에 대한 진지한 성찰이 진행되고, 이에 따른 환경 보존형 건축 시스템에 대한 고민이 건축 분야에서 진척을 보이고 있는 것이 희망적인 움직임들이라 할 수 있다.

건축 행위는 본질적으로 자연을 범하고 자연 환경을 침해할 수밖에 없는 인간을 위한 소비적 형태를 갖는다. 현대 사회의 공해 문제나 과소비 문제를 언급할 때 산업 사회의 상품 생산 체계나 생산품의 사용에 대해서만 이야기하지만, 실상은 집짓기를 비롯한 건축 행위의 본질적 환경 소비에 의한 자연 파괴의 막대함을 외면해 온 것이 사실이다.

데카르트, 뉴턴 등의 17세기 자연과학자와 사상가들에 의해 확립된 서구의 자연 정복을 통한 자연 지배관은 세계에 대한 기계론적 해석을 바탕으로 한 근대 자연관이므로, 이 연장선상에서 우리의 주거 환경과 건축의 미래를 예견케 한다.

생태건축을 이해하기 위해서는 서로의 관점 합의가 있어야 한다. 이를 생태사상과 생태주의의 관점이 되는 생태철학을 정초하려는 노력과 동일시하여 크게 세 가지 정도의 갈래에 따라 살펴보자. 그 것을 '생태주의', '환경주의', '환경관리주의'로 구분하기도 한다. 이는 다분히 편의적인 구분인데, 생태주의는 생태계라는 보다 큰 영역을 문제 삼는 데 비해 환경주의는 인간의 생존 환경과 관련된 자연을 다루며 환경관리주의는 더 협소하게 대상화된 자연만을 문제 삼는다.

이러한 생태주의적 경향이 현실적 삶으로 투영되어 보다 폭넓게 연구되면서, 생태건축에 대한 전 세계적 관심과 논의가 확대되고 있다. 국내에서도 의식이 확산되면서 더디나마 진행되고 있다. 지난 1992년 리우환경회의 이후 교토의정서 채택으로 이어지면서 사실상의 그린라운드가 시작되어 기후변화협약에 대응할 정부와 민간 분야의 실천 방안과 기술 개발이 요구되고 있는 것이다. 이에 주거지 개발 분야에서도, 세계환경회의에서 마련한 적정 주거 공급, 토지 이용 계획 및 관리 증진, 환경 기초 시설 확대 등의 지속 가능한 개발 개념을 토대로 환경과 생태적 개념에 의한 건축이 이루어질 수 있도록 사회적 합의를 이루어내야 할 것이다.

이제, 건축에서도 에너지 및 자원의 절감, 대체에너지 개발, 생태

독일 프라이부르크 에코스테이션.
생태환경교육센터로서 흙을 덮은 복토주택으로 중앙 천창으로 채광을 하고 있다. 태양열, 태
양광을 이용한 에너지 절약형 건축물이다.

환경 오염 방지 및 보존, 자원 및 쓰레기 재활용 등 지구 생태 보존에 대한 대응과 녹지 공간의 확충 및 체계화, 소생물권(Biotop) 조성 등을 통하여 생태 질서를 회복하려는 움직임들이 꾸준히 생겨나고 있는 것이다.

이와 같은 인식의 확대와 논의 결과를 모아 보면, 인간이 삶을 영위하는 주생활 무대인 건축 환경을 자연 환경과의 소통 체계를 구축하여 인위적 생태계와 자연적 생태계를 유기적으로 통합시키려는 시도임을 엿볼 수 있다.

따라서 생태적 건축은 지구 환경을 보전하는 과정에서 에너지, 자원, 폐기물 등의 면에서 충분히 배려하고, 또한 주변 자연 환경과 친밀하고 아름답게 조화를 이루게 하여 거주자가 주체적으로 관계를 맺으면서 건강하고 쾌적하게 생활할 수 있는 주택 및 그 지역 환경을 만드는 것이라고 할 수 있다. 기존의 건축이 일방적인 소비 의존형 경제 체계를 가짐으로써 초래되는 과소비와 환경오염을 경계하고 건축 자체도 자연 생태계의 일부로서 자연 순환 체계 내에 편입시켜 상호간에 유기적 연계를 가지며 전체 시스템을 구성하는 것이다.

기존의 인간 위주 건축설계방법론의 회의에서 비롯된 대안적 건축은 개별 건축물과 주변 환경 상호간의 순환 고리를 찾는 데서 시작된다. 그러므로 에너지와 재료, 녹지와 더불어 대기와 물의 관계 속에서 건축물을 해석함으로써 지구와 외부 환경에 부하를 절감하고 공간을 쾌적하게 변화시키려는 요구가 대두된다.

생태주의적 공간을 위한 관계 맺기

생태주의는 무엇보다 지구 생태계의 부분과 전체, 개체와 환경이 서로 유기적 통일체라는 사실에 뿌리를 두고 있다. 이에 우리의 새로운 대안으로서의 생태적 집짓기는 건축이 자연을 배려하고, 인간이 자연과 더불어 문명의 속도를 조절할 줄 알아야 하며, 자연과 건축이 서로의 위안일 수 있는 새로운 관계 맺기에서 비롯되어야 할 것이다.

그러나 지금은 무엇보다도 기성의 건축에 대한 진지한 성찰과 미래적 가치에 대한 사회적 담론으로서의 대안건축으로 생태적 건축이 그 자리매김을 새로이 정립해야 할 때라 여겨진다.

한편에서는 '오래된 미래'를 위한 담론을 형성시키는 가운데서도 인류의 제동장치 없는 욕망의 기차는 인류의 오래된 거처인 지구 환경을 돌이킬 수 없을 만치 변화시키고 있다. 동서간의 극한적인 정치적 대립 속에서 잠시 묻혀 있던 인류의 생태와 환경의 심각성이 전면에 대두되고 인류뿐 아니라 모든 생명체의 존립마저도 위태롭게 할 정도에 이르렀다. 모두 지구의 위기에 대해 이야기한다. 1972년 로마클럽은 인류의 보편적 과제를 제시하고 있는 '성장의 한계'라는 보고서에서 현 추세대로 진행된다면 지구의 성장은 100년 내에 한계에 이른다고 예언한 바 있다.

그러나 앞서 말했듯 생태건축에 대한 전 세계적 관심과 논의가 확

당신에게 좋은 일이
나에게도 좋은 일입니다

세진당 외부 전경.
세상에서 묻은 때를 씻는다는 의미의 이 주택은 바람을 이용하여 설계된 생태주택이다. 목재
와 흙벽돌이 주재료이고, 전통적 공간 디자인 기법으로 지어졌다.

대되고 있으며, 이제 바야흐로 그 실천 단계에 이르렀다. 같은 의미로 불리는 환경적으로 건전하고 지속가능한 개발(Environmentally Sound and Sustainable Development; ESSD)의 개념은 1972년 유엔인간환경회의에서 워드가 처음 사용하였으며, 브룬트란트는 '다음 세대의 욕구를 충족시킬 수 있는 여건을 저해하지 않으면서 현 세대의 욕구를 충족시키는 개발'로 정의하였다. 이어 1996년에 이스탄불에서 제2차 세계인간정주회의가 열려 채택한 '헤비타트 아젠다(Ⅱ)'에서 정주지에 있어서의 지속가능한 개발에 대한 목표와 행동강령을 수립하고 국제적으로 추진하도록 하고 있다.

생태주의란 생태학의 기본 정신을 말하는 것으로, 그 정신에 입각해 건축 문화를 주도하는 것을 생태건축이라 할 수 있다.

20세기 건축의 발전을 가져올 수 있었던 것은 과학과 기술의 진보적 융화였으며, 그 속에서 표출된 기계미학적 건축 이념이 주류가 되어왔다는 것은 어느 정도 합의된 사실이다. 이러한 기계미학적인 이념은 소위 합리주의에 바탕을 둔 방법론들, 기술적인 건축 재료들, 또 기계 생산에 영향을 받으면서 건축 발전에 결정적인 역할을 했으며 전 세계적 건축 흐름에 큰 파장을 일으켰다.

그러나, 그 엄청난 합리주의 세력의 팽창 속에서도 주류에서 일탈한 건축 이념은 꾸준히 자생력을 키워오고 있었다. 그 중에서 건축가인 휴고 해링은 "성공적인 건축물은 하나의 힘찬 조직으로 이해되며, 자연의 원천으로부터 유래해야 한다"고 주장하며 논쟁의 일선에

당신에게 좋은 일이
나에게도 좋은 일입니다

나섰다. 비록 이 경험주의적이고 유기적인 건축 철학은 대세로 나서지는 못하였지만, 아직도 풍토주의 건축가들은 그 맥락을 유지하며 자연 환경과 인공 환경의 열린 소통 체계를 중시하며 새로운 주거 환경에 대한 실험을 지속하고 있다.

이제 생태주의는 건축계 내부의 자성과 건축가의 윤리적, 생태적 창작 활동뿐만 아니라 여타 분야의 예술문화적 공감대를 가지고 거시적 시민 문화 운동으로, 사회적 담론으로 다가서고 있다. 이러한 사회적 공감 아래 생태주의 혹은 생태운동은 근래 모든 학문과 예술 장르에 걸쳐 가장 주목받는 분야로 떠오르고 있다. 사회과학, 인문과학 속의 사회생태학, 녹색정치학, 생태 아나키즘 등이 그것으로 분류되며 왕성한 연구와 현실 발언이 진행되고 있다. 문예 분야의 경우, 시민 운동의 동참 경험으로 일정 부분 사회와의 접속관계를 유지해 온 시, 소설, 평론 등의 문학 부분에서는 생태의식과 세계관을 삶 속에서 발견하는 생태문학이 꾸준히 생산되었고, 사회적 이슈와 더불어 성장해 온 미술과 음악 진영에서는 기획전을 중심으로 생태적 감수성을 예술적 상상력으로 형상화하는 작업을 시민 사회 속을 향해 꾸준히 시도해 오고 있다.

생태건축은 1979년 크루쉐 등이 공식 명명한 명칭으로 "자연 환경과 조화되며 자원과 에너지를 생태학적 관점에서 최대한 효율적으로 이용하여 건강한 주생활 또는 업무가 가능하도록 한 건축"이다. 즉 생태건축이란 자연 생태계의 일부로서 자연 환경에 해를 주지 않고 자연 자원을 활용하며, 환경의 4대 요소(태양, 토양, 공기, 물)로 구성된 자연의 순환 체계에 건축이 연계되어 자연 생태계와 더불어 인간이 안정된 생활을 하도록 하는 데 그 이상적 목표가 있다.

새롭게 사유하고 새롭게 태어나기 위한 조건

앞서 언급된 생태적 집짓기의 실현을 위한 좀더 광범위한 정의와 합의를 위해 나름의 몇 가지를 새로운 관계 설정의 선행으로 제시하고자 한다.

우선, 기존의 집중형 지배 어휘로서의 거대 메커니즘 구조를 다방향성이 인정되는 다원주의 구조로 재구축해야 한다. 인간과 자본, 권력과 탐욕의 집중화가 빚어낸 인간 중심주의적 집짓기의 개념은 탈중심적, 다핵구조의 탈주의 언어 개념으로 시스템을 전환하여 유기적 관계로 내외부 공간의 통합을 꾀하여야 한다.

또한, 지역주의와 풍토성에 대한 주체적 건축의 독자성은 국제주의적 건축과는 차별화되어야 한다. 풍토에 맞는 자연 생태계와 인간 생태가 다양성으로서의 존재 가치를 부여받을 수 있어야 하며, 그 독창적 환경 속에서 꾸려진 인문적, 정서적 생태성도 함께 존중되는 가운데에서 풍토주의 생태적 집짓기가 그 내재된 정체성을 획득할 수 있다.

당신에게 좋은 일이
나에게도 좋은 일입니다

물아당 내부 전경.
'물아당'은 사물과 내가 하나가 된다는 의미이다. 친환경 재료로 마감하여 실내 쾌적성을
높이고, 새집증후군을 없앤 사례이다.

다음은, 자연 착취를 통해 취득하는 자본주의적 경제성 논리는 미래적 가치로 평가 기준을 새롭게 정립해야 한다. 건축에서도 신자유주의로 이행되는 무한 경쟁의 시장경제 논리는 구조적 재편에만 몰두할 것이 아니라, 미래 환경의 공동 위험에 대처하고 지속 가능한 인류의 가치 창출과 공동선의 가치로 재검토되어야 할 것이다.

　마지막으로 생태적 집짓기의 새로운 패러다임으로서의 위상을 강화하고 생태사상의 사회적 복원을 시도해야 할 것이다. 환경 윤리와 기술 문명과의 관계를 사회적 · 교육적 운동 차원으로 확대하여 생태 위기에 대한 해결책을 마련해야 한다. 그러나 무엇보다도 기성의 건축에 대한 진지한 성찰과 미래적 가치에 대한 사회적 담론으로서의 대안으로 생태적 집짓기와 거주하기가 그 자리매김을 새로이 정립해야 할 때라 여겨진다.

　'도시'와 '건축'이라는 고유하고 거대한 공동체라는 살림살이의 장에서 단지 '생태'라는 접두어가 덧붙여진 합성어인 '생태도시', '생태건축'이 아니라, 우리 사는 도시와 건축의 의미 속에 환경 윤리와 생태철학이 함의된 개념으로 창조적으로 해소될 수 있는 사회 환경을 위하여 우리 모두 머리를 맞댈 때라 여겨진다.

　내년에도 우리의 주거 공간은 무사할까? 서서히 자연 공간을 옥죄는 인간은 무사할까? 이제라도 인류 공간의 안녕을 위해서는 자연과 인간의 공간이 서로를 배려하고 나름대로의 정체성과 순환성을 인정할 수 있어야 한다. 하루하루 새롭게 사유하는 것이야말로, 매일 새롭게 태어나고 새로운 이 땅을 숨 쉬는 것이다. 다시 이 대지 위에서 이 공간 속에서 자연과 인간이 함께 살 부비며 살 수 있는 생태주의 담론으로 새로 사는 것이다.

참고문헌
· 구승회, 《에코 필로소피》, 새길출판사, 1995
· 〈그린타운 개발사업 II, III〉, 한국건설기술연구원, 1997∼98
· 이남수, 〈생태주거단지의 설계과정개발 및 평가에 관한 연구〉, 인하대학교 박사학위 논문, 2001

보일 듯 보일 듯 그러나 보이지 않고 잡힐 듯 잡힐 듯 그러나 또 잡히지 않는 '그 무엇' 을 미좇아 불근닥세리 마음밭心田을 갈아 보던 60년대 끝 무렵 이야기인 데, 서른 해도 훨씬 지나 버린 이제 와서 새꿈빠지게 그 어름을 뒷눈질하여 보는 마음은 참으로 애젖합니다.

7 사라져 버린
    것들을 위하여

김성동

1947년 충남 보령에서 태어나 한국전쟁 와중에 '아버지'와 단란한 '집'을 빼앗긴 채 유소년기를 보내야 했던 작가 김성동은 성장기를 줄곧 전쟁과 이데올로기가 남긴 깊은 상처 속에서 방황하다가 19세가 되던 1965년 입산을 결행, 사문(沙門)이 되어 12년간 정진하였으나, 1976년 하산하여 소설가의 길을 걷고 있다. 1970년대 말 구도에 목말라 방황하는 한 젊은 사문의 의식과 행적을 그린 장편소설 《만다라》(1978)를 출간하여 독서계를 뜨겁게 달구었고, 이후 창작집 《피안의 새》《오막살이 집 한 채》《붉은 단추》, 장편소설 《길》《만다라》《집》《국수(國手)》《꿈》, 미완의 《풍적(風笛)》, 산문집 《미륵의 세상 꿈의 나라》《생명기행》《김성동 천자문》 같은 것을 내면서 한국 소설문학의 대표적 중진 작가로 활동하고 있다.

노을

한매 우선. 먼저. '일단'
은 왜식 말임.
묏채 산덩이.
줄밤 연이은 밤.
당시롱 아직. 또. 오히려.
매롱매롱 눈이 초롱초롱
빛나는 모양.
목탁새 탁목조. 딱따구
리.
검은약 아편.
찰랑한 맑고 밝게 쏟아
지는.
어슨듯 슬쩍. 삽시간.
퍼들껑하다 새나 물고기
가 날개나 꼬리를 치는
소리를 한번 내다.
숨탄것 하늘과 땅한테서
'숨을 불어넣음을 받은
것'이라는 뜻으로, 동물
을 통틀어 이르는 말.

슬프던 것이었습니다. 슬펐습니다. 무엇보다도 한매[*]
슬프던 것이었고, 그리고 또 무엇보다도 한매 서럽고 원
통하던 것이었습니다. 손끝만 스쳐도 하마 썸벅 버히어
질 것처럼 시퍼렇던 청춘이. 묏채[*]만한 바윗덩이를 한
입에 삼키어도 금방 삭아 버리고, 석달열흘간 줄밤[*]을
새워도 당시롱[*] 매롱매롱[*] 하여지며, 천근 짐을 지고도
하룻밤에 천릿길을 줄달음질쳐 갈 수 있다는 스물몇 살
나이가. 아아, 목이 찢어져라 목탁새[*]가 울던 신새벽마
다 검은약[*]처럼 곧추 세워지고는 하던 슬픔의 밑뿌리가.
그 찰랑한[*] 외로움이.

해넘이였습니다.

어슨듯[*] 그렇게 또 날은 저물어서 벌써부터 밤새가 퍼
들껑하는[*] 소리에 이 숨탄것[*]은 고개를 들었습니다. 그동

안 아그려쥐고* 앉아 저근듯* 울었던 모양으로 눈이 쓰리면서 그리고 보슬이*가 어린 듯 눈앞은 또 부우옇게 흐려오는 것이어서 이 숨탄것은 언뜻 눈앞의 아릿다운 살터*가 눈에 들어오지 않았습니다. 이 숨탄것은 그래서 몇 번이고 힘껏 눈을 감았다가는 뜨고 감았다가는 다시 뜨기를 되풀이하였는데, 눈을 감았다가는 뜨다 말고 그만 "아!" 하고 숨을 삼키어야만 하였습니다.

노을.

그때에 이 숨탄것은 그만 보았던 것입니다. 슬픔이라는 것의 참모습을 보아 버렸던 것이었습니다. 아니, 아름다움이라는 것의 참모습이라고나 할까, 그것도 아니라면 마치 물 묻은 손으로 전기를 만졌을 때처럼 저릿저릿하게 온몸이 떨려오던 어떤 법열(法悅)의 경지.

노을이었습니다. 놀이 지고 있었습니다. 놀이 잦아들고 있었습니다. 그때에 이 숨탄것은 산령각(山靈閣) 뒤켠 애두름에 아그려쥐고 앉아 있었는데, 턱을 들면 건듯 이마에 와 닿고 펼치면 또 건듯 곤두박질로 달려와 손에 잡힐 듯 가까웁고도 마안한* 곳에 맞닿아 있는 하늘과 땅인 것이었습니다. 부르르부르르 사무치는 외로움에 몸을 떨며 가없는 저 삼계(三界) 바다를 무량수(無量數)로 외오돌던* 끝에, 아흐. 마침내 다시 만나 꽃잠* 어르기*를 하

아그려쥐다 쪼그리다.
저근듯 잠깐 동안.
보슬이 보슬비처럼 뽀얗게 눈자위에 어리는 눈물.
살터 대자연.
마안하다 끝없이 아득하게 멀다.
외오돌다 혼자서만 반대쪽으로 돌다.
꽃잠 첫날밤.
어르기 남녀간 정을 통하거나 교합하는 것.

김성동
사라져 버린 것들을 위하여

바람이 불 적마다 잔물결처럼 엷은 주름을 잡으며 출렁이는 놀의 물동그라미 사이로 은어비
늘 같은 물둘레가 우렷한 것으로 봐서 놀은 가람물에 부딪치고 있는 것이었으니, 아아, 눈부
셔라, 꽃잠 어르기를 하고 있는 놀과 가람물인 것이었습니다.

고 있는 하늘신폭* 땅신폭*인 것이었습니다.

불.

불이었습니다.

불바다였습니다.

불땀 좋은 참나무 장작 태운 숯잉걸을 뿌린듯, 비 그은* 하늬녘 하늘가를 에두른 갑선무지개*인 듯, 망백(望百) 노비구(老比丘)가 그 한뉘 동안 어깨에 드리우고 있던 대가사(大袈裟)를 좌악 펼쳐놓은 듯, 장미며 채송화며 맨드라미 봉선화에 참꽃과 산당화며 잇꽃 같은 참붉이* 꼭두서니빛 꽃잎들만 한곳에 모아 돌절구통 속에 넣고 짓찧어 놓은 듯, 숨막히게 눈부신 황덕불*빛 놀이 시나브로 으깨어지고 있었습니다.

바람이 불 적마다 잔물결처럼 엷은 주름을 잡으며 출렁이는 놀의 물동그라미* 사이로 은어비늘 같은 물둘레*가 우렷한* 것으로 봐서 놀은 가람*물에 부딪치고 있는 것이었으니, 아아. 눈부셔라. 꽃잠 어르기를 하고 있는 놀과 가람물인 것이었습니다. 저문 가람과 어르기를 하느라 그 배를 뒤척일 적마다 낮게 내려앉은 하늘신폭 가득 펼치어진 놀은 다라니(陀羅尼) 입염불 맞추어 법고(法鼓)를 두드려대는 사미(沙彌)아희 오조(五條)가사 자락처럼 숨넘어가는 자진자진모리로 펄럭이고 있었는데,

하늘신폭 하늘 한끝에서 다른 한끝까지.

땅신폭 땅 한끝에서 다른 한끝까지.

비 긋다 비가 잠시 그치다.

갑선무지개 쌍무지개.

참붉이 진홍(眞紅).

황덕불 깊은 산속에서 장작 같은 것을 쌓아 놓고 불을 붙여 맹수 습격을 막고 둘레를 환하게 밝히던 불.

물동그라미, 물둘레 파문.

우렷하다 모양이나 빛깔이 희미한 가운데 은근하면서도 뚜렷하다.

가람 강.

장려(壯麗)한 것이었습니다. 아릿다운 것이었습니다. 가
잘비기* 어려운 아릿다움이었고 슬픔이었으며 쓸쓸하면
서 또 막막한 두려움이었습니다. 그리고 또 그것은 법열
이었습니다. 법열과도 같은 저릿저릿한 떨림이었습니
다. 목타는 그리움.

건듯* 몸을 일으킨 이 숨탄것은 저도 모르게 땀 전 두
손바닥을 모아 가슴에 대고 있었습니다. 두방망이질치
는 가슴을 눌러 막으며 깊숙이 허리 숙여 손곧춤* 하고
났을 때 몰록* 놀은 사라지고, 거짓말처럼 놀이 사라진
곳에는 아이오* 쪽빛 가람물만 성성(惺惺)하게 흘러가고
있었습니다. 성성하면서도 또 적적(寂寂)하게 흘러가고
있었습니다.

어둠이 내리고 있었습니다. 땅거미가 잦아들면서 밤
이 깔리고 있었습니다. 갓 솟아낸 푸성귀 속잎처럼 싱싱
하게 푸르른 화라지*며 우듬지*에서는 밤새들이 저마다
제물엣소리로 노래 부르고 먼 골짜기에서는 멧짐승들
울부짖는 소리 귀를 물어뜯고 있었는데, 아. 무너지듯
주주물러앉으며* 이 못난 하늘 밑에 벌레는 두 무릎을
끌어안았습니다. 끌어안고 있던 두 무릎 위에 턱을 올려
놓았습니다. 그리고 두 눈을 꼬옥 감았습니다. 방금 전
가람물 위로 잦아들던 놀을 보고 소스라치는 놀라움으

로 맛보았던 법열 같은 떨림은 어디로 가고 잉큼잉큼* 어둠에 대한 두려움이 밀려왔던 것입니다.

천지간에 나 혼자서만 내팽개쳐져 있다는 외로움. 천지간에 하늘 밑에 벌레는 그만두고 배밀이로 기어다니는 긴짐승*에 개구리와 올챙이며 송사리에 파리와 모기와 누네노리에 지어* 하늘 밑에 벌레를 머리로 한 느리*와 토록*한테 짓밟히고 뜯기워지다가 마침내는 그리고 뿌리 뽑히어지고야마는 막풀*마저도 미적이* 명색이라면 다 저마다 의건모하고* 있는데, 이 탯덩이 혼자 테 밖으로 밀려나 있다는 쓸쓸함. 마안한 저 하늘신폭 가에 걸려 있는 갑선무지개 좇아 엎더지며 곱더져 곤두박질쳐 가다가 월형 축청풍덩*, 밑모를 무명(無明)바다에 빠져 버리고 말았다는 막막함. 빠져나오려고 탁난치면* 탁난칠수록 더더욱 깊숙한 돌림*의 진구렁창에 갇히었다는 두려움. 홀수. 한 사람 몫. 외괴로움. 옴남*. 옴남. 옴남. 아, 아버지. 그리고 어머니.

보일 듯 보일 듯 그러나 보이지 않고 잡힐 듯 잡힐 듯 그러나 또 잡히지 않는 '그 무엇'을 미좇아 불근닥세리* 마음밭[心田]을 갈아 보던 60년대 끝 무렵 이야기인데, 서른 해도 훨씬 지나 버린 이제 와서 새꼽빠지게 그 어

잉큼잉큼 가슴이 가볍게 빨리 뛰는 모양.
긴짐승 배암.
지어 '심지어'의 본딧말.
느리 사슴·곰·범 따위 큰 종에 속하는 짐승.
토록 작은 종 짐승.
막풀 잡초.
미적이 동식물을 통튼 생물.
의건모하다 앞으로 살아나갈 방책을 세우다.
월형 축청풍덩 줄이 축 늘어지면서 두레박이 물을 툭 쳐 우물에 빠지는 모양.
탁난치다 몸부림치다.
돌림 업(業).
옴남 정법계진언(淨法界眞言).
불근닥세리 불모지.

름을 뒷눈질하여 보는 마음은 참으로 애젓합니다[*]. 그물
같이 상처만 있던 온즈믄골잘울[*] 가지 느낌이 빛살처럼
빠르게 엇스쳐 지나가면서 명치끝이 타는 듯합니다. 이
솔봉이[*] 같은 덤거리[*] 숨탄것 혼자 마음에 느끼어 슬퍼함
을 지다위하거나[*] 지점벌여대자는[*] 것이 아니라, 모든 것
들이 사라져 가고 있습니다. 사라져 버리었습니다.

둥두렷 떠오르는 가윗날 달빛처럼 빛나던 은어도 사
라졌고 은어 알자리인 가람물도 사라졌으며 그리고 무
엇보다도 한매 그 눈 시리게 맑은 믈옥[*] 가람물과 입주
기[*]를 하고 어르기를 하며 시나브로 슴배이던[*] 노을도 사
라졌습니다. 웃는 듯한 분홍빛[*]으로 눈물겨운 그 노을을
바라보며 가없고 바닥 모를 슬픔에 겨워하던 하늘 밑에
벌레들 외로움 또한 사라져 버리었습니다. 물무늬만한
그림자도 남겨 놓지 않은 채 사라져 가고 있습니다.

꿈 같고 허깨비 같고 물거품 같고 그림자 같으며 그리
고 또 이슬방울 같고 번갯불과도 같은 게 모로미[*] 중생
들 살매[*]라고 한다면 다만 염불(念佛)처럼 서러울 뿐이므
로 할 말이 없지만, 어디선가 퐁드랑퐁드랑[*] 들려오는
소리 있어 가만히 귀 기울여 보니—

"보완다 보왜라[*]!"

유두(流頭)와 개장

한 해 가운데 가장 더운 음력 유월 보름을 가리켜 유 둣날이라고 불러왔던 것은 삼국시대부터였습니다. 유둣 날이라는 것은 글자 그대로 흐르는 물에 머리를 감는 날 이라는 뜻입니다. 똑같이 흐르는 물이라고 해도 새*녁으 로 흐르는 물이 가장 푸르고 양기(陽氣)가 한창 뻗친다 고 해서 꼭 그런 자리만을 찾아가 머리 감고 몸을 씻었 으니 — 서울에서는 정릉 골짜기와 악박골 그리고 사직 단 뒤쪽 활터와 낙산 밑이었으며, 광주에서는 무등산 물 통물떠러지*요, 제주도에는 한라산 성판물떠러지가 유 명짜하였습니다.

믈옥처럼 맑고 푸르게 흘러내리는 물에 머리를 감고 몸을 씻는 것은 날구장창* 되풀이 되는 저잣거리 살림살 이 노랑북새통* 속에서 이지가지* 때에 더럽혀진 몸과 마 음을 옥같이 맑게 씻어냄으로써 보다 낫게 아름다웁고 훌륭한 삶을 살아내 보고자 하는 비원(悲願)에서 나온 한 가지 거룩한 굿이었습니다. 비나리*였습니다.

유두를 하고 나서 사람들은 햇밀가루로 국수를 말고 오려잡은* 벼로 풋바심*하여 떡을 찌고 이슬 젖은 첫물 참외와 수박이며 복숭아 앵두 능금 딸기 오얏 포도 같은

새 동(東).
물떠러지 폭포.
날구장창 날마다 잇달아 서.
노랑북새통 부산한 법 석.
이지가지 여러가지.
비나리 신불(神佛)에게 소원을 비는 것.
오려잡은 '올벼'를 벤.
풋바심 익기 전 곡식을 미리 베어 떨거나 훑는 일.

저쑵다 신불(神佛)에게
메를 올리다.
붓하다 붓을 놀리어 글
을 쓰다.
때조 시조.
옥밥 쌀밥.

햇실과로 조상님들께 제사를 저쑤었습니다*. 그런 다음
상 퇴한 제사음식 싸 가지고 맑은 물가를 찾아 머리 감
고 몸 씻으며 즐거웁게 놀았습니다. 붓하는* 선비들은
산을 등 뒤로 하고 앞으로 물이 흐르는 정자에 올라 맑
은 술을 마시며 시부(詩賦)를 짓고 때조*를 읊조렸으며,
나라 밑받침돌을 이루고 있던 거지반 농군을 머리로 한
여느 사람들은 시냇가로 나가 고기 잡고 개장 끓여 탁배
기라고 불리우던 막걸리를 마시었는데, 흐드러지는 풍
물가락에 맞추어 춤추는 모래마당에서는 장 씨름판이
벌어졌습니다.

유두를 앞뒤로 하여 초복 중복 말복이 이어지는데, 여
느 사람들이 즐겨 먹었던 음식이 '개장'입니다. 토실하
게 살이 오른 누렁이를 장작불에 그슬리어 밑둥 실한 파
듬뿍 넣은 위에 더구나 닭고기와 죽순을 얹어 푹 끓여낸
다음 고춧가루 듬뿍 쳐 옥밥*에 말아 먹었으니, 더위를
먹어 허해진 몸을 보하여 온갖 여름병을 쫓아냄으로써
튼실하여진 몸으로 가을걷이를 채비하자는 속내에서였
습니다. 그리고 더하여 삿된 기운을 물리치고자 찹쌀가
루로 빚은 새알심 박은 팥죽을 먹었습니다. 한마디로 조
상님께 고마움을 드리고 튼실하여진 몸과 마음으로 올
바르게 살아가고자 하는 바람에서 나온 아릿다운 풍속

당신에게 좋은 일이
나에게도 좋은 일입니다

이었습니다.

그러하였는데… 산이 이미 옛산이 아니듯이 물 또한 옛물이 아닙니다. 마음 놓고 먹을 수 있는 수돗물이 없어 지하수를 끌어올리고 정수기를 달고 생수라는 것을 기름값보다 비싼 돈 주고 사먹을 수밖에 없는 세상에 머리 감고 몸 씻을 정한 물이 어디에 있겠는지요. 좀더 편하고 쉽게 살고 좀더 걱정없이 즐거웁게 살고자 닥치는 대로 살터를 깨뜨리어 헐어 버리고 힘으로 빼앗고 마구 대하다가 끔찍하게 마구 무찔러 죽여 버린 옰* 또는 버력*으로 이제는 살터한테서 무서운 앙갚음을 당하고 있는 판에 이르렀으니, 으으. 두려웁고여. 어디에 가서 머리 감고 개장 끓일 물을 찾는다는 말인가.

사람들 마음이 탈*났으므로 산천이 탈났고 산천이 탈났으므로 사람들 마음 또한 탈난 지 오래이니, 아름다이 지켜져 내려가야 할 ‘세시풍속’인들 남아 있을 리 없습니다. 다만 옛날 이야기로서만 전하여져 올 뿐입니다. 맑은 물 찾을 길 없는 오늘 사람들은 저마다 ‘샴푸’로 머리 감고 ‘린스’로 헹궈냄으로써 그러지 않아도 썩어 버린 가람과 바다를 더욱더 썩게 만들고 있을 뿐인 것입니다.

우리 겨레가 본디부터 지녀온 보신먹거리인 개장을

옰 업보(業報).
버력 하늘이 내리는 벌
씌움.
탈 병.

김성동
사라져 버린 것들을 위하여

판때리다 시비와 선악을
가리어 아퀴짓다.
마슬러보다 짯짯이 훑어
보다.
새꼽빠치게 '새삼스럽
게'의 내포(內浦) 쪽 말.

양사람들 풍습에 맞춰 '혐오식품'으로 판때려서* 드러내
놓고는 못 팔게 하고 있지만 천 년을 넘게 이어져 내려
온 풍습은 그렇게 쉬 없어질 수 있는 게 아니니, 언제나
빈자리가 없는 게 '영양탕'으로 이름을 바꾼 '보신탕집'
입니다. 그러나 우리 조상님네들이 잡숫고 허한 여름몸
을 보하시던 조선토종 황구는 사라져 버린 지 오래이고
모두가 양잡견들인데, '가스' 불로 구워내고 값싼 가짜
'하이타이'로 씻어낸 다음 양소채인 이른바 개량파 넣
고 대충 끓여낸 것을 매운맛이 하나도 없는 개량고추와
곁들여 먹을 수밖에 없으니, 복날 개장 풍습 또한 사라
져 버린 지 오래.

칠석(七夕)과 백중장날

"날 아침 일어나거던 까그매허구 까치 점 잘 마슬러보
넌겨."

"새꼽빠치게* 왜 까그매허구 까막까치는 마슬러본대
유?"

"머리털이 홀랑 벗겨져 있을 테니께."

"얼라?"

"긘우와 직녀가 혼인을 헸넌디 맨날 놀구 먹으면서 게으름만 폇거던. 그래서 크게 노헌 옥황상제께서 긘우는 미리내* 저편 동쪽으루 보내구 직녀는 미리내 이편 서쪽으루다 갈러노셨단 말여. 이러니 긘우와 직녀는 시퍼런 강물이 수수천만리루다 가루질러 있넌 미리내를 사이에 두구 서루 눈물만 흘리구 있을 수밖의. 이런 슬픈 사연을 안 까그매허구 까치가 돌팍을 머리에 이구 하늘루 올러가서 다리를 놔줘 두 사람이 서루 만나게 허니, 이게 오작교라. 아이구우, 돌팍을 날러다가 하늘에 다리를 놔줄라니 월마나 심들었것어. 그래서 까그매허구 까치 머리털이 홀랑 벳겨지게 되넌 겨. 몽구리* 마냥. 알것남?"

칠월칠석 전날 밤이면 들려주시고는 하던 할머니의 옛날이야기였습니다. 밝는날 아침이면 부리나케 일어나 시능만인 삽짝 밖으로 사랑께로 뒤란 장독대 쪽으로 내달으며 까마귀와 까치를 찾고는 하였는데, 까악! 깍! 깍! 깍깍! 꽁지를 깝죽깝죽 방정맞게 흔들어 대며 날아다니는 까마귀와 쩍쩍까치는 간밤 내내 오작교를 놓아주느라 머리털이 죄다 벗겨져 버린 것 같기도 하고 그렇지 않은 것 같기도 하여 당최 종잡을 수 없었으나, 하. 까닭모를 슬픔이 복받쳐 올라 달음박질쳐 뒷동산으로

미리내 은하수.
몽구리 바짝 깎은 머리. 또는 '중'을 농조로 이르는 말.

풀이치기 속치마.

간당거리는 염낭끈 보일 듯 말듯 흔들거리는, 허리춤에 찬 주머니끈.

푸장나무 땔감으로 쓸 풀과 나무.

바지게 발채(지게에 얹어서 짐을 싣는 물건)를 얹은 지게.

엄지머리 노총각.

푼거리질 푼거리로 물건을 감질나게 사 쓰는 일.

중다버지 길게 자라 더펄더펄한 머리를 가진 아이.

벌때추니 밖으로 싸돌아다니기를 좋아하는 여자.

나비눈 못마땅해서 사르르 굴려 못본 체하는 눈길.

영바람내다 의기양양하게 뽐내다.

여리질 손님을 끄는 것.

톺아 오르고는 하였던 어린시절이 아련한 그리움으로 눈물나고여.

칠월 보름 백중날이 되면 할머니는 또 풀이치기* 허리춤에 매달려 간당거리는 염낭끈*을 풀으시었고, 꼬깃꼬깃하게 접힌 지전 몇 장을 손에 쥔 이 숨탄것은 백중장이 서는 모둠내를 향하여 달음박질치고는 하였습니다.

저마다 돈 살 곡식자루와 벼릴 연모에 빵꾸 때울 고무신짝이며 가래 끓는 소리 안타까운 늙은이들 태운 소달구지 곁으로는 제 키보다 더 높은 장작더미 솔가지와 푸장나무*를 바지게* 가득 진 나무꾼 엄지머리*들과 푼거리질* 나선 아낙네와 중다버지*들이 지칫거리고 있었고, 질끈질끈 하얀 목수건으로 이마에 테 두른 병정 나갈 장정들과 대처바람 훔쳐본 '하이칼라' 짜리들이 '베루베또' 치마에 눈처럼 흰 옥양목저고리 받쳐입고 무릎까지 올라오는 살색 양말에 '뻬쪽구두' 신고 '한두박구'로 한껏 멋을 낸 벌때추니*들을 나비눈*으로 흘겨보며 씩둑깍둑 웃어싸면서 영바람내고* 있는 신작로 가로는 갖은 명색 장돌뱅이며 말감고들이 여리질*을 하였는데, 꽹매꽹 꽹매꽹 꽤갱맥 꽤갱맥 꽹매꽹꽹 꽹매꽹꽹… 북소리 둥둥 울리면서 진양 중모리 중중모리 휘모리 엇모리 거쳐 느진자진모리로 넘어가다가 자진자진모리로 숨넘어가는

174

당신에게 좋은 일이
나에게도 좋은 일입니다

징소리 따라 갖은 재주를 다하여 노는 한잡이꾼들 보며
손뼉쳐 웃고 소리질러 대는 삼동네 사람들 가랑이틈 파
고드는 청삽사리 황삽사리. 숨넘어가게 자진가락으로
징을 치며 경중경중 뛰어다니는 것은 박살뫼 손 서방이
고 손북 들고 곤댓짓 하여 가며 팔딱팔딱 개구리뜀으로
뒷걸음질치는 것은 등너머 육손이 아베인데, 화줏머리*
인 듯 패랭이 위로 훨씬 치솟아 오른 열두발 상모를 돌
려 대는 것은 구렛골 이 서방이며, 구경 나온 사람들 사
이로 벅구잡이* 하는 장밭 장 서방 오미뇌* 좇아 가로 뛰
고 세로 뛰는 중다버지들이었으니, 꽃트림*이었습니다.

　털찝잡을* 널손 노려 빨간딱지 하얀딱지 돌리고 종발
속에 주사위 넣고 흔드는 야바위판이며, 엿치기에 심지
뽑기며 팔딱팔딱 재주넘는 잔나비 놀려 널손 끄는 약장
수 구성진 너스레 들고 뿡짝뿡짝 까강깽깽 손풍금 소리
깡깽이 소리 맞추어 유행가 부르며 손님 끄는 악극단패
에, 검정치마 흰저고리 차림에 오동바가지 몸뚱이로 배
쪽만 빨간 성경책 들고 하나님 믿어 구원을 받으라고 목
쉰 소리로 외쳐 대는 전도부인 구경하는 것도 좋고, 꽃
트림 사이로 난장 기웃거리며 눈깔사탕 요꼬시 셈베이
미루꾸 막과자로 주전부리를 하는 것도 좋았지만, 이 애
소리의 발길을 잡아끄는 곳은 냇가 모래밭이었습니다.

화줏머리 솟대 꼭대기.
벅구잡이 소고(小鼓)와
비슷하나 그것보다는 훨
씬 큰 자루가 달린 북 치
는 사람.
오미뇌 꽁무니.
꽃트림 백중날 풍물치며
놀던 것.
털찝잡다 속여먹다.

비게 예선을 치른 장사.
물고개 파도.
힘빼물다 힘이 센 체하
다. 힘 있는 태도를 보이
다.
드문새 희귀조.
애잡짤하다 가슴이 미어
지도록 안타깝다. 안타
까워서 애가 타는 듯하
다.

왕모래 위에 세모래로 둥그렇게 테를 둘러 비게* 뽑고
판물려서 결판내는 상씨름판. "으라차차!" 소리와 함께
모랫바닥이 물고개* 쳐 오르면서 웃통 훨씬 벗어부친 채
저마다 힘빼물던* 장정들을 번차례로 메다꽂은 판막음
장사 손에 고삐 잡힌 황소가 영각하는 소리 하늘 높이
울려퍼지던 것이었습니다.

이제는 그러나 오작교 옛이야기를 들려주는 할머니도
안 계시고 터질 듯 부풀어오르는 오줌보를 발뒤꿈치로
눌러 막으며 두 손바닥으로 턱받치고 앉아 "얼라아. 그
레서유? 그래서 그 담은 또 워치게 됐대유우?" 마른침
삼켜 가며 묻는 손주들도 없습니다. 오작교를 놓아 줄
까마귀와 까치가 제물로 드문새*가 되어 버렸으므로 견
우와 직녀의 애잡짤한* 그리움 또한 사라져 버린 것은
그러므로 당시롱 마땅한 일인지도 모릅니다. 하늘 밑에
벌레들 마음이 썩고 산천 또한 썩고 탈나 버린 마당에
까마귀는 어떻게 숨 쉬고 까치는 또 무엇을 먹고 산다는
말인지요.

이른바 '컴퓨터 시대'로 접어든 지 오래인 지금 땅에
꽂아둔 것들 알갱이를 보다 많이 얻어내기 위한 수 가운
데 하나로 저 삼국시대부터 내려오는 풍속인 칠석과 백

중을 이야기하는 것이 무슨 뜻이 있겠는지요. 칠월 열엿
새부터 팔월 보름까지 아낙네들 모아 베짜기 내기를 시
켜 상을 주던 칠석은 내 자식 일류대학에 붙게 해주고
내 남편 높은 자리에 오르고 오로지 돈만 많이 벌어 와
우리 식구만 잘살게 해 달라고 절에 가서 비는 날로 바
뀌어 버렸고, 시나브로 없어져 버린 노록딸깃날* 대신
하루를 실컷 놀림으로써 백날을 더 부려먹자는 속내평
의 '머슴날'에서 비롯된 백중은 '여름휴가' 또는 이른바
'바캉스'라는 것으로 바뀌어 버렸습니다.

한가위

찰랑한* 하늘입니다.

모둔오월 보내고 미끈유월 지나 어정칠월 넘기고 보
면 동동팔월이니, 가을입니다. 뼘들이로 높아져만 가는
하늘 아래 물결소리 고요한데, 뉘집에 녈손*이 들었는
가. 아니면 대가리를 쳐들 적마다 자꾸만 달아나는 하늘
을 더위잡으려고 그러한 것인가. 컹컹 가이* 짖는 소리
가 나면서 퍼들껑 날아오르는 멧꿩이고 멧꿩이 날아오
른 뒤란 장독대 위로 떨어지는 것은 그리고 풋감입니다.

노록딸깃날 이월 초하루
종날. 하리아드랫날.
찰랑한 맑고 밝게 쏟아
지는.
녈손 지나가는 나그네.
가이 '개'의 본딧말로
충청도 내포에서는 지금
도 쓰여지고 있음. 가히.

오려송편 올벼로 빚은
송편.
청실뢰 푸른배.
홍실뢰 누른배.
올게심니 그해 농사에서
가장 잘 익은 곡식 가운
데 벼·수수·조 따위
목을 골라 뽑아다가 묶
어 기둥과 방문 위나 벽
에 걸어 놓던 것으로, 다
음해 풍년이 든다고 믿
었음.
아시 처음. 새. 애벌.

누가 말하였던가. 더도 덜도 말고 한가위만큼만이라
고. 해마다 되풀이되는 가뭄과 장마에다 사람 살림살이
에 해 끼치는 갖은 벌레들이 뜯어먹어 반타작도 못되는
가을걷이라지만 들에는 그래도 새떼가 빨아먹고 남긴
오곡이 영글었고 사람들은 소증을 풀었습니다. 뜨물에
우려질 동안을 차마 못 기다려 물코 훌쩍이며 땡감이나
씹다가 오려송편* 깨강정에 호두 은행 모과 능금이며 청
실뢰* 홍실뢰* 입에 문 아이들은 워리가이와 함께 가로
뛰고 세로 뛰고, 스치기만 하여도 썸벅 버히어질 것만
같은 억새풀인 듯 와삭와삭 풀발 세운 무색옷으로 한껏
차려 입은 아낙들은 남정네 어깨짬으로 놀이판 기웃거
리며, 올게심니*로 짓고 빚은 밥과 떡 너무 먹은 늙은이
들은 뒷간나들이가 잦아지는데, 줄다리기 하고 닭싸움
소싸움에 소놀이 돌고 거북놀이 돌며 살찐 황계(黃鷄)다
리 안주하여 백주(白酒)잔 좋이 마셔 핏종발이나 올린
젊은 뼉다귀들은 모래 강변에 펼치어진 씨름판으로 달
려갑니다.

가윗날을 쇠기 비롯한 것은 신라 세 번째 임금인 유
리이사금 구년 적부터였으니, 천구백육십구년 전이었
습니다. 아시*에는 그때에 살림살이에서 아주 높은 자리
를 차지하였던 옷감만들기 곧 길쌈을 권하여 북돋아 주

기 위한 것이었으나 차차 길쌈과 가을걷이를 으뜸으로 하여 사람들 살림살이에서 꼭 있어야만 되는 모든 업주가리(業主茄利)*를 드높이기 위한 것으로 탈바꿈되었습니다.

사람들은 잘 영근 햇곡으로 먹을 것을 만들어 가지고 윗뉘 할아버지 할머니들 신주(神主)와 무덤을 돌보았습니다. 이제도 이어지고 있는 차례와 성묘가 그것인데, 으뜸되는 먹을 것이 송편입니다. 제대로 할 가을걷이에 앞서 잘 여문 콩 팥 밤 대추 햇것으로 넣고 곱게 빚은 오려송편을 윗뉘 할아버지 할머니들께 올려 흠향(歆饗)하시게 하고 나서 밥과 술과 떡과 강정과 경단이며 식혜에 햇실과로 배부르게 먹으며 더불어 함께 짓는 고루살이* 품앗이 농사인 두레로 이룩한 땀 열매를 기쁨으로 즐겼던 이 가윗날은 이천 년 가까이 줄대온 아릿다운 풍습이었습니다.

그러하였습니다. 고봉떼기* 옥밥을 갖은 양념으로 다져 굽고 찌고 끓인 고기반찬해서 배부르게 먹은 아이들은 줄넘기 숨바꼭질에 공기놀이 빠꿈살이* 풍계묻이*와 바람개비놀이 풀싸움 꽃싸움이며 자치기 말타기로 해동갑하고, 아낙네들은 그네를 뛰고 줄다리기에 또 활쏘기를 하였으며, 달음박질쳐 높게더기* 오른 먼장질*로 팔다

업주가리 사람이 살아갈 수 있는 방법, 곧 생산체계.

고루살이 평등한 삶을 뜻하던 말로, 이것의 이두(吏讀)를 진서(眞書)로 표기한 것이 '和白'임. 공동체.

고봉떼기 시울 위로 넘치게 담은 밥.

빠꿈살이 소꿉장난.

풍계묻이 무슨 물건을 어떠한 곳에 감춰두고 서로 찾아내던 아이들 장난 한가지.

높게더기 산중턱 펀펀한 땅.

먼장질 산에 올라 과녁 없이 활을 쏴 팔힘을 기르던 것.

드림 길게 매달아 처지
게 하는 물건.
싸울아비 '두레' 출신
의병.
명치 목숨.
서름하다 서먹하다. 사
물에 익숙하지 못하다.
그림자놀이 텔레비전 프
로그램.
옛살라비 고향.

릿심 기른 남정네들은 줄다리기와 씨름을 하였는데, 사
람들 신바람을 북돋아 주는 것이 풍물패였습니다.

꽃드림

꼭두서니빛 마고자에 황백흑(黃白黑) 삼색 끝동 소매
달아 입고 남색 허리띠 가슴에 둘러띠어 뒤로 잡아맨 위
에 이지가지 빛깔 물명주 은폭 드림*을 구색맞춰 세 폭씩
뒷등에 매달아드린 잽이들이 치는 풍물소리 맞추어 농군
들은 씨 뿌려 가꾸었고, 길을 내고 보를 막았으며, 땀 흘
린 만큼 거두어들이는 기쁨을 즐기었습니다. 뿐만 아니
라 되와 왜가 쳐들어왔을 적에는 싸울아비*들 힘을 북돋
아 주는 일까지 하였으니, 우리 겨레 역사와 그 명치*를
함께 하여온 것이었습니다. 두레에서부터 비롯된 '풍물'
이 왜식 말투인 '농악'으로 바뀌면서 그 노는 가락이며
탯깔 또한 많이 줄어들고 바뀌어 버려 영 서름하기는* 하
나 이러한 모습들은 칠십년대까지만 하더라도 흔하게 볼
수 있었고, 지금도 그 그림자만은 그림자놀이*로나마 남
아 있습니다.

한가위가 닥쳐오면 대처사람들은 옛살라비*로 달려

갑니다. 우리 겨레 살림의 본디꼴 또는 참모습을 찾아 이른바 '민족 대이동'을 하는 것입니다. 이천 년 가까이 이어져 내려온 이러한 풍습은 '농본주의'가 사라지고 '컴본주의' 시대가 되었다고 해서 주주물러 앉지 않습니다.

그런데 무언가 이상합니다. 저마다 물방개딱지 같은 쇠달구지 몰고 '내 놀던 옛동산'을 찾아보지만, 얼라? 예전에 그곳이 아닙니다. 아그데아그데* 열린 머루와 다래며 아가배 개복숭아 오디 버찌 뽀루수에 으름을 따고 다식(茶食) 박을 송화가루 받고 나물 캐고 약물 받고 참외서리 논두렁콩서리*로 굴풋한* 속을 달래며 알도 배지 않은 풋칡 뽑아 먹던 뒷동산 그 솔수펑*은 허리가 잘린 채 벌겋게 파헤쳐져 오륙십년대 아이들 기계충 자국과도 같은 '골프장'과 '스키장'이 되었고, 찔레순 꺾고 자운영 뜯고 삘기 뽑아 먹으며 네잎 클로버를 찾던 논틀밭틀 위로는 '러브호텔'이 들어찼으며, 단지를 엎고 반두*질을 하여 종다래끼 가득 고기 잡으며 탐방구질* 멱 감던 시냇가로 뛰어오르는 것은 미제 개구리 일제 붕어요, 그 징그러운 뱃구레 밑으로 흐르는 것은 온갖 맹독성 중금속 섞인 썩은 물이니, 아! 산은 산이 아니고 물은 또 물이 아닌 지 하마 오래 전이어서 머리칼이 다만 하늘

아그데아그데 열매 같은 것이 잇달아 열린 모양.

논두렁콩서리 콩을 통째로 꺾어다 불속에 넣어 익으면 꺼내먹던 것으로, 밭콩보다 논두렁콩이 더 맛있었음.

굴풋한 속이 비어 무엇이 자꾸 먹고 싶은. 헛헛한.

솔수펑 솔숲이 우거진 곳. 솔수펑이.

반두 두 끝에 긴 막대기를 댄 그물로, 고기를 잡는 것.

탐방구질 물장구질.

181
·
김성동
사라져 버린 것들을 위하여

뽀로로 종종걸음으로 재
게 움직이는 모양.
호아가다 이리저리 왔다
갔다 하며 돌아다니다.
투그리고 싸우려고 서
로 으르대며 잔뜩 노리
고.
할개눈 눈동자가 비뚤어
지게 옆으로 흘겨보는
눈.
부릅떠빨다 눈을 부릅뜨
며 흘기다.
허벙저벙 허둥지둥.
낯통 명예.
힘부림 권력.
게걸떼다 체면 없이 마
구 먹으려고 탐내는 마
음을 떨쳐 버리다.
허우룩하다 믿고 의지하
던 사람과 영영 이별하여
공허하고 서운하다.

높이 솟구쳐오를 뿐인 이 목숨죽임의 회두리판 앞에서
무슨 말을 할 수 있다는 말인가.

도망치듯 옛살라비를 벗어나 대처 '세멘공구리' 숲속
으로 돌아온 사람들은 버릇처럼 텔레비전을 켜 보지만,
외롭습니다. 신문을 보고 잡지를 보고 베스트셀러 시집
과 소설책을 보고 녹음기를 틀고 비디오를 보고 영화를
보고 컴퓨터 자판을 두드려 보다가 '인터넷의 바다' 속
으로 빠져들어가 보지만, 외롭기는 마찬가지. 전화를 걸
고 삐삐를 치고 문자를 날려 봐도 또한 마찬가지.

사람들은 그 무엇인가를 찾아 뽀로로* 뽀로로 끊임없
이 호아가며* 투그리고* 있습니다. 금방이라도 잡아먹을
듯 할개눈* 부릅떠빨며* 허벙저벙* 갓방 인두 달 듯하고
있으니, "보난대로 죽이리라!" 보다 손쉽고 편해서 즐거
운 몸기르기 삶을 위하여 악착스레 돈을 벌고 또 번 돈
을 쓰기 위하여 쉴 틈이 없습니다. 사람들은 슬픈 개미
에 지나지 않습니다. 끊임없이 돈을 미좇아, 낯통*을 미
좇아, 맛있고 몸에 좋다는 먹을거리를 미좇아, 아름답고
잘생긴 짝을 미좇아, 그리고 또 힘부림*을 미좇아 허벙
저벙 엎더지며 곱더져 달음박질쳐 보지만, 양에 차지 않
습니다. 게걸떼지* 못합니다. 허우룩합니다*. 허우룩함을
메워 보려고 다시 또 돈 나는 구멍을 찾아 헤매게 되니,

돌다가 보아도 물레방아일 뿐입니다. 개미 쳇바퀴.

수클*과 붓글씨

이 하늘 밑에 벌레가 옛살라비땅을 떠난 것은 선기
(禮紀)* 사천이백구십일년이었습니다. 어리꾸지게도* 이
제는 '시'가 되었으나 '한내'라고 불리우던 대천에서 청
양쪽으로 한 오십 리쯤 들어간 곳에 있는 충청남도 보령
군 청라면 장현리 구렛골은 아주 한갓진 곳이었습니다.
전깃불은 마땅히 들어오지 않았고 남폿불이 있는 집도
드물었으니, 내남적 없이 석유등잔불이나 접시불* 아니
면 솔불을 썼던 때였습니다. 신문이나 잡지를 보는 집도
없었고 라디오 명색이라고 해야 등짝에다 고무줄로 약
통 친친 붙잡아 맨 고물 '제니스 라디오' 한 대가 고작
이었고, 탈 것이라고는 저마다 부리고 있는 정강말* 한
필씩이 또한 고작이었으니, 달구지와 비루먹은 노새 두
어 마리 빼놓고는 자전차 한 대 없는 두메였습니다. 땅
마지기나 지니고 있는 몇집 빼놓고는 털메기* 아니면 메
싸립*을 신었고 만월표 흑고무신이 하마 닳을세라 사람
들이 안 볼 때면 두 손으로 벗어들고 가는 사람들이었습

① 배워서 잘 써먹는 글. ② 예전에 '진서(眞書)'를 '사내글'이란 뜻에서 일컫던 말. '언문'은 '암클'이라고 하였음.

선기 천지인(天地人) 삼신(三神) 가운데 인신(人神)의 고유한 말이 '선'으로 진서 '仙'이 들어오면서 잊혀진 것이니, 단군이 아니라 선군이고 단기가 아니라 선기가 맞음. 올해는 선기 구천이백일년이 됨.

어리꾸지다 어리숭하여 갈피를 잡을 수 없다.

접시불 접시를 등잔 삼아 피우던 불.

정강말 정강이 힘으로 걷는 말이라는 뜻으로 무엇을 타지 않고 제 발로 걷는 것.

털메기 모숨(짚날)을 굵게 하여 함부로 험하게 삼은 짚신.

메싸립 연한 싸릿가지와 칡덩굴로 결어 만들었던 신.

불곽 성냥.
찔레꽃머리 초여름 찔레
꽃이 필 무렵이면 보릿
고개에 가뭄까지 겹쳐서
연중 가장 힘든 때였음.
꼬치미 오뉴월에 돋아나
는 산나물.

니다. 불곽*을 아껴 꼭 아궁이에 묻어 둔 불씨나 화롯불
에 담배를 붙여 무는 남정네들이었고, 나들잇벌 유똥치
마 옥색 고무신이 행여 어찌될까 봐 횃대보 속 고이 모
셔 두고 시렁 위에 높이 얹어 두는 아낙네들이었습니다.
헐수할수 없는 애옥살이 찰가난인 사람들은 풀떼기나
메밀푸저리 아니면 술도가에서 얻어온 지게미를 물 붓
고 끓여 찔레꽃머리*를 넘기었고 꼬치미* 뜯어 삼복을 견
디다가 얼음도 풀리기 전에 먼산나물을 다니었습니다.
일 년 열두 달 가야 자동차는 그만두고 자전차 한 대 보
기 어려워 어쩌다 꿈에 떡맛 보기로 지나가는 '도라꾸'
를 미좇아 가느라 등에 메고 있던 책보 안 생철필통 속
연필심을 부러뜨려 어머니한테 걱정을 듣고는 하던 것
이 상기도 아련한 그리움으로 떠오릅니다.

　다섯 살 나던 해부터 할아버지 앞에 두 무릎 꿇고 앉
아 진서(眞書)라고 불리우던 한문과 붓글씨 쓰는 법을
배우기 비롯하였는데, 아버지를 닮아 책읽기를 좋아하
였다는 이십소년 큰삼촌이 낮두억시니들이 휘두르는 참
나무 몽둥이에 맞아 가르릉 가르릉 피가래를 끓이기 달
소수만에 이뉘를 버리신 다음이었지요. '육니오사변'이
터진 다음해. 이 숨탄것이 돌도 채 되기 전에 어디로인
가 끌려간 아버지는 상기도 돌아오실 줄 모르는데, 천지

당신에게 좋은 일이
나에게도 좋은 일입니다

를 무너뜨릴 듯 들려오는 방포소리였습니다. 방포소리 기막히고 화약내음 코 썩는 가운데 금방이라도 방구들이 내려앉을 것만 같게 터져나오는 것은 그리고 할아버지의 긴 호요바람*소리였습니다.

독서지유환지시(讀書之有患之始) — 이 누리에서 일어나는 온갖 근심걱정은 다 책을 읽는 데서부터 비롯되나니, 절학무우(絶學無憂) — 마침내 책을 없이하지 않고서는 근심걱정이 끊어지지 않을 것이라는 말씀이었는데, 무슨 까닭으로 다섯살배기 어린 손자아희한테 산죽(山竹) 뿌리로 다듬은 서산(書算)대로 학치 패가며* 글을 가르쳐 주시는 할아버지였습니다. 백수문(白首文)이었습니다. 할아버지와 할아버지의 할아버지에 그리고 큰삼촌과 아버지도 그것으로부터 머리지어* 문리(文理)를 틔우셨다는 그 책은, 육대조 할아버지께서 방정(方正)은 해서(楷書)로 써 놓으신 것이었습니다.

"천지현황(天地玄黃) 천지현황이라…. 하늘은 가맣구 따는 누르다. 천현이지황(天玄而之黃)이니, 하늘은 그 이치가 깊구두 그윽해서 헤아리기가 어려운디 따는 또 누런빛이 나는 고여."

스스로 묻고 스스로 또 답하시던 할아버지는 후유우하고 긴 한숨을 내쉬시었습니다.

호요바람 한숨을 지으며 내뿜는 바람.
학치 패가며 종아리를 때려가며.
머리짓다 어떤 일의 처음이나 시작이 되다.

애소리 날짐승 어린 새
끼.

묵선 보다 먹이 잘 갈렸
는지 갈던 면을 살펴보
는 것으로, 치밀하고 광
택이 나야 좋은 먹이라
하였음.

"문리가 트진 즉 이 도리를 알려니와 이 책에 대윈즉
슨 천지현황 이 늑자 속에 들어 있다구 헤두 과언이
아닐 것이니라. 아울러 이 늑자 속에 천지이치 또한
들어 있을 것임은 물론이며. 배우구 익혀 스사로 그
몸을 세울진저."

몇 점이나 되었는가? 시래기 죽으로 입맛이나 다시다
만 아침이라 눈에 헛거미가 잡히면서 힘도 내음도 없이
자꾸만 비어져 나오는 물방귀를 발뒤꿈치로 눌러 막으
며 두 무릎 위에 올려 놓고 있던 두 주먹을 꼭 오무리는
데,

"새힘으로 무심허게 갈어서 황소힘으루 쥐야 허너
니…."

경면주사(鏡面朱砂)로 간 막아 줄친 삼첩장지(三貼壯
紙)에 씌어진 육대조 할아버지 글씨를 서산대로 짚어주
던 할아버지는 벼룻집 뚜껑을 열으시었고, 몇 점이나 되
었는가? 아침에 죽을 먹었으니께 즘심에는 그레두 보리
꼽살될 망정 밥이 나오것지. 미주알을 졸밋거리며 두 주
먹 꼭 오무리는데, 후유우—지그시 눈을 감은 채 삽작
가를 오르내리는 애소리* 나래짓처럼 그야말로 새힘으
로 무심하게 먹을 갈던 할아버지는 몇 번 묵선(墨銑)을
본* 다음 아버지가 처음 붓 잡는 법을 배웠다는 무심필

(無心筆)[*]에 듬뿍 먹을 적시더니 헌 신문지 위에 길영(永)
자를 쓰시었습니다.

"이윽입이구 흐인완이로구나."

대컨 붓글씨 고갱이[*]는 역입(逆入)과 현완(懸腕)이니,
외로 갔다가 바로 가고 위로 올라간 다음에야 비로소 다
시 똑바르게 내려그을 수 있다고 하시었습니다. 일 점
일 획도 역입과 현완 짝수[*]에서 벗어나 가지고는 백마지
기 논에 댈 물만큼 먹을 갈아 봐도 안 되는 것이 필법(筆
法)으로, 글씨힘은 여기서부터 나온다고 하시었습니다.
팔을 높이 들어올리는 것이 현완으로 높이 들어올릴수
록 그 어느 것에도 막힘없이 저 가고 싶은 대로 갈 수 있
는 힘이 나온다고 하시었습니다. 역입에서 비롯하여 현
완으로 끝마치는 것이 글씨 짝수이며 또한 삶 짝수라고
하시었습니다. 글 짓는 본[*]과 글씨 쓰는 본은 팔팔결 다
르니― 좋은 글을 짓기 위해서는 먼저 기(氣)를 넓혀야
하고, 글씨를 잘 쓰기 위해서는 무엇보다도 먼저 마음을
바로잡아야 된다고 하시었습니다. 문기서심(文氣書心)이
지요.

무심필 풀을 먹이지 않
고 풀어서 쓸 수 있게 터
럭끝을 가지런히 하여
맨 붓.
고갱이 핵심.
짝수 이치.
본 법.

신작로(新作路)

마땅새[*] 다시는 돌아갈 수 없는 옛살라비여서인가. 그 어름을 뒷눈질하여 보는 마음은 여간 애젖한 게 아닙니다. 애잡짤합니다. 콩볶는 듯한 총소리에 놀라 뒷산으로 피란을 갔던 것은 '육니오사변'이 터지던 다음달 초 해거름녘이었고, '양코배기'와 '토인'이 어찌 생겼나 보겠다고 신작로로 나갔던 물퍼니고개 너머 아녀자 다섯 명이 총 맞아 죽었다는 나발[*]을 들은 것은 그 다음날이었습니다.

"청의자남래(青衣自南來)허니 사승즉비승(似僧卽非僧)이요 비호비왜(非胡非倭)라. 푸른 옷을 입구 남쪽에서 버텀 오니 중 같되 중이 아니요 오랑캐두 아니며 왜인 또한 아니로구나."

무슨 비기(秘記)인지를 혼잣말씀으로 뇌어 보던 할아버지의 긴 한숨소리에 금방이라도 내려앉을 것만 같은 보꾹이었으니, 아. 사람이 어느 누가 죽음이 없으리요마는 애매하게 죽는 것보다 더 큰 슬픔이 없고, 죽음에 어느 누가 분하고 억울하지 않으리요마는 죄 없이 죽는 것보다 더 심함이 없는 것이겠지요.

지나마르나[*] 견딜 수 없는 것은 배고픔이었습니다. 내

학교에서 배급 탄 '미공법사팔공호' 우유가루 찐 것 토막내서 야금거리며 어머니가 깨어무
는 한숨소리에 뼈가 녹고, 할머니 "관셔어엄보살" 소리에 새들도 숨죽이며, 놋재떨이가 깨어
지라고 두드려 대시는 할아버지 장죽(長竹)소리에 하늘이 무너질 것만 같은 집으로 가는 신
작로는, 그리고 장 팍팍한 황톳길이었습니다.

붓나올 심지.
묵뫼 옛무덤.

남적 없이 똥구녁이 찢어지게 가난하던 시절이었으므로 점심을 먹는 집이 드물었습니다. 이제나 질까 저제나 질까 모가지가 다 뻣뻣해지도록 올려다보는 긴긴 해를 견디기 위하여 아침은 부러 늦게 먹었고 점심은 건너뛴 다음 땅거미도 걷히기 전 이른 저녁을 먹고 나서는 하마 배가 꺼질세라 서둘러 등잔불 붓나올*을 내리고는 하였습니다. 그러나 이 하늘 밑에 벌레한테 배고픔보다 더욱 견딜 수 없는 것은 외로움이었고, 외로움보다 더더욱 견딜 수 없는 것은 그리움이었습니다.

할아버지 엄하신 눈빛 기하여 달음박질쳐 올라가는 뒷동산 솔수펑 속에서는 낮부엉이가 울었습니다. 구새 먹은 상수리나무 도토리나무 우거진 앞산 말림갓에서는 봄이면 꾀꼬리가 울고 뒷산 솔수펑 위쪽 오리나무 숲에서는 뻐꾸기가 울고 있었습니다. 하염없는 뻐꾸기 울음소리 어깨 너머로 받아넘기며 개개비떼 어지러이 날아오르는 으악새 숲을 헤치노라면 이름모를 묵뫼*가 있었고, 뾰똑하니 도드라지는 그 무덤가로 서럽게 피어 있는 할미꽃을 들여다보고 있노라면 구구― 구구구― 멧비둘기는 또 깃을 치며 날아올랐는데, 저 아래 허릿바처럼 가느다랗고 길게 이어져 하염없이 산모롱이를 돌아가는 것은, 신작로(新作路)였습니다.

당신에게 좋은 일이
나에게도 좋은 일입니다

종짓굽이 떨어지면서부터 이 애소리는 들로 산으로 쏘다니기를 좋아하였으니, 돌림*이런가. 또는 앞뒤에 그렇게 매기어진 살매*. 시울나붓이* 담긴 보리곱살미 꼭꼭 씹어먹은 다음 국민학교까지 가는 이십 리 길 짱짱한 길섶에서 삘기를 뽑았고 찔레순을 꺾었으며, 황새가 그 긴 부리로 찍어 대는 논에는 우렁이며 논고동에 미꾸리가 지천이었고, 논둠벙 막고 물을 퍼내면 붕어와 새우와 추라치가 양동이 넘게 건져졌는데, 개헤엄질 치며 멱감고 물수제비 뜨다가 반두질하고 묵된장 넣은 단지를 엎는 시냇물에서는 또 모래무지 메기 빠가사리 장어 잉어 조개가 종구라기 가득 들어왔습니다. 학교에서 배급 탄 '미공법사팔공호' 우유가루 찐 것 토막내서 야금거리며 어머니가 깨어무는 한숨소리에 뼈가 녹고, 할머니 "관셔 어엄보살" 소리에 새들도 숨죽이며, 놋재떨이가 깨어지라고 두드려 대시는 할아버지 장죽(長竹)소리에 하늘이 무너질 것만 같은 집으로 가는 신작로는, 그리고 장 팍팍한 황톳길이었습니다. 누가 이 열중이 이름을 소리쳐 부르며 달음질쳐 올세라 타박타박 하염없이 뒷눈질하는 그 길가에는 목타는 그리움으로 피어 있는 살사리꽃*이었고, 봄이면 민들레꽃. 행길가와 논틀밭틀이며 산자락마다 지천으로 돌아나는 쑥 나승개 씀바귀 질경이 비름

돌림 업(業).
살매 운명.
시울나붓이 시울에 겨우 찰 만하게.
살사리꽃 코스모스.

김성동
사라져 버린 것들을 위하여

부림짐승 가축.

애장터 어린아이들이 죽으면 단지나 항아리 속에 넣어 외진 산자락에 두던 곳.

자운영 소루쟁이 뜯어 무쳐 먹고 국 끓여 먹고, 열매 따 먹은 까마중이와 방아풀 안질뱅이 쇠풀은 탈난 데 달여 먹고, 바랭이 뚝새풀 뜯어 부림짐승* 먹이고, 명아주 으악새 싸리는 버히어다 비를 매었으며, 칡 뽑고 아카시아 꽃잎 훑어 굴풋한 속을 달래었습니다. 쑥부쟁이 감국 더 위지기는 늦가을에 피어났고, 봄 여름이면 여치와 베짱이에 애반디 늦반디가 눈물겨운데, 메뚜기는 논두렁에서 뛰어오르고 땅개비는 밭이랑을 기어다니며, 사마귀는 참외밭에 놀고 잠자리는 고추밭을 맴도니, 개울가 미루나무 숲에서 우는 쓰르라미요, 개구리 우는 무논이 좁다 헤엄쳐 다니는 방개와 소금쟁이인 것이었습니다. 학교를 오갈 적마다 장 동무하여 주는 까투리 장끼며 멧비둘기와 굴뚝새 새매 수리부엉이는 지나 마르나 그곳에서만 노는 텃새였고, 꾀꼬리 뻐꾹새 때까치 물총새 콩새는 제비 올 때 묻어와서 해오라기 갈 때 미좇아가던 드난이 철새였습니다.

는개마저 자욱하게 비장만을 하는 때면 도깨비불에 눈멀미 나는 상여집 뒤쪽 애장터*에서 들려오는 애울음 소리였으니, 으으. 무서워라. 솥적다, 솥적다, 솥적어서 배고파 못살겠다며 밤새도록 울어예는 소쩍새 소리와 함께 애를 후비던 그 소리가 참으로는 그러나 무섭다기보다 어쩌면 그렇게 구슬프던지 아껴 먹던 입 속 우유가루 찐 것이 차마 넘어가지 않았습니다.

용천뱅이*

"싸게싸게 댕겨오넌겨. 이. 용천뱅이 무서니께 핵교 파허걸랑 해찰부리지 말구 득달같이 집이루 오란 말여. 알것남."

왜정 때 마을 사람들이 총칼 찬 왜헌병 왜순사에 왜헌병 왜순사보다 더 무섭게 구는 얼왜 가왜(假倭)*들 울골질 아래 닦았다는 그 행길가에는 또한 왜정 때 팠다는 방공구뎅이가 몇 개 있었는데, 얼라? 어머니가 언제나 얼음에 박 밀듯 조심하라고 신신당부하시는 봄이면 방공구뎅이 위로 무더기 무더기 피어 있는 참꽃이었습니다. 왜정 끝 무렵과 사변 때 수수백 명 '주의자'들 몰아넣고 몰사주검시켰다는 방공구뎅이 위로 피어 있는 피처럼 붉은 그 꽃잎 따 먹으며 슬픔을 하고 그리움을 하느라, 월사금과 육성회비를 못 내고 미술도구 공작도구에 운동복이며 원족비를 못 가지고 가서, 명주꾸리가 세 타래씩 들어간다는 용둠벙에서 먹을 감느라, 또 할경하

용천뱅이 나병환자. '문둥이'를 일컫는 충청도 내포 쪽 말.

얼왜·가왜 조선사람으로 일제 앞잡이 노릇하던 얼치기 왜인과 가짜 왜인. 임진왜란 때는 '가왜'가 있었고, 병자호란 때는 '가호(假胡)'가 있었음. 그리고 이제는 '가양(假洋)'들로 넘쳐나고 있음.

감물다 입술을 감아 들이어 꼭 물다.
마구라기 벙거지.

겠노라 을러대는 못된 상급생네 집 닭 먹일 개구리 잡느라 감물고* 저문 신작로길 잰걸음치는 이 열중이 눈에 들어오는 것은, 그리고 불빛이었습니다. 청산가리를 태울 때 나는 것 같은 시퍼런 불이 눈앞을 휙 스치고 지나갔는데— 석유기름 받아온 깡통 속에 한웅큼 집어넣고 팔랑개비 돌리던 반딧불이나 정월 대보름날 밤 논두렁 밭두렁 태우던 쥐불도 아니고, 궂은 비 오는 밤 상여집이나 애장터 또는 둥구나무 터진 구멍 사이로 보이던 인불도 아니며, 화등잔만하게 커다란 두 눈에서 철철 흘러넘친다는 호랑이 눈빛도 아니면서 나타났다 사라졌다 당최 옴나위를 못하게 넘살 앗아가는 그 야릇한 불은, 도깨비불이었습니다. 어마 뜨거라. 질금질금 오줌을 지리며 두 주먹 부르쥐고 달음박질쳐 가는 이 열중이 뒤를 쫓아오는 것은, 으으. 징그러워라. 용천뱅이였습니다. 눈썹이 죄 빠져나가고 손마디가 죄 문드러져 나간 용천뱅이들이 어떤 때는 서너 명씩 무리지어 각설이타령 뽑아 대며 신작로를 누비고 가는 것이었는데, 열 살 안쪽 어린아이들만 골라 보리밭 속이나 밀밭 아니면 방공구덩이 또는 상여집과 애장터로 끌고 가서 배를 가르고 간을 꺼내 먹는다고 하였습니다. 사람들은 그래서 눈썹이 보이지 않게 마구라기* 깊숙이 눌러쓰고 입성 추레한 떠돌뱅이를 긴짐승 대하듯 하였는데, 가분재기* 늘어난 용천뱅이들이었습니다. 사변통에도 없었던 것은 아니나 그들이 그렇게 가분재기 늘어나게 된 것은 '휴전'이 된 다음부터였습니다. 그리고 그것이 헐수할수 없게 된 '야산대(野山隊)'라는 이름으로 불리워지던 '재산인민유격대원'들이 취할 수밖에 없었던 삶의 마지막 수였다는 것을 알게 된 것은 그 훨씬 다음 일이었으니, 아. 얼락배락한 역사의 물고개 속에 묻혀 버린 슬픈 이야기일런지요. 그렇게 애잡짤한 속내도 모른 채 먼 골짜기에서 승냥이가 울고 여우와 삵쾡이며 개호주까지 어슬렁거리는 높드리 지나 지레목까지 체금* 불며 톺아오르면, 으름과 다래며 잔대 무릇 더덕에 갖은 산나물과 칡뿌리가 지천이었습니다.

사라진 옛살라비

그로부터 어언 쉰 해가 흘러갔습니다. 옛살라비를 다시 찾았던 것은 이 숨탄것 나이 서른여덟 살 적이니, 스무 해 전이었습니다. 어떤 신문사 청을 받고서였는데, 참으로 온즈믄골잘올* 가지 느낌이 서로 엇스쳐 지나가면서 명치끝이 타는 듯하였습니다. 이 숨탄것이 태어나서 열두 해 동안 뼈를 여물리었던 옛살라비집은 사라지고 없었습니다. 누군가네 밭으로 바뀌어 있는 그곳에 아그려쥐고 앉아 하염없이 담배나 죽이고 있는 이 숨탄것 눈에 들어오는 것은, 신작로였습니다. 왜국병대가 말타고 달려오고 양귀자(洋鬼子)무리가 '제무시'와 '찌뿌차' 타고 달려온 길이라고 하였습니다. 마지막 조선사람이었던 할아버지께서 보셨던 것은 무너져 버린 조선의 살매였겠지만 이 숨탄것이 보았던 것은 닥치는 대로 불질해대던 흰 낮에 푸른눈짜리 양코배기 병정과 오동바가지를 뒤집어 쓴 듯 온몸이 새까만 토인병정들이었습니다.

신작로만큼은 옛날과 다름없었습니다. 하냥 반두질하고 먹 감으며 자치기 말타기 하던 불알동무들은 거지반 다 대처로 나갔고, 몇 사람만 남아서 바랄 것 없는 농사에 구누름*으로 목을 매고 있는 옛살라비땅은 사람 입이 반 밑으로 줄어 있었습니다. 달라진 것이라고는 오직 전깃불 하나가 들어왔다는 것뿐.

옛살라비땅을 다시 찾았던 것은 십 년 전이었습니다. 그 어름의 그립고 슬프고 또 막막하기만 하던 이야기를 다룬 많이 모자라는 소설명색《길》을 가지고 '문학프로'

로 찍어 보겠다는 어떤 방송국 사람들과 함께였는데, 얼라? 아무 잡된 것이 섞여 있지 아니하고 아주 조촐하며 깨끗하던 한 어린넋한테 가없는 슬픔과 그리움을 안겨 주던 신작로가 '세멘공구리'로 막 뒤덮여지고 있었습니다. 한겨울에도 미리 맞춰 놓지 않으면 방을 잡을 수 없다는 대천해수욕장 갯가에 아그려쥐고 앉아 쓴 화학주나 마시다가 밤차를 탈 수밖에 없었으니, 그 많이 모자라는 장편소설명색 마루도리[*]가 신작로였던 것이었습니다. 팍팍한 황토먼지 숨막히는 신작로가 아니라 물방개 딱지 같은 쇠달구지들이 끊임없이 오갈 두 찻줄 '세멘공구리길'로는 아무런 슬픔도 할 수 없고 그리움 또한 할 수 없는 것이었습니다.

마루도리 집 지을 때 보에 동자기둥을 앉히고 그 위를 다시 도리로 이어주던 '상량'으로, '주제'라는 왜식 말 대신 써 보았음.

김성동
사라져 버린 것들을 위하여

2부 生 살아감을 모색하다

· · ·

조선학교와 한국학교가 함께 했고, 많지는 않았지만 인도네시아 학교를 비롯 여러 아시아계 학교들이 이 문제의 해결을 위해 동참하였다. 함께 집회를 열고, 비가 오는데도 많은 일본인들과 함께 거리 행진을 하기도 했다. 그들은 일본을 넘어, 남과 북을 넘어, 아시아를 넘어 연대와 공생의 길로 뚜벅뚜벅 걸어가기 시작했다. 아이들 역시 다문화와 공생을 단지 구호로서가 아니라 삶으로서 현실로서받아들이는 순간이었다.

8 "함께 어울려 살아갈
동아시아를 만들 거예요"

— 남과 북과 일본 모두에 속하지만 어디에도 없는
재일코리언, 조선적(籍)·조선학교 이야기

신명직

현재 구마모토가쿠엔대학 동아시아학과 조교수로 있다. 1978년 연세대학교에 입학한 후,
1983년부터 10년 정도 부천에서 일했으며, 1987년에는 부천노동법률상담소를 만들기도
했다. 〈내일신문〉 기자를 거쳐 대학원에 들어가 현대문학과 만화, 영상 등을 공부했다.
일본에는 1999년 도쿄외국어대학에 교환연구차 간 이래, 게이오대학 강사, 도쿄외국어
대학 객원교수 등을 지냈다. 저서로 만문만화를 통해 식민지 시대의 근대성을 살펴본
《모던��이 京城을 거닐다》와 조세희의 《난장이가 쏘아올린 작은 공》에 관한 연구서인
《불가능한 전복에의 꿈》 등이 있다.

조선'족(族)'과 조선'적(籍)'

'재일코리언'과 '재일동포'는 같은 뜻의 단어일까 아닐까. 언제부턴가 '해외교포'라는 단어 대신 '해외동포'라는 단어를 쓰게 되었는데, 그 이유인즉 후자가 서로의 민족애를 보다 잘 담아 내기 때문이라고 한다. 그렇다면 '재일코리언'이란 표현보다는 아무래도 '재일동포' 쪽이 수능시험 식으로 표현하자면 보다 정답에 가까울지 모른다.

하지만 정말 그럴까. 몇 가지 다른 경우의 수를 생각해 보자.

일본에서 아무리 한국어(혹은 조선어) 교육을 받았다 하더라도 달리 특단의 노력을 기울이지 않는 한 그들의 코리아어 발음은 그리 신통한 편이 못된다. 그래서 모처럼 꿈에 그리던 조국을 찾아온 그들이 맨 처음 듣는 말은 예의 '반쪽발이'라는 단어다. 이른바 조국에 대한 애정이 짝사랑이었음을 확인하는 순간이기도 하다. 일본에 대한 즉자적인 반감이 코리아어를 완벽하게 지켜 내지 못한 그들을 향해 무차별적으로 퍼부어진 셈인데, 사실상 이는 비단 언어에 국한된

당신에게 좋은 일이
나에게도 좋은 일입니다

것만은 아니다. 그들로부터 일본의 냄새가 감지되는 순간, 조국은 그들을 즉시 이방인 혹은 타자로 몰아세워 왔기 때문이다. '동포'란 현실이 아닌 의지의 용어에 지나지 않음이 분명했다.

'조선족(族)'과 '조선적(籍)'의 차이만 해도 그렇다. 그들이 처해 있는 역사와 현재에 대해 한 번이라도 진득하게 생각해 본 사람이라면, 중국의 '조선족'과 일본에 살고 있는 '조선적'이 어떻게 다른가에 관한 것쯤은 충분히 분간할 수 있으리라 생각했었다. 그런데 얼마 전 한 인터넷 판 언론매체에 난 인터뷰 기사는 무척 당혹스러웠다. 어떤 한국 유학생이 '조선적'을 지닌 일본의 한 대학생을 인터뷰하고선 줄곧 그를 '조선족'이라 지칭하였는데, 문제는 그 신문사의 데스크 역시 전혀 그것을 문제삼지 않았다는 데 있었다. 언론매체조차 '조선족'과 '조선적'을 구별해 내지 못하는 것이 지금 한국의 현실이다. 하기야 5년 전 일본으로 건너오기 전 나 역시 '조선적'이란 용어를 듣도 보도 못하지 않았던가. 막연한 민족애로 포장된 '동포'라는 표현에서 거품을 걸어 낸, 맨얼굴의 표현이 필요하다는 생각이 들었다. '재일코리언'[1]은 제한적이긴 하나 남과 북을 아우를 수 있다는 점에서, 여타 수식어들을 걸러 냈다는 점에선 일단 상대적 객관

---

1. 여기에서 '재일코리언'이란 1970~80년대 이후 한국에서 일본으로 건너온 이른바 '뉴커머'들이 아닌 해방 이전부터 일본 땅에서 살아온 사람들과 그 자손들을 의미한다. 이 글에선 이들 가운데 특히 조선학교에서 교육을 받은 조선적·한국 국적·일본 국적을 지닌 이들을 그 주된 대상으로 하고 있다.

신명직
"함께 어울려 살아갈 동아시아를 만들 거예요"

성을 확보한 용어일지 모른다고 생각했다.

조선적(籍)은 '국적'의 '적(籍)'을 쓰긴 하지만, '국적'과는 다른 개념이다. 1965년 한일수교가 맺어질 때까지 고국으로 돌아가지 못한 60만 재일코리언을 그저 지명에 따른 일반적 기호의 의미로서 '조선'의 적(籍)을 가진 사람들이라고 불렀다. 따라서 '조선적' 재일코리언은 사실상 '무국적' 상태라 할 수 있다. '조선적'이란 남과 북을 아우르는 개념이면서도 대한민국과 조선민주주의인민공화국 어디에도 속해 있지 않으며, 일본에서 태어나 일본에서 자라 일본에서 생활하고 있지만 일본 사람에 속하지도 않는다. 남과 북과 일본 모두에 속해 있으면서도, 사실상 그 어디에도 존재하지 않는 '3중의 자유인'[2]이 바로 조선적인 셈이다.

한국에도 소개된 영화 'GO'에서 복싱 선수인 조선적 아버지가 하와이 여행을 가고 싶다는 이유로 '조선적' 상태가 아닌 한국 국적을 취득하는 장면이 나온다. '조선적'은 무국적이나 진배없기 때문에 해외 여행이라도 한번 떠나자면 무척이나 까다로운 절차를 거치지 않으면 안 된다. 물론 하와이 여행이 진짜 목적은 아니었다. 자기 자식에게만은 그 같은 무국적의 불편함을 물려주지 않겠다는 것이 사실상의 속내였다.

---

2. 남도 북도 아닌, 분단되지 않은 조국을 열망한다는 의미에서 '조선적'을 버리지 않는다고 설명하는 재일코리언들도 많다.

당신에게 좋은 일이
나에게도 좋은 일입니다

'따로'는 있어도 '같이'는 없다

해방 후 조선적은 대략 60만 명. 40대 후반인 H씨의 표현을 빌자면, 해방이 되자 모두 고향으로 돌아가기 위해 부둣가로 몰려들어 오늘 내일 하면서 고국행 배를 타려 했다고 한다. 하지만 정기편이 몇 번 왔다 갔다 하더니 곧 중단되고 말았고, 그들은 일본 전역의 부둣가를 중심으로 이른바 '조선인 부락'을 형성한 채 그대로 눌러앉

조선학교를 나와 일본 사회에서 조선적으로 살아가기란 그리 만만한 일이 아니다. 조선학교를 나온 그들을 기다리고 있는 것은 '분리'와 '차별'이었다. 그것은 마치 거대한 벽과 같아서 그 벽을 넘어서기 위해선 언제나 상상 이상의 용기가 필요했다.(조선학교를 다룬 다큐멘터리 영화 〈무경계선에의 꿈〉의 한 장면)

신명직
"함께 어울려 살아갈 동아시아를 만들 거예요"

아 그곳에 살게 되었다.

일본에서 '부락민'이란 독특한 의미를 갖는다. '부락민'이란 그 단어 자체에 이미 차별의 의미가 담겨져 있다고 일본 사람들은 말한다. 규슈 탄광에 끌려왔다 고국에 돌아가지 못하고 눌러앉게 된 유명한 규슈 '가네히라 단지' 출신인 H씨는 그런 의미에서 전형적이라 할 수 있다. "조선학교 '보로' 학교" 혹은 "바보도 '총' 도 아는데 넌 왜 모르냐"는 일본말에서 '보로학교'란 후지고 너덜너덜한 학교

조선중·고급학교를 졸업한 학생들 대부분은 조선대학에 입학한다. 조선대학을 나온 학생들 대다수는 조선적이 운영하는 은행, 회사, 혹은 총련 조직에 들어가 사회·경제적 생활을 꾸려왔다. 하지만 일본의 거품경제가 끝난 1990년대 이후, 특히 조선계 금융기관의 위기와 함께 조선적을 중심으로 한 사회·경제 공동체의 자립도는 현저하게 떨어지기 시작했다.

당신에게 좋은 일이
나에게도 좋은 일입니다

라는 뜻이고, '총'이란 조선인을 의미한다. 재일코리언들이 해방 이후 1970년대까지 일본 사회에서 받은 무시와 천대는 이루 말로 다할 수 없을 정도다. 그 시기 조선학교를 다녔던 사람들에게 당시의 조선학교를 회상하라면 매일같이 일본 학생들과 싸움질하고 다녔던 기억밖에 없다고 한다. 해방 이후 재일코리언의 역사에서 '차별과 저항의 역사'가 중요할 수밖에 없는 한 이유이기도 하다.

차별과 억압은 물론 저항을 낳기도 했지만, 그저 대다수의 보통사람들은 그냥 귀화의 길을 택하고 만다. 특히 1995년 이후부터는 매년 1만 명씩 귀화해 현재 재일코리언 숫자는 대략 49만 명 정도. 하지만 귀화에 대한 복잡다단한 해석과 평가는 차치하더라도, 아무튼 재일코리언의 상당수가 한편으론 패배감에서, 한편으론 적극적인 의미에서 귀화를 서두르고 있음은 분명하다. 한 조선학교 교장선생님의 표현에 의하면 조선학교 출신 혹은 조선적일 경우 귀화의 정도는 그리 높지 않다고 한다.[3] 그 이유는 무엇일까. 내셔널 아이덴티티를 확고하게 체화한 탓이기도 하겠지만, 다른 한편 조선적들이 일본 사회에서 구축한 일종의 사회·경제 공동체의 영향일지도 모른다.

조선적을 중심으로 한 사회·경제 공동체란 한국의 화교 공동체와 유사할지 모른다. 이를테면 조선적을 지닌 사람들 가운데 조선중·

---

3. 귀화를 하려면 일본에서 다녔던 학교 증명서를 제출해야 하는데, 그간 귀화 목적의 증명서를 발급했던 비율을 비교해 보면 조선학교의 비율이 전체 귀화율에 비해 현저하게 떨어진다(전체 졸업생의 5퍼센트 정도로 일본 남성과 결혼한 여성들이 대부분)고 한다.

신명직
"함께 어울려 살아갈 동아시아를 만들 거예요"

고급학교를 졸업한 뒤 그 중 상당수가 조선대학에 들어가는데, 그곳을 졸업하면 대부분 조선적이 운영하는 은행, 회사, 혹은 총련 조직에 들어가 사회 · 경제적 생활을 꾸릴 수 있다는 얘기다. 일본인 사회와 부딪혀 가며 부대끼지 않아도 생활이 가능하기 때문에, 차별로 인한 갈등이나 그에 따른 귀화도 그들에겐 상대적으로 적은 편이었다.

몇몇 구체적인 예를 들어보자. 먼저 C씨(30대 후반)의 경우. 조선대학을 졸업하고 재일조선인계 은행에 근무했다. 초 · 중 · 고를 모두 조선학교를 다녔고, 주거는 재일코리언들이 다수를 이루는 미카와시마〔三河島〕와 아다치〔足立〕쪽에서 쭉 살아왔기 때문에, 학교에서도 집에서도 그다지 차별이란 것을 느끼지 못하고 살아왔다. 직장역시 재일코리언을 상대로 한 것이기 때문에 별 어려움이 없었다. 해외 여행을 다닐 때 좀 불편한 것을 빼놓고는 조선적이라 해서 큰불편을 느끼지 못했다고 한다. 하지만 최근 조선계 은행이 난관에봉착한 터라 앞으로는 어떻게 될지 모르겠다고 한다.

다음은 K씨(40대 초반). 역시 조선학교와 조선대학을 졸업했다. 총련에서 일을 하다가 그만둔 뒤, 다양한 일을 했다. 빠칭코 일도 해보곤 했지만, 주위의 시선이 그리 좋지 않아서, 30대 나이에 다시 전문학교 입시 시험을 치르고 전문학교를 나와 전기 관련 일을 하고있다. 조선대학에서 이공계를 나왔지만, 대학 졸업 자격은 물론 고등학교 졸업 자격도 인정받지 못해서, 전문학교에 특별전형으로 들어가야만 했다. 물론 국적 등의 문제도 있어 관공서 쪽 일은 엄두도

당신에게 좋은 일이
나에게도 좋은 일입니다

내지 못했고, 그렇기 때문에 오랜 기간 계약 사원으로 근무할 수밖에 없었다.

또 다른 경우를 살펴보자. 조금 더 나이가 든 40대 후반의 경우다. A씨는 말 그대로 전형적인 재일코리언 2세라 할 수 있는 케이스. 이른바 '조선인 부락' 출신으로 어렸을 때는 매일 일본 애들하고 싸움만 했고, 조선적 대부분이 그렇듯이 형제들 중 일부는 1970년대 귀국(북송) 사업 결과 북쪽에 있다. 조선학교를 나와 어렵게 조선대학을 들어가 졸업한 뒤 역시 총련에서 일을 했다. 하지만 1980년대 후반 후계자 문제가 제기될 무렵, 그는 그 일을 그만두었다. 그 뒤 빠찡코, 금융업[4] 등등을 전전했지만, 재일코리언들이 보다 좋은 평판을 받는 사업에 더 많이 뛰어들어야겠다는 생각에 현재 그는 물류판매업에 종사하고 있다.

같은 40대 후반인 B씨의 경우. 역시 조선대학을 졸업한 뒤 총련쪽 일을 할까 망설였지만, 비즈니스 쪽으로 방향을 선회했다. 비즈니스 관련된 일을 하다 보니 조선적으로는 아무래도 불편해 국적을 한국으로 바꿨다. 정치적인 이유도 없진 않지만 그보다는 경제적인 이유가 더 컸다고 한다.

이들은 모두 30대 후반에서 50대 초반의 재일코리언 2세들. 재일코리언 사회에선 이른바 중견이라 할 수 있다. 재일코리언 1세들로

---

4. 일본에서 '금융업'이라고 할 때, 이는 종종 사(私)금융업을 의미하곤 한다.

부터 민족교육을 받고 자랐고, 일본 사회에서 나름의 터전을 일구어 살아가고 있다. 이들은 해방 이후 지금까지 차별을 받아가면서도 일본 내에서 어느 정도는 자립적인 사회·경제 소공동체를 일궈 내기도 했다. 하지만 그것도 일본이 거품 경제에서 벗어나 불황의 긴 터널을 지나면서, 조금씩 불안정해지기 시작했다. 조선학교를 나오면 먹고사는 문제가 소공동체 안에서 자립적으로 해결 가능했던 시절은 이제 옛 이야기일 뿐이다. 귀국할 것이 아닌 다음에야 일본 사회 속에서 일본인들과 함께 살아갈 수밖에 없게 된 것이다.

귀국(북송) 사업이 뜸해진 1980년대 이후부터 재일코리언 사회는

'귀국'이 아닌 '정주(定住)'를 준비하기 시작했지만, 그 '정주'를 위해서는 일본인과의 '공생(共生)'에 더 힘을 기울이지 않을 수 없게 되었다.

조선학교 유치부 아이들의 꿈과 미래를 배와 로켓으로 표현한 게시물. 하지만 그림 속의 표식들은 그 꿈과 미래가 펼쳐지는 곳이 남쪽이 아니라 북쪽이라는 인상을 준다. 고급부 학생들이 만경봉호를 타고 북쪽으로 수학여행가는 것을 손꼽아 기다리는 것도 어쩌면 어려서부터 받아온 교육의 결과일지 모른다.

눈을 감아야만 보이는 조국

이들 조선적의 고향은 대부분 남쪽 경상도 아니면 제주도이다. 보다 정확하게 말하자면 재일코리언 1세의 고향이 그곳이라 할 수 있다. 일본에서 태어나 자란 재일코리언 2세와 그들의 자녀인 3세와 4세들은 여전히 조선적을 소유하고 있는 한, 극히 소수를 제외하고는 아직도 고향 땅을 방문해 보지 못했다.

그러면 이들에게 있어서의 고향 혹은 조국은 어떤 것일까. 일본에서 태어나 자란 재일코리언 2세에게 있어 고향이란 쉽게 설명할 수 없는, 눈을 감아야만 느낄 수 있는 곳이다. 오사카에 있는 재일코리언 2세인 조선학교의 어떤 선생님은 "눈을 감아야 1세였던 부모들이 말하던 제주도 사투리와 고향 이야기가 비로소 떠오른다"고 했다. 말 그대로 재일코리언 2세에게 있어 고향이란 '상상' 속에 존재하는 '공동체'인 셈이다. 하지만 그것도 3세와 4세로 넘어가면 그나마 구수하게 속삭이던 고향 냄새란 교과서와 케이블 텔레비전(한국 방송)[5] 위에서만 존재할 뿐이다.

고향은 종종 조국이란 단어와 동일어로 쓰여지면서 의미망을 혼란스럽게 만들어 버리곤 한다. "미국에 살면 미국 사람 되는 것이고,

---

5. 직접 한국방송공사 프로그램 등을 위성 수신하는 가정은 드물고, 한국의 여러 방송사 프로그램들을 재편집한 것에 일본어 자막을 덧붙인 케이블 텔레비전을 시청하는 경우가 대부분이다.

신명직
"함께 어울려 살아갈 동아시아를 만들 거예요"

도쿄 제1조선학교 중급부 학생들의 음악 수업. 아이들이 함께 〈망향가〉를 합창하고 있다. 이들이 노래하는 고향이란 남일까 북일까, 아니면 일본일까. '조선학교'야말로 이들의 참 고향은 아닐는지.

일본에 살면 일본 사람 되는 것 아니냐"며, 중요한 것은 "자신의 뿌리를 좀더 알고 프라이드를 갖고 살아가는 것"이라는 사람도 있다. "제1의 고향은 역시 태어나 자란 일본이고, 제2의 고향은…" 하며 말끝을 흐리다, "부모님의 고향은 제주도지만, 지금 형제들이 북에 있으니까 북쪽이 제2의 고향인 것 같다"고 하는 사람도 있다. "힘들게 조선인 부락에서 자랐다. 그때 아버지는 알코올 중독자였고 어머니는 밤늦게까지 일하시면서 우리들을 키웠다. 어머니도 그 후 지병으로 돌아가셨는데, 가끔 생각해 보면 지금의 북쪽이, 고통스런 삶을 사셨던 아버지·어머니 같다는 생각이 든다. 고통스러우셨던 부모님이 내 부모님이셨듯 아무리 고통스러워하는 북쪽이라도 내 조국은 조국"이라고 대답하는 사람도 있다.

조선학교 초급부 6학년 음악 교과서 맨 처음에 나오는 곡은 '조국의 품'. 이 노래를 부르는 초급부 6학년 아이에게 "조국이 어디냐"고 물어봤다. 한참을 고민하다 나온 대답은 "남쪽"이었다. 할아버지의

당신에게 좋은 일이
나에게도 좋은 일입니다

고향이 제주도이기 때문에 그 아이는 그렇게 대답했겠지만, 그 노래에 등장하는 지명은 모두 대동강 아니면 모란봉이었다. 한 번도 한반도에 가본 적이 없는 그 아이로서는 그곳이 남쪽에 있는지 북쪽에 있는지도 몰랐을지 모른다. 물론 국적을 한국으로 바꾼 경우엔 분명하게 한국이 고향이라고 대답하지만, 그 외에는 조국이 어디냐고 물으면 곧바로 대답을 하지 못하는 경우가 대부분이다.

어쩌면 조국이 어디냐는 질문은 우문에 불과할지 모른다. 조국이 분단된 상태에서 둘 중 하나를 고르라는 것은 최인훈의 소설 〈광장〉에서 거제도 포로수용소의 이명준에게 어디로 가겠느냐고 물었던 것과 크게 다르지 않을 것이기 때문이다.

'조선학교' 학생 60퍼센트가 한국 국적

일본에 있는 조선학교 문제를 언급할 때 먼저 분명하게 한 가지 일러두지 않으면 안 될 것이 있는데, 그것은 현재 조선학교에 다니고 있는 학생들 가운데 과반수 이상이 '한국 국적'이라는 사실이다. 고급(고등)학교일 경우 물론 30퍼센트 정도로 내려갈 때도 있지만, 초급 혹은 중급일 경우 한국 국적은 대개가 60퍼센트에 이른다.

과거 사실만을 근거로, 일본의 조선학교 문제란 북쪽에서 신경 쓸 문제일 뿐 한국과는 아무런 관련도 없다는 인식은 이제 바뀌어야만

신명직
"함께 어울려 살아갈 동아시아를 만들 거예요"

한다.

한 가지 더 분명히 해 두어야 할 것이 있는데, 그것은 일본 속의 조선학교는 궁극적으로는 재일코리언들의 재산이란 점이다. 해방 후 갖은 고난과 차별 속에서 민족교육을 이뤄 내기 위해 흘린 재일코리언들의 피와 땀과 눈물의 결정체가 바로 조선학교이기 때문이다.

이 점을 분명히 해 두어야만 하는 이유는 대부분 조선학교와 북쪽 혹은 총련을 동일시하고 있기 때문이다. 물론 아주 예민하고 더 많은 검증이 필요한 복잡한 문제이긴 하지만 조선학교에 대한 전제조건으로서 이 사실을 분명히 인식하고 논의를 시작하는 것은 매우 중요하다.

물론 지금까지 조선학교가 북쪽 중심의 교육을 해온 것은 사실이다. 하지만 이 문제를 거론하기 위해선 조선학교의 그간의 역사에 대한 이해가 전제되지 않으면 안 된다. 그 역사란 북쪽의 민족학교 지원 정책과 남쪽의 기민 정책의 차이를 의미한다.

현재 '한국학교'는 일본 전역에 모두 4개 학교. 도쿄와 교토의 한국학교와 오사카의 백두학원과 금강학원이 전부이다. 하지만 조선학교는 일본 전역에 모두 110여 개교가 있다. '한국학교'에서 재일코리언들이 차지하는 비율은 아주 낮다. 도쿄 한국학교에서 재일코리언들의 비율은 대략 10~20퍼센트 수준이다. 나머지는 대부분 뉴커머들 혹은 한국 주재원들의 자녀들이다. 그래서 재일코리언들은 '한국학교'는 한국 주재원 자녀들의 학교이지 재일코리언들(한국 국적을 가지고 있어도)의 학교가 아니라고까지 말하기도 한다.

물론 오사카에 있는 백두학원이나 금강학원은 성격이 또 다르다. 이 학교들은 '각종(各種)학교'가 아니고 이른바 '1조교(助敎)'[6]이다. 그렇기 때문에 일본 교육과정에 맞춰 한국어 교육 시간보다 일본어 교육 시간이 더 많아 졸업을 하더라도 한국어가 능숙하지 못하다는 한계가 있다. '한국학교'는 수적으로도 도쿄와 오사카, 교토에 각각 한두 학교밖에 없기 때문에, 재일코리언들이 우리말과 역사, 그리고 문화를 배우기 위해서는 가까운 조선학교를 찾아갈 수밖에 없는 경우도 많다.

조선학교가 이처럼 숫자 면에서 늘어나게 된 배경에 북쪽의 지원이 있었다는 것은 분명하다. 총련이 음으로 양으로 북을 돕고 있긴 하지만, 아무튼 북이 아무리 힘들어도 거의 매년 지원금과 장학금을 보내오고 있다고 한다. 1950년대와 60년대를 거치면서, 한국이 한일회담 등을 통해 오히려 재일코리언들의 처지를 방관해 버린 데 반해, 북쪽은 재일코리언들을 해외공민으로 규정하고 1950년대 말 교육 원조비와 장학금 등을 일본에 보내왔던 것이다.[7] 이에 대한 감사의 표시 가운데 하나가 초상화를 교실 정면에 거는 것이었다. 최근

---

6. '각종학교'란 일본의 교육과정에 준하는 교육을 실시하고 있진 않지만, 나름의 교육과정을 일본 문부과학성이 인정한 학교이고, '1조교'는 일본의 교육과정에 준하는 교육을 실시하고 있는 학교로, 교육 복지 정책과 보조금(일본 정부와 지방자치단체)에 있어서 현격한 차이가 난다.
7. ウリハッキョをつづる会 《朝鮮学校ってどんなこと?》, 社会評論社, 2001, 160~171頁

신명직
"함께 어울려 살아갈 동아시아를 만들 거예요"

남쪽이 재일코리언들을 방치하는 정책으로 일관한 반면, 북쪽은 1950년대 말 이후 교육 원조비와 장학금 등을 꾸준히 일본 조선학교에 보내왔다. 이에 대한 감사의 표시 가운데 하나가 초상화를 교실 정면에 거는 것이었다. 최근 초급부와 중급부 교실의 초상화는 내려졌지만, 고급부(고등학교) 교실과 교원실에는 여전히 걸려 있다.

에는 재일코리언 사회의 반발도 있고 해서 작년 가을부터 초급부와 중급부 교실에서 내려지긴 했지만, 초상화는 근 반세기 동안 조선학교 교실에 걸려 있었다. 물론 고급부 교실과 교원실 등엔 아직도 초상화가 걸려 있다.

위기의 조선학교

조선학교에서 초상화가 내려지게 된 것은 사실상 최근 조선학교가 처한 위기의식의 반영이기도 하다. 각급 조선학교의 학생 수가 최근 급감하고 있기 때문이다. 조선학교 학생수가 제일 많았던 1960년대엔 3만 5천여 명[8]이던 것이 최근에는 1만 2천 명 정도로 줄었다. 대략 3분의 1가량으로 줄어든 셈[9]이다.

지난해 5월 말경 고베시가 있는 효고현에서는 1948년 4 · 24 한신교육투쟁[10] 55주년을 기념한 포럼이 열렸는데, 이 자리에 등단한 한 학부모는 재일코리언 1세들이 목숨을 바쳐 지킨 조선학교가 사라지

---

8. 야학과 성인학교까지 포함하면 대략 4만여 명에 달했다.
9. 도쿄 조선중고급학교의 경우 3천 명이던 것이 천백 명 선으로 줄어들었고, 도쿄 내 또 다른 초중급학교의 경우는 1천5백여 명이던 것이 최근에 4백여 명 선으로 줄어들었다.
10. 4 · 24 한신교육투쟁이란 1948년 1월 미군 점령하의 일본 문부성이 조선인학교 폐쇄령을 내린 것에 대한 일본 전역에서의 반대 투쟁 가운데, 특히 치열했던 오사카-고베(板神)에서의 투쟁을 말한다. 이 과정에서 1948년 4월, 16살 난 김태일 소년이 일본 경찰이 쏜 총에 맞아 죽는 사건이 발생한다. 미군 점령기 유일하게 비상사태까지 선언하게 만들었던 이 사건은 4월 24일에 이르러 학교 폐쇄 명령 철회와 조선학교의 자주성을 인정하는 현지사의 발언으로 이어졌는데, 이를 가리켜 4 · 24 한신교육투쟁이라 한다(朴三石,《日本のなかの朝鮮學校》, 朝鮮靑年社, 1997 등 참고).

신명직
"함께 어울려 살아갈 동아시아를 만들 거예요"

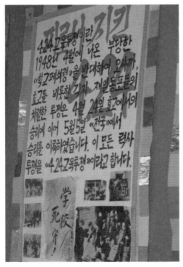

는 것을 보면서 너무 가슴이 아팠다며 눈물을 흘렸다. 한신 초급학교와 고베 초급학교가 통폐합되면서, 한신 초급학교가 사라지게 된 것이다. 이처럼 조선학교가 사라지는 경우는 계속 늘어나고 있다. 도쿄의 조선제8학교의 고급부는 1학년생과 2학년생이 없어지면서 문을 닫게 되었고, 시모노세키의 경우는 재일코리언이 4천 명이나 되지만 입학생이 한 명도 없어, 결국 없어지고 말았다.

이처럼 조선학교 학생 수가 줄거나 조선학교 자체가 없어지는 데는 크게 두 가지 이유가 있다. 그 첫 번째 이유가 북쪽 일변도의 교육을 해 왔다는 점이다. 물론 조선학교의 교과 내용이 반세기 동안 많이 바뀌어져 온 것은 사실이다. 과목명이

1948년 4월 조선학교 폐쇄령에 반대하다 당시 16살이었던 김태일 소년이 일본 경찰이 쏜 총에 맞아 죽었고, 이후 투쟁을 통해 학교 폐쇄 명령 등을 철회시켰는데, 이를 '4·24 한신교육투쟁'이라고 한다. 그런데 바로 그 한신교육투쟁의 산실이었던 한신 초급학교가 운영난으로 고베 초급학교와 통폐합되면서 사라지게 되었다.

당신에게 좋은 일이
나에게도 좋은 일입니다

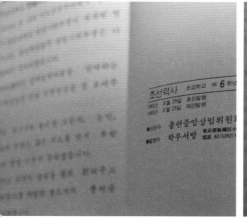

총련중앙상임위원회가 펴낸 초급부 '조선력사' 교과서와 고급부 문학 교과서. 해방 후 현대 문학은 조국해방전쟁기와 사회주의건설기의 문학으로 일관하고 있다. 하지만 지난해 봄 고급 부 국어 공개수업에선 문익환 목사의 시가 소개되기도 했는데, 아주 느리긴 하지만 탈냉전을 향한 남북교류의 물결이 조금씩 교과과정에 반영되어 가고 있음을 느낄 수 있다.

'현대조선혁명력사'로 바뀌었을 뿐 아니라, 식민지 시기의 항일투쟁 역사도 1930년대 항일무장투쟁만이 아닌 안창호를 비롯해 1920년 대 임시정부에서의 독립운동도 교과과정에 포함시켰다. 10년을 주 기로 바뀌어 온 교과서 개정 과정에서 최근 교과서에는 남쪽 교과서 를 참고한 흔적도 보인다. 하지만 아직도 여전히 모든 교과과정에서 이념 편향적인 내용이 곳곳에 남아 있다. 급변하는 정세 속에서 재 일코리언 2세들이 자신의 자녀들을 그냥 조선학교에 입학시키기엔 많은 결단이 필요함은 더 말할 나위가 없다.

신명직
"함께 어울려 살아갈 동아시아를 만들 거예요"

조선학교의 운영이 어려워지면서 선생님들에 대한 대우 역시 점점 열악해져 가기만 한다. 사명감 없이는 결코 할 수 없는 것이 조선학교 선생님이라는 말도 있다. 밤늦게까지 조선학교의 불이 켜져 있는 이유 역시 공부하는 학생들 때문이 아니라, 적은 수의 인원으로 밀린 업무를 처리해야만 하는 선생님들 때문이다.

　또 다른 하나는 자녀들이 조선학교를 나와서 일본 사회에서 제대로 살아갈 수 있을까 하는 위기감이다. 실제로 재일코리언 2세들이 일본 내에서 생활해 가면서 혹은 각종 시험을 치르면서 일본 역사와 지리, 문화에 관한 이해도가 현저하게 부족하다는 것을 깨닫게 되었는데, 일본 경제가 어려워지면서 재일코리언 사회 내부에서 해결되던 일자리마저 줄어들게 되자 그 위기감은 더욱 증폭되었다. 사실

당신에게 좋은 일이
나에게도 좋은 일입니다

1970년대까지만 해도 조선학교의 교과내용은 귀국을 전제로 한 교육이었다.[11] 1960~70년대 귀국(북송) 사업을 위해서라도 우리말 교육은 필요했기 때문이다. 그러던 것이 1970년대 말 1980년대 초 이후 교과내용도 '귀국'에서 '정주'로 '공생'으로 바뀌어가기 시작했지만, 여전히 '정주'와 '공생'을 위한 교육은 전체 교과과정에서 부족하다는 게 중론이다.

이 같은 위기감은 결국 운영상의 어려움으로 현재화되었다. 관서지방의 한 조선학교 선생님들은 1년 월급의 8개월분 정도만을 받고 교원직에 종사하는 경우도 있다고 한다. 현재 조선학교 선생님들의 월급은 일본학교 선생님들 월급의 1/2에서 1/3에 불과하다. 어떤 경우엔 자원봉사자 수준에 머무르기도 한다. 그렇다고 해서 선생님들이 성심 성의껏 학생들을 가르치고 있지 않다는 얘기는 물론 아니다.

남과 북을 넘어선 '코리언스쿨'로

이 같은 문제를 해결하기 위한 노력은 조선학교 안팎에서 다방면으로 이루어져 오고 있다. 우선 재일코리언 2세들이 자녀들을 다시

---

11. 1940~50년대에는 대부분 남쪽이 고향인 이들은 남쪽으로 귀국하기 위한 민족교육을 받았다면, 1960~70년대에는 북으로의 귀국(북송) 사업이 확대되면서, 북쪽으로 귀국하기 위한 민족교육이 확대되었다고 할 수 있다.

신명직
"함께 어울려 살아갈 동아시아를 만들 거예요"

학교로 보낼 수 있을 만한 환경을 만들려는 시도이다. 학부모들이 외면하는 학교여서는 학교 운영은 물론 학교 존립 자체가 위태롭기 때문이다. 조선학교에서는 이를 위한 다양한 방안을 모색 중이다.

그 중 하나가 코리언스쿨을 만들자는 의견. 현재 도쿄 내에 재일 코리언들이 가장 많이 살고 있는 미카와시마 인근 아라카와구에는 조선적과 한국 국적을 포함 대략 6~7천 명이 살고 있다. 이들 가운데 재일코리언이 반, 1980년대 이후 한국에서 일본으로 건너온 이른바 뉴커머가 또한 반수를 이룬다. 뉴커머의 역사도 대략 10~15년 되고 보니, 이들의 자녀 역시 유치원이나 초등학교 저학년을 보낼 나이가 되었다. 하지만 도쿄 한국학교는 너무 멀 뿐만 아니라 등록금도 비싼 터라, 조선학교가 이들이 안심하고 보낼 만한 코리언스쿨로 거듭난다면 통일교육을 실험해 볼 수 있는 전기를 마련하는 셈이 된다. 어떤 이들은 조선적이나 한국 국적뿐 아니라, 일본 국적 혹은 제3의 국적을 가진 사람들도 다 함께 참여할 수 있도록 인터내셔널 학교로 만들자는 의견도 내놓고 있다.

일본 내에서 정주·공생할 수 있기 위해서는, 인사권은 조선학교에서 갖되 '1조교' 자격을 취득하기 위해 노력할 필요가 있지 않느냐는 의견도 나오고 있다. 현재 '각종학교'로서 문부성 혹은 지방자치단체에서 받는 지원은 학생 1인당 1만 5천 엔이지만, '1조교'가 되면 1인당 10만 엔의 지원을 받을 수 있지 않느냐는 이유에서다. 운영상의 어려움도 해소하면서 정주와 공생의 길도 함께 모색할 수

당신에게 좋은 일이
나에게도 좋은 일입니다

있지 않느냐는 것이지만, 현재로선 민족학교로서의 존재 의의가 훼손된다는 점에서 지지보다는 반발이 더 강한 상태다.

이 같은 문제를 보완한 형태로서는 관서지방의 한 조선학교에서 실시하고 있는 것과 같이 민족학교 교과과정과 일본 교과과정을 함께 가르침으로써, 조선학교를 졸업하더라도 일본 정부로부터 학력을 인정받을 수 있는 형식도 검토 대상의 하나이다.

물론 내부적인 문제도 함께 검토되고 있다. 현재 조선학교는 교원 파트와 교육회 파트로 이원화되어 있다. 교육회는 학교의 재정적 운영을 비롯한 전반적 운영을 관장하는 곳인데, 교원과 교육회 인사 및 운영 방향 등은 사실상 총련에서 주관하고 있다. 도쿄 조선중고급학교에서는 지난 1998년 학교 건립 50주년을 맞아 재일코리언 2세 유력 상공인들을 중심으로 새로운 교사 건립을 지원하면서 총련 쪽에 자신들의 건의사항을 적은 '요망서' [12]를 보낸 적이 있다. 앞서 언급한 여러 의견들이 총 집약되어 건의된 것이지만, 총련은 그 요망서에 대해 아무런 반응도 보이고 있지 않다.

이후에도 몇 차례 다양한 채널을 통해 밑으로부터의 견해들이 제기되고 있는 상태인데, 이들 의견 가운데에는 '남과 북을 하나의 조국으로 보아야만 하지 않겠느냐'는 견해들도 포함되어 있다. 남과

---

12. 민족교육 포람·민족교육의 오늘과 래일·동경 조선중고급학교 신교사 건설위원회 명의의 '要望書'
(1998. 12. 5.)에는, '민주주의 민족교육 사업을 개선 강화할 데 대하여'라는 부제가 붙어 있다.

신명직
"함께 어울려 살아갈 동아시아를 만들 거예요"

북으로 갈라져 있지만 언젠가는 하나로 통일될 조국에 이바지할 감각과 기능을 가진 아이들로 키우고 싶다는 것이 그 취지이다.

서로를 무서워하는 아이들

현재 조선학교에서 국어(조선어)를 담당하고 있는 선생님들은 대부분 재일코리언 2세 혹은 3세들이다. 최근 이들의 발음에 대해 학생들이 문제를 제기하기 시작했다. 선생님의 발음이 집에서 케이블 텔레비전을 통해 보는 한국 발 드라마나 비디오 속의 발음과 현저하게 다르기 때문이다. 한국만 해도 여러 지방말이 있는데, 바다 건너 일본 땅에서 일본어와 뒤섞인 방언이 없을 수 없겠지만, 학생들이 원하는 것은 남쪽이나 북쪽 사람들과 만났을 때 의사소통이 가능하고 어색하지 않게 사용할 수 있는 코리아어(우리말)이다.

그래서 조선학교의 어떤 학부모는 한국 정부에서 국어 선생님만이라도 좀 보내 주었으면 하는 바람을 내비치기도 한다. 조선학교의 현 운영 시스템상 불가능한 일이긴 하지만, 뉴커머들을 비롯한 한국 국적의 동포들이 자녀들을 믿고 보낼 수 있는 학교로 만들기 위해선 그렇게라도 해야 한다는 것이 그의 생각이다. 혹은 조선학교 선생님들의 한국어 연수만이라도 가능해졌으면 하는 이들도 있다.

조선학교가 남과 북을 넘어선 코리언스쿨로 발전하기 위해 한국

당신에게 좋은 일이
나에게도 좋은 일입니다

의 기업이나 정부쪽의 지원이 필요하다고 주장하는 학부형들도 있다. 현재 한국민단 내에도 조선학교 출신들이 많지만, 현대그룹을 비롯한 일본 내 현지 한국계 기업에도 조선학교 출신들이 상당수 일하고 있는데, 이는 일본어와 한국어를 자유자재로 구사할 수 있는 인재를 조선학교가 배출해 냈기 때문임을 그들은 강조한다. 한국 정부가 국비 유학생을 지원하는 비용만큼 혹은 한국 기업이 해외 인재를 발굴해 내는 데 드는 비용만큼을 조선학교에 투자한다면, 무너져가고 있는 조선학교를 살리는 것은 물론 이를 계기로 조선학교가 코리언스쿨로 거듭날 수 있게 되지 않겠느냐는 것이다.

물론 섣부른 지원은 오히려 총련을 불필요하게 자극하는 일이 될 수도 있다. 그렇기에 밑으로부터의 다양한 교류와 지원을 통해 서로의 신뢰감을 바탕으로 할 때만이, 아이들이 소망하는 '남과도 북과도 소통할 수 있는 코리아어'에의 희망은 현실로 탈바꿈해 갈 수 있을 것이다.

실제로 같은 도쿄 하늘 아래에서도 조선학교와 도쿄 한국학교를 나온 학생들의 경우, 같은 코리아어를 쓰고, 같은 국적을 가졌지만 서로 아무런 동질감도 확인할 수 없는 것이 재일코리언 사회의 현실인지 모른다. 조선학교 중급부 출신과 도쿄 한국학교 중등부 출신의 학생이 동일한 일본 고등학교인 '도립 인터내셔널 스쿨'에서 처음으로 대면하게 되었을 때 그들의 첫 느낌은 '반갑다'가 아니라 '무섭다'는 것이었다고 한다. 이미 남과 북은 냉전의 무거운 외투를 벗어

신명직
"함께 어울려 살아갈 동아시아를 만들 거예요"

버리기 시작했고, 재일코리언 사회 역시 '원코리아 페스티벌' 개최와 같은 다양한 노력들을 기울이고 있긴 하지만, 미래의 재일코리언 사회를 이끌어 갈 아이들은 서로에 대한 불신과 공포의 늪에서 여전히 헤어나지 못하고 있다.

조선학교 문제 이외에도 남겨진 숙제는 여전히 많다. 재일코리언 자녀 가운데 한국학교 혹은 조선학교에 다니고 있는 숫자는 사실 10퍼센트 남짓하기 때문이다. 나머지 80~90퍼센트는 일본 학교에 다니고 있다. 이들이 우리말과 우리 문화를 접할 수 있는 통로로서 일본 학교 내의 '민족학급'이라는 것도 있다. 해방 이후 민족학급을 일본 사회로부터 쟁취하기 위한 투쟁 역시 만만한 것이 아니었다고 한다. 몇 차례의 고비를 거쳐 현재 일본 관서지방을 중심으로 일부 학교가 정기적으로 '민족학급'을 운영하고 있긴 하지만, 법적 보장 장치를 비롯해 미비한 것이 한두 가지가 아니다.

"함께 어울려 살아갈 동아시아를 만들 거예요"

이처럼 반세기 동안 어렵사리 지켜 온 민족학교와 민족학급 속엔 참으로 많은 애환이 담겨 있다. 한신교육투쟁 과정에서 죽은 김태일은 물론이고, 한일간 크고 작은 문제가 있을 때마다 조선학교 여학생들의 치마저고리는 찢겨졌다. 지난 월드컵 당시 한국과 이탈리아

전에서 한국이 이긴 날 밤(일본은 그날 8강 진출에 실패했다)에도 여학생의 치마저고리는 찢겨졌다. 학생들에게 전철 요금을 할인해 주는 통학 할인조차 조선학교 학생들은 물론 도쿄 한국학교 학생들도 몇 년 전까지만 해도 받지 못했다. 작은 것 어느 하나도 투쟁을 통하지 않고 그저 주어진 것이 없을 정도다.

하지만 여기서 주목해야 할 것은 많은 일본 사람들의 지원과 애정이다. 그 한 예로 2003년도 일본 내 민족학교의 일본 국립대학 수

도쿄 조선제1초중급학교의 중급부 조선무용부 학생들이 지역축제인 '아라카와 축제'의 거리 퍼레이드에 참가해 장구춤을 선보이고 있다. 도쿄에서 제주도 출신 재일코리언들이 가장 많이 살고 있는 아라카와구에서는 일본 문화와 재일코리언 문화가 함께 어울려 공생하기 위해 다양한 노력을 기울이고 있음을 엿볼 수 있다.

신명직
"함께 어울려 살아갈 동아시아를 만들 거예요"

험 자격을 얻기 위한 투쟁을 들 수 있다. 일본 문부과학성은 2003년 초 아시아계 학교를 제외한 영미계 인터내셔널 학교에 대해서만 일본 국립대학 수험 자격을 인정하겠다고 발표하였는데, 조선학교 및 한국학교를 비롯 일본 내 많은 아시아계 학교들이 이에 반대하는 투쟁을 벌였었다. 그 반대 서명 운동에 일본 국립대학 교수를 비롯해 많은 일본 사람들이 참여했다. 도쿄에서만도 5만 명 이상의 일본 사람들이 동참했다.

그 과정에서 가장 많은 수의 학교를 갖고 있는 조선학교가 중심이 되었음은 물론이다. 결과는 조선학교를 제외한 영미계, 아시아계, 남미계 모든 학교의 국립대학 수험 자격 인정이었다. 조선학교의 경우 각 국립대학이 자체적으로 입학 자격을 결정하는 방식으로 처리하였는데, 현재 대다수의 국립대학은 조선학교의 입학 자격을 인정한다는 결론을 내놓은 상태이다. 거의 완벽한 승리를 거둔 셈이다.

이 같은 결과를 얻게 된 것은 당사자는 물론 많은 일본인과 일본 내 아시아계 학교들이 함께 연대해 싸웠기 때문이다. 조선학교와 한국학교가 함께 했고, 많지는 않았지만 인도네시아 학교를 비롯 여러 아시아계 학교들이 이 문제의 해결을 위해 동참하였다. 함께 집회를 열고, 비가 오는데도 많은 일본인들과 함께 거리 행진을 하기도 했다. 그들은 일본을 넘어, 남과 북을 넘어, 아시아를 넘어 연대와 공생의 길로 뚜벅뚜벅 걸어가기 시작했다. 아이들 역시 다문화와 공생을 단지 구호로서가 아니라 삶으로서 현실로서 받아들이는 순간이

당신에게 좋은 일이
나에게도 좋은 일입니다

9·17 북일정상의 '평양선언' 1주년을 맞아 일본인과 재일코리언 등 917명이 함께 모여 한글과 한자, 영어로 '어깨동무 友'라는 촛불글씨를 만들어 냈다. 이른바 '납치정국' 하에서의 1년간 재일코리언들은 크게 숨쉬는 것조차 힘들었기 때문이다. 행사에 참가한 가나 도모코 씨('찬스! 포노2' 대표)는 "최근 백 년간이 아니라, 보다 긴 역사를 돌이켜보면 문화를 교류하고 서로를 배우면서, 동아시아의 친구로 함께 살아왔던 시간이 더 길지 않았느냐"고 했다.

었다.

그때 불쑥 한국의 외국인학교는 어떠할까 하는 생각이 머리를 스치고 지나갔다. 관련 자료에 의하면 한국 내 외국인학교 수는 대략 60여 개. 그 가운데 교육부 인정을 받은 각종학교는 19개교뿐이었다. 서울 일본인학교 역시 이들 19개 각종학교에 속해 있었는데, 서울의 일본인학교를 포함해 이들 외국인학교는 모두 학력을 인정받고 있지 못했다. 2003년 이전의 일본 내 민족학교처럼 검정고시를 치르지 않고서는 대입 수험 자격이 주어지지 않았던 것이다. 한국 내 화교학교는 특히 심했다. 한국에 고등학교 과정까지 있는 화교학교의 경우, 대입 수험 자격이 주어지지 않아 수험생들 상당수가 본국의 대학으로 '유학' 가지 않으면 안 되는 실정이었다.

게다가 한국에는 화교뿐 아니라 최근 동아시아의 여러 나라 사람들이 하나 둘씩 작은 공동체를 만들어 가고 있다. 지금까지는 단순한 이주노동의 형태지만, 일본 속의 뉴커머들처럼 그들도 머지않아 가정을 이루고 그 자녀들이 학교를 가게 될 것이다.

일본 속의 재일코리언과 그 속의 조선학교가 그런 것처럼 이제 동아시아의 모든 곳이 다종다양한 역사 경험을 거쳐, 서로 함께 어울려 부대끼며 살아가지 않을 수 없는 시대가 되어 버렸다. 그렇기에 민족학교는 다종다양한 마이너 문화가 주류 사회와 함께 어울려 살아갈 수 있도록 도와줄 젖줄과 같은 존재라 할 수 있을 것이다. 일본 내 조선학교가 코리언스쿨로, 동아시아의 인재를 키워 낼 학교로 거

당신에게 좋은 일이
나에게도 좋은 일입니다

듭날 수 있도록 도와주어야 할 이유도, 한국 내 다양한 민족학교가 보호받아야 할 이유도 바로 그 같은 연유에서이다.

· · ·

미안해, 사랑해, 고마워…

이 마음만 있으면 더불어 사는 세상은 아주 가까운 곳에 있으리라 생각합

니다.

9 지상에서 가장 아름다운 메모

—마음밭에 심는 조화와 공존의 이야기

최영순

감동과 깨달음이 있는 명상만화로 많은 독자들로부터 큰 호응을 불러일으키고 있는 《마음밭에 무얼 심지?》의 저자. 강릉에서 태어나 서울예전 문예창작과에서 소설을 공부했다. 주간신문 시사만화가, 불교잡지 편집장, 아동복지시설 상담원 등을 거쳤으며, 방송과 신문, 잡지 등에 따뜻하고 맑은 그림으로 새로운 형식의 만화를 선보이고 있다. 2002년 첫 명상만화집 《네칸 정원》을 펴냈으며 1986년 단편소설 〈자물쇠들〉로 제2회 오월문학상을 수상하였다.

1. 삶 속의 죽음, 죽음 속의 삶

당신에게 좋은 일이
나에게도 좋은 일입니다

《아함경》에 보면 행복과 불행에 대한 아주 재미있는 이야기가 있습니다.

어떤 남자에게 어느 날 아침 아주 예쁜 미녀가 찾아왔습니다.

"전 행복이라고 합니다. 당신께 행복을 주려고 찾아왔답니다."

남자는 이게 웬 떡이냐 싶어 얼른 그 미녀를 집 안으로 맞아들였습니다. 그런데 잠시 후 또 다른 여자가 찾아왔습니다. 이번엔 아주 못생긴 여자였는데 입에 피고름까지 흘리고 있었습니다. 남자는 기겁을 하며 그 추녀를 쫓아내려고 했습니다. 그러자 추녀는 이렇게 말했습니다.

"저는 불행이라고 합니다. 당신께 불행을 주려고 왔지요. 좀전에 당신을 찾아온 행복이는 제 쌍둥이 언니입니다. 우린 늘 같이 붙어 다니지요."

그러더니 그 추녀는 이렇게 덧붙였습니다.

"만일 당신이 나를 맞아들이지 않는다면 행복이도 이 집을 떠날 것입니다. 나를 함께 받아들이든가, 아니면 언니를 포기하든가 둘 중 하나를 선택하세요."

그때부터 남자는 이러지도 저러지도 못하는 길고 긴 번뇌 속에 빠져들기 시작했습니다.

우리의 삶이 고통스러운 것은 행복만 원하고 불행은 원치 않기 때문이라는 이야기입니다. 행복과 불행은 둘이 아니며, 행복을 원한다면 불행도 함께 감수하지 않으면 안 된다는 뜻일 겁니다. 그것을 받아들이는 우리의 태도, 우리의 마음이 중요하겠지요.

삶과 죽음도 마찬가지일 겁니다. 삶 속에서 죽음을 준비하면 우리 인생이 좀더 겸허해질 수 있을 테고, 죽음 속에서 삶을 본다면 파릇파릇한 희망을 품을 수 있으리라 생각합니다.

최영순
지상에서 가장 아름다운 메모

당신에게 좋은 일이
나에게도 좋은 일입니다

이 이야기는《티베트의 아이들》이란 책을 쓴 정희재 씨가 티베트 여행 중에 만난 한 소년으로부터 직접 들은 이야기랍니다. 그러니까 실화입니다. 그 핍박한 삶 속에 내던져진 어린 소년의 입에서 어떻게 이런 말이 나올 수 있는지 그저 놀라울 뿐입니다.

저는 이 소년을 통해 진정한 자비, 진정한 화해, 진정한 상생, 그리고 진정한 종교를 보았습니다. 이 소년이야말로 관음보살의 화신이자 달라이 라마가 아닐까 싶습니다.

대립과 반목으로 점철된 근현대사를 가진 우리의 가슴에 사금파리처럼 아프게 와 닿는 말입니다.

최영순
지상에서 가장 아름다운 메모

3. 미안해, 나무야…

당신에게 좋은 일이
나에게도 좋은 일입니다

모든 동물은 아킬레스건을 하나씩 가지고 있습니다. 특히 힘센 육식 동물일수록 그 아킬레스건은 치명적입니다. 그 때문에 생태계는 균형과 견제를 유지해 나갈 수 있습니다.

　예를 들면 사자 같은 경우 몸속의 열을 밖으로 배출할 수 있는 능력이 없기 때문에 먹잇감을 잡는 짧은 순간을 빼면 대부분 엎드려 있거나 어슬렁거려야 한답니다. 만약 사자에게 그런 아킬레스건이 없다면 대부분의 초식동물들은 사자밥이 되고 말았을 겁니다.

　그런데 우리 인간은 문명과 과학의 발전에 힘입어 아킬레스건을 없앨 수 있었습니다. 때문에 인간은 자연계 중 가장 오만하고 탐욕스러운 존재로 변하고 말았습니다.

　인간이 좀 약해졌으면 좋겠습니다. 어느 한군데 치명적인 약점이 있었으면 좋겠습니다. 그러면 지금보다 훨씬 얌전하고 겸손한 존재가 될 수 있으리라 생각합니다.

최영순
지상에서 가장 아름다운 메모

·
당신에게 좋은 일이
나에게도 좋은 일입니다

우리나라의 모든 경기장에서 가장 관람하기 좋은 위치에는 꼭 '이 것'이 있습니다. 바로 '본부석'입니다. 이 본부석에는 높은 아저씨들이 가슴에 꽃을 하나씩 달고 심드렁하게 앉아 있다가 경기가 시작될 즈음 주섬주섬 나가 버리곤 합니다. 그러면 이 명당자리는 경기 내내 거의 텅 비어 있게 됩니다.

이제 이 본부석을 '땀 흘리고 애쓴' 관중들에게 돌려주었으면 좋겠 습니다. 대신 높은 아저씨들은 가장 안 보이는 위치, 가장 낮은 자리, 기름기라고는 하나도 없고 시커멓기만 한 개떡 같은 자리에 앉아 그동 안 입장료 내고 들어온 일반 관중들이 얼마나 불편했는지, 얼마나 고통 스러웠는지, 왜 다들 목디스크에 걸렸는지 알았으면 참 좋겠습니다.

최영순
지상에서 가장 아름다운 메모

당신에게 좋은 일이
나에게도 좋은 일입니다

"방이 천 칸이나 되는 커다란 대궐일지라도 하룻밤 자는 데는 방 한 칸이면 되고, 만석의 땅을 가졌을지라도 하루 먹는 데는 쌀 한 되면 된다."

《선가귀감》에 나오는 말입니다. 또 《채근담》에는 "마음이 평화로우면 하루가 천 년보다 길고, 뜻이 깊으면 단칸방도 천지간보다 넓다"는 말도 있습니다.

이처럼 동양고전에서는 '만족이란 마음먹기에 달린 것'이란 깨우침을 주는 글을 자주 볼 수 있습니다. 그만큼 만족하는 삶이 힘든 탓이겠지요.

만족하지 않는다면 인생은 괴로움의 연속일 수밖에 없을 겁니다. '10억 만들기'를 위해 고난(?)의 길을 걷는 직장인들이 많이 생겼다는데, 차라리 로또를 사는 게 더 현실적일지도 모릅니다. 설령 10억을 만든 후엔? 아마 그때쯤 '100억 만들기'란 책이 또 나오겠지요.

덧없는 욕심을 걷어낸 자리에 대신 배려와 양보의 씨앗을 심었으면 좋겠습니다.

최영순
지상에서 가장 아름다운 메모

당신에게 좋은 일이
나에게도 좋은 일입니다

얼마 전 우리나라 어느 동네에서 담장 허물기 운동을 하고 있다는 소식을 접했습니다. 안 그래도 마음을 꼭꼭 닫아걸고 살아가는 우리인데 높다란 담까지 쳐놓고 있어 숨이 턱턱 막혔다는 게 이 운동을 시작한 사람의 말이었습니다. 처음 담장을 허물고 보니 집안이 훤히 들여다보이는 게 어색하기도 하고, 도둑이 들지도 모른다는 불안감도 있었지만 차츰 익숙해지니 그렇게 편안할 수가 없더랍니다. 마당에선 하루 종일 동네아이들과 강아지들이 뛰어놀고, 시멘트 담장이 있던 자리엔 나무와 꽃이 피어나고, 전혀 내왕이 없던 동네사람들도 지나갈 때마다 한 마디씩 안부 인사를 건네고… 그러면서 마음의 담장도 한 겹 두 겹 허물어지고 있다고 합니다.

청와대 앞길이 많이 개방되었습니다. 기왕 하는 거 화끈하게 한번 개방하는 게 어떨까요? 그래서 마실 나갔다가 대통령에게 "저녁 자셨소?" 하고 인사할 수 있는 날을 꿈꿔 봅니다.

최영순
지상에서 가장 아름다운 메모

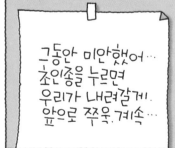

246

당신에게 좋은 일이
나에게도 좋은 일입니다

돌고래와 함께 놀면 거의 모든 신경정신과적인 질병들이 치료된다고 합니다.

　그 이유는 돌고래가 대하는 사람에 따라 차별을 두지 않고, 누구에게나 거리낌 없이, 평화롭게, 서로의 마음을 공유해 주기 때문이랍니다.

　과연 우리는 누구에게 돌고래였던 적이 있는지요….

8. 아주 특별한 수업

강원도 어느 작은 도시에 있는 고등학교 3학년 담임선생님은 일주일에 한번 아주 특별한 수업을 합니다.

무슨 수업이냐구요? 아마 우리나라에서 하나 밖에 없는 야외 자율 학습일 겁니다.

준비 됐니?

선생님은 매주 토요일이면 반 아이들과 함께 학교 뒤 작은 산에 올라갑니다.

무거운 책가방과 참고서와 징글징글한 입시고민은 훌훌 벗어 놓은 채.....

산에 올라가면 먼저 심호흡을 하며 큰소리로 웃은 후

각자 나무 하나씩 껴안고 나무와 이야기를 나누게 합니다.

처음엔 어색해 하던 아이들도 차츰 익숙해져 나중엔 나무와 많은 대화를 나눕니다.

그리고 마지막으로 늘 이렇게 말하곤 합니다.

미안해

고마워   사랑해

더불어 사는 방법을 가르쳐 주시는 선생님.. 고맙습니다.

당신에게 좋은 일이
나에게도 좋은 일입니다

제가 아는 한 시인은 늘 '고맙다'는 말을 입에 달고 삽니다. 식당에서 밥을 먹고 난 후에도 "고맙습니다", 주유소에서 기름을 넣은 후에도 "고맙습니다", 원고 청탁을 받으면서도 "고맙습니다"라고 말하곤 합니다. 사실 고마워해야 할 사람은 식당 주인이고 주유소 사장이고 원고 청탁자인데도 늘 고맙다고 합니다. 그 시인은 도대체 뭐가 그리 고마운 걸까요?

　불가(佛家)에선 공양을 마친 후 그 음식이 자신에게 올 때까지 수고한 모든 이에게 감사하는 말을 합니다. 그것이 사람이든, 자연이든 말입니다. 우주 삼라만상이 하나의 연기(緣起)에 의해 묶여 있으니 그가 없으면 나도 없고, 그것이 없으면 이것도 없을 것입니다. 그러니 밥 한 그릇 속에도 수미산보다 더 큰 우주적 인연과 그 애씀이 녹아 있을 테지요.

　미안해, 사랑해, 고마워… 유치원에는 있고 '필독! 한국인의 상식백과'에는 없는 이 마음만 있으면 더불어 사는 세상은 아주 가까운 곳에 있으리라 생각합니다.

　고맙습니다… 고맙습니다… 고맙습니다… 그 시인을 따라해 봅니다. 그런데 왜 이렇게 어색할까요? 아직은 공부가 덜된 모양입니다.

최영순
지상에서 가장 아름다운 메모

· · ·

과거 청산으로 인권이 바로 세워진 민주주의 사회를 건설하겠다는 것은 과거 청

산으로 상생과 공존의 사회를 만들자는 것에 다름 아니다.

진상 규명이나 명예 회복, 사죄가 없이는 결코 화합이 있을 수 없고, 화합이 없는

데 상생과 공존의 사회가 존재할 수 없다. 설사 폭압적 권력에 의해 일시적이고

표면적으로 '평화'가 있는 것처럼 보인다 해도, 그것은 진실을 밝히려는 노력을

통해 언젠가는 깨지게 되어 있다.

10 진정한 공존은 과거 청산에서 나온다

서중석

1948년 충남 논산에서 태어났다. 서울대 국사학과를 졸업하고, 동대학원에서 박사학위를 받았다. 동아일보 기자, 《역사비평》 편집주간으로 일했다. 현재 성균관대 사학과 교수, 역사문제연구소 소장이다. 지은 책으로 《80년대 민중의 삶과 투쟁》 《한국근현대 민족문제연구》 《한국현대민족운동연구-해방후 민족국가 건설운동과 통일전선》 《한국현대민족운동연구 2》 《신흥무관학교와 망명자》 《남북협상-김규식의 길 김구의 길》 《비극의 현대 지도자》 등이 있다.

과거 청산은 정상적인 인간 관계를 만든다는 것

과거 청산은 정상적인 사회에서는 요구되지 않는다. 그것은 집단적이고 조직적인 인권 유린 사태나 비인간적이고 반문명적인 행위가 저질러졌을 때 요구된다. 과거 청산은 이와 같이 집단적·조직적으로 반문명적·비인간적 행위가 저질러진 것을 치유하여 정상적인 인간 관계를 갖자는 것에 다름 아니다.

심각한 비인간적·반문명적 행위는 제2차 세계대전을 전후하여 유럽과 동아시아에서 발생했다. 독일의 나치는 수백만 명에 이르는 유태인을 학살하였을 뿐만 아니라, 러시아와 동유럽에서도 그 지역 주민들을 집단학살했다. 일본 또한 의병전쟁 때, 3·1운동 때, 봉오동·청산리전쟁 직후의 1920년(경신년) 말에, 그리고 관동대지진 때 많은 한국인을 학살하였으며, 중국과 동남아시아를 침략하면서도 곳곳에서 집단학살을 자행하였다. 나치즘과 일제의 군국주의 파시즘은 반인간적 이데올로기로 많은 해독을 끼쳤다. 특히 십수만 명

또는 수십만 명에 이르는 일본군 성노예는 유태인 대학살, 남경 대학살 등과 함께 인류사에 큰 오점을 남겼다.

한국은 20세기에 다른 어느 나라보다도 과거 청산을 해야 할 대상이 많은 나라가 되었다. 해방이 되었을 때 제대로 된 민족국가를 세우기 위해서 무엇보다도 일제 식민 잔재의 청산이 시급하고 중요한 역사적 과제가 되었다. 한국은 일본이 제국주의 국가로 '발전'하는데 절대로 '상실'해서는 안 되는 지역이었는데 한국인은 반일감정이 강했기 때문에, 일본의 한국 지배는 유달리 전제성·억압성이 강했고, 이른바 동화정책－황국신민화정책을 강제하였으며, 징용·징병, 일본군 성노예로의 동원이 많았기 때문에, 해방이 되었을 때 그만큼 청산해야 할 것이 많았고, 일본에 과거 청산을 요구할 것 또한 많을 수밖에 없었다.

해방이 된 이후에도 한국은 과거를 청산해야 할 것이 계속 늘어났다. 미 점령군은 친일파를 등용하는 등 일제 잔재를 청산하기는커녕 온존·보호했고, 반공·분단정권을 수립하고자 했다. 이승만 정권은 극우반공체제 확립을 서둘렀고, 전쟁이 발발하자 집단학살을 자행했다. 역대 독재자들은 극우반공체제를 강화하여 권력을 유지하고 영속시키고자 했다. 한국은 냉전의 첨예한 대립장이 되었고, 군인 통치가 30년이나 계속되었다. 그리하여 제주도에서부터 시작하여 전쟁 기간에 대규모로 발생한 주민 집단학살 문제, 1960년 3·15 부정선거 등에 대한 처리(4월혁명과업), 유신체제, 신군부체제에서

253
·
서중석
진정한 공존은 과거 청산에서 나온다

주로 자행한 인권 유린 행위, 학살 행위(광주학살 및 '인혁당' 관련자 처형 등), 극우 반공·반북 이데올로기 문제, 군사문화, 지역주의 등의 청산해야 할 과제를 떠안게 되었다.

　과거 청산 문제에서 중요한 것이 민주화와 인권에 대한 의지다. 아무리 심각하게 착취, 억압 상태에 놓이더라도 그것에 대항하여 싸울 의지가 없으면, 그러한 착취나 억압은 자연스러운 현상으로 넘어갈 수 있다. 이와 마찬가지로 과거 청산 문제는 그 지역주민들이 인간답게 살 수 있는 시민사회, 민주주의 사회를 이루려는 강한 의지가 없으면, 흐지부지되기 십상이다. 그것은 과거와 같은 사태가 다시는 일어나게 해서는 안 된다는 결의임과 동시에 어떠한 사회, 국가를 창조해 낼 것인가의 문제다.

한국 여성 등을 정신대로 동원할 근거 법령으로 제정된 〈여자정신근로령〉.

　과거 청산으로 인권이 바로 세워진 민주주의 사회를 건설하겠다는 것은 과거 청산으로 상생과 공존의 사회를 만들자는 것에 다름 아니다. 예컨대 주민 집단학살이 자행되었고, 학살당한 가족들을 연좌제로 묶어 수십 년간 심각한 피해를 주었고,

그리하여 슬픔과 분노가 응어리져 있는데도 불구하고 진상 규명을 하지 않고 억울함을 풀어 주지 않는다면, 그 문제로 계속 심각한 갈등을 겪지 않을 수 없다.

진상 규명이나 명예 회복, 사죄가 없이는 결코 화합이 있을 수 없고, 화합이 없는데 상생과 공존의 사회가 존재할 수 없다. 설사 폭압적 권력에 의해 일시적이고 표면적으로 '평화'가 있는 것처럼 보인다 해도, 그것은 진실을 밝히려는 노력을 통해 언젠가

오키나와의 일본군이 패한 후 미군의 보호를 받고 있는 조선인 일본군 성노예들.

는 깨지게 되어 있다. 2000년 연초에 공포된 제주 4·3사건 진상 규명 및 희생자 명예 회복에 관한 특별법이 제주 4·3사건의 진상을 규명하고 이 사건과 관련된 희생자와 그 유족들의 명예를 회복시켜 줌으로써 인권 신장과 민주 발전 및 국민 화합에 이바지함을 목적으로 한다고 천명한 것은 과거 청산과 인권, 민주주의, 상생의 관계를 적절히 표현한 것이라고 볼 수 있다.

국가 간의 관계도 과거 청산은 상생과 공존의 협력 관계를 만들어

서중석
진정한 공존은 과거 청산에서 나온다

내는 데 필수적이다. 유럽공동체가 국민국가의 벽을 허물어트리며 계속 확대, 발전해 가고 있는 것은 독일의 과거 청산이 중요한 기반을 이루고 있다. 독일은 유태인뿐만 아니라 폴란드, 프랑스 등 이웃 나라들에 대해 잘못을 진심으로 사죄하고 배상·보상을 하고 있으며, 비인간적 행위를 저지른 자들을 계속해서 처단했다.

이와 대조적으로 일본은 강제 연행, 일본군 성노예 문제, 학살 등의 만행에 대해 국가의 책임을 계속 회피하고 있다. 또 일본 문부성은 군국주의 침략 전쟁을 미화하고 학살이나 일본군 성노예 문제 등을 은폐시킨 교과서를 통과시켰다. 뿐만 아니라 전범들을 합사한 야스쿠니 신사를 총리가 공공연히 참배해 외교 분쟁을 야기하고 있고, 이웃 나라 주민들로부터 강한 반발을 사고 있다. 그와 함께 일본에서 과거 청산 회피와 표리관계에 있는 국가주의 군사 대국화 등 우경화가 갈수록 심해져 불신과 두려움의 대상이 되고 있는 바, 이러한 상태에서 동아시아가 마음을 열고 상생과 공존의 협력 관계를 갖는다는 것은 기대하기 어렵다.

친일파가 물려준 유산

과거 청산은 깨어 있는 정신, 회개하는 마음으로 공생과 공존의 사회를 만들겠다는 열망이 있을 때 비로소 이루어질 수 있다. 과거 청

강제 기부로 돈을 모아 일제에 비행기를 헌납하고 있는 광경.

산이 중요한 것은 과거 청산을 하지 않으면, 그 때문에 잘못된 역사가 계속된다는 점에 있다. 친일파 문제는 그 점을 잘 보여 주고 있다.

한국에서 친일파 청산은 유럽 여러 나라에서 나치 협력자를 처단해야 되는 것과 같은 이유를 갖고 있다. 나치 협력자는 단순히 조국을 배반하고 침략자인 나치에 협력했다는 점만이 문제가 된 것이 아니었다. 유태인 학살, 공산주의자 학살을 제쳐놓더라도 능률의 극대화와 힘에 의한 지배를 외치면서 인권유린 사태를 당연시하는 것은 인간 사회를 위태롭게 하는 사고가 아닐 수 없다. 다시 말하면 이웃이나 동포와 더불어 살 수 있는 사회, 인권이 숨쉴 수 있는 민주주의 사회를 이룩하기 위해서는 반드시 나치 협력자를 처단하지 않으면 안되게 되어 있었다. 일제의 군국주의 파시즘도 나치즘과 똑같이 인간 사회에 심대하게 해독을 끼쳤다. 일본 군국주의 침략자들의 침략

서중석
진정한 공존은 과거 청산에서 나온다

전쟁을 미화, 찬양하고 그것에 협조한 자들은 나치와 조금도 다름없는 전범들이다.

그런데 윤치호, 이광수, 최남선, 김활란 등 적지 않은 명사·유지·종교인·지식인들이 내선일체를 외치며 황국신민이 되자고 주장하고, 학병을 권유하면서 적극 협력한 것은 군국주의 파시즘을 찬양, 지지하고 침략 전쟁을 옹호, 협조했다는 점에서만 문제가 있는 것이 아니었다. 자기 민족의 역사와 문화, 언어를 파괴하여 다른 민족의 역사와 문화, 언어를 강제한다는 것은 인간의 정신이나 사고를 분열시키고 굴절시켜 한 인간으로서 인간답게 살아가지 못하게 만드는 인간 파괴 행위라는 점에 각별히 주목할 필요가 있다.

해방 후 친일파는 민족국가 건설을 음으로 양으로 방해하였다. 자신들이 처단의 대상이 되는 것을 방지하기 위해 친일파들은 재빨리 일본 대신 다른 외세를 등에 업고 단정운동을 벌여 분단 국가를 세우는 데 앞장섰다. 이들은 분단이 된 이후 남과 북의 관계를 극단적으로 대립하게 하는 데도 앞장섰다. 한국인의 통일 열망과 배치되게 6월 민주항쟁 이전에 통일운동을 벌일 수 없었던 것도 이들의 역할이 컸다. 이들은 군국주의 파시즘의 변형이라고 볼 수 있는 극우 반공·반북 이데올로기를 적극 주입하였다.

친일파들은 비리, 부정 부패의 온상이었다. 미군정 시기 부패도 친일파들이 주로 저질렀지만, 반민법 제정 반대, 반민특위 파괴 활동을 벌인 노덕술, 최운하 등 악질 친일파들은 그 시기에 비리, 부정

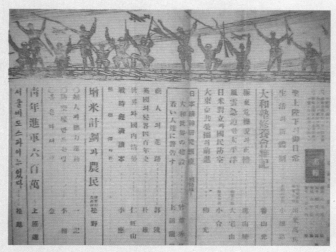

잡지 《신시대》의 차례 부분(1941. 4.)

정현웅 작, 〈공정대〉(1945. 3.)

김인승 작, 〈간호병〉(1944. 1.)

부패에 연루되어 조사를 받았다. 이승만 정권 하면 '빽' 없으면 못 사는 세상, 부정 부패가 연상되는 것도 친일파 정권이라는 점과 무관한 것이 아니었다.

뛰어난 생존 감각을 가진 친일파가 정계, 관계, 군·경찰계에서부터 문화계, 종교계, 학술계, 경제계에 이르기까지 요소요소에서 요직을 차지하고 지도인사 행세를 하는 것 자체가 그만큼 사회 가치관이 전도된 것을 나타내 주는 징표지만, 친일파는 사회 가치관을 혼란에 빠뜨리고 전도시키는 데 기본적 역할을 하였다. 이러한 사회에서는 정의나 정직함, 성실함이 외면당하고 남을 짓밟고 올라서는 것이 능력으로 인정되고 당연시되기 십상이다.

친일파는 한국의 극우 독재와 긴밀한 관계가 있다. 이승만은 1954년 5·20 총선에서 경찰의 개입과 관권으로 자유당이 과반수를 훨씬 넘는 의석수를 차지하자, 영구 집권을 위한 개헌을 꾀하였다. 그리하여 '사사오입 개헌'이라는 전대미문의 불법 개헌이 생겨났는데, 이 시기는 이재학, 한희석, 장경근, 임철호 등의 친일파가 자유당·

당신에게 좋은 일이
나에게도 좋은 일입니다

국회의 요직을 장악하고 있었다.

친일파들이 일제 점령기나 미군정기와 마찬가지로 영달이나 지위를 위해서 어떠한 행위도 서슴지 않는다는 것은 1960년 3·15 부정선거에서 적나라하게 표출되었다. 자유당 간부가 어떠한 인물들로 구성되었나는 앞에서 언급했지만, 1960년 1월 말 당시 국무위원 11명(외무부장관 결원) 중에는 독립운동자 출신이 한 명도 없었고, 일제 강점기에 2명이 의료계에 근무한 것을 제외하면, 9명이 친일 행위를 하였다. 3·15 선거를 현장에서 지휘한 내무부의 경우 차관 이성우는 경기도경부, 치안국장 이강학은 육군 소위였다. 종로경찰서 순사부장이었던 서울시경국장 유충렬 등 시경국장·도경국장은 일제 강점기에 6명이 경찰, 3명이 군인, 1명이 토목사무소 회계주임이었다. 희대의 부정선거는 자유당·정부·경찰의 인적 구성에서 충분히 예견될 수 있었다.

노수현 작, 〈멍텅구리〉(《신시대》 연재만화. 1941. 1.)

서중석
진정한 공존은 과거 청산에서 나온다

집단 학살과 극우 반공체제

친일파들은 극우 반공체제를 수호하는 데 중요한 동력으로 작용하였는데, 학살 등의 참혹한 사태도 극우 반공체제를 굳히고 강화하는 데 크게 기여하였다. 주민 집단학살은 특정한 지역, 특정한 활동을 한 사람들에게만 일어난 일이 아니라는 점을 인식하는 것이 대단히 중요하다. 〈제주 4·3사건 진상조사 보고서〉에 의하면 제주 4·3사태로 최하 2만 5천 명, 최고 3만 명 정도가 희생된 것으로 추정되었는데, 더욱 심각한 것은 희생자 대부분이 어린이, 노인, 부녀자가 다수 포함된 주민 집단학살에 의해서 발생하였다는 점이다. 전쟁이 나면서 평택 이남의 거의 전 지역에서 제주 학살보다 훨씬 큰 규모로 일어난 보도연맹원 및 요시찰 대상자 집단학살의 경우도, 함평, 고창, 남원, 거창, 산청 등지에서의 11사단에 의한, 어린이와 노인, 부녀자들이 다수 포함된 주민 집단학살도 자신의 행위와 별 상관없이 언제 어디서 죽을지 모른다는 생각을 갖게 했다. 이와 함께 마을 사람이나 일가 중에 좌익이나 요시찰자가 있으면, 온 마을이나 일가족이 함께 피해를 입는다는 생각을 갖게 하였던 점도 중시해야 한다. 이 모든 것이 극우 반공체제에 철두철미 순응하는 인간을 만들어 냈다. 극우 반공체제는 순응하는 사람들이 광범위하게 존재할 때 강인한 생명력을 갖게 된다.

학살은 끊임없이 공포를 조장하고 확산시킴으로써 극우 반공체제

당신에게 좋은 일이
나에게도 좋은 일입니다

를 강화시켰다. 학살을 목도하였거나 들은 사람들은—이러한 사람들은 전국 각지 어디에서고 있을 수 있었다—수십 년간 '기억의 공포' 속에 살지 않으면 안 되었다.

학살의 공포는 피해의식과 불가분의 관계에 있다. 수많은 한국인이 이러한 피해의식이 내면화되어 제2의 천성처럼 굳어 버렸고, 그것은 숙명적으로 열패감과 자기 부정, 권력에 대한 맹목적 두려움을 낳았다.

피학살자 가족들이 지속적으로 '기억의 공포' 속에 살고 피해의식을 갖게 된 데는 법적으로는 1980년대 초까지 존재했고, 실제로는 그 이후에도 피해를 주었던 연좌제가 실질적인 역할을 하였다. 피학살자 가족들이 학살을 자행한 책임자나 권력을 비판하거나 원망하는 대신 학살을 당한 부모나 형제를 원망하는, 전도된 경우가 적지 않았던 것도 연좌제 등으로 장기간에 걸쳐 시달리고 피해를 입다 보니 생겨난 비극적인 비인간화 현상이었다.

박정희 · 유신체제와 과거 청산

5 · 16 군부 쿠데타 세력은 4월혁명 및 4월혁명과업 수행으로 인해 이완된 극우 반공체제를 재정비, 강화하였다. 쿠데타 주동자들이 한 최초의 중요 활동의 하나는 민족주의자, 진보주의자들이 대부분

서중석
진정한 공존은 과거 청산에서 나온다

인 요시찰인을 대거 검거하는 일이었다. 쿠데타 주동자들은 혁신계 인사들과 교원노조 활동자, 청년·학생운동 세력을 6월 22일 '특수 범죄 처벌에 관한 특별법'이란 소급입법을 발표하여 혁명재판소에서 '재판'하였다. 해외에서 온갖 풍상을 겪으며 민족해방을 위해 헌신하였던 대한민국 임시정부 국무위원 장건상, 김성숙 등은 감옥소에서 해방 후 악질 친일경찰들이 자신을 괴롭히던 것, 이승만 정권이 조봉암을 구속하기 직전 근로인민당 재건사건으로 자신들을 구속하여 재판했던 사건까지 함께 떠올리며 역사란 무엇인가를 곰곰이 생각해보지 않았을까.

군부권력은 기억의 공포, 피해의식을 가중시켰다. 4월혁명 이후 곳곳에서 활발하게 피학살자 유족회가 결성되어 진실을 밝히는 작업과 피학살자에 대한 위령사업이 때로는 관의 지원을 받으며 진행되었는데, 쿠데타 세력에 의해 된서리를 맞았다. '제2의 학살'이라고 할 만한 비인간적 행위가 저질러진 것이다. 예컨대 거창에서 피학살자 공동묘지 봉분은 파헤쳐지고 위령비는 비문이 징으로 쪼아져 땅속에 파묻혔으며, 유족회는 반국가단체로 지목되었고, 유족회 관계자들은 구속되었다.

유신체제는 한국 현대사에 청산해야 할 과제를 너무나 많이 남겼다. 박정희 같은 사람이 없었더라면 유신체제는 출현하지 않았을 것이다. 박정희는 일본왕의 충실한 간성으로서 일본정신에 투철한 '특등 일본인'이었다. 박정희는 5·16 쿠데타 결행 전 동지들과 통음하

당신에게 좋은 일이
나에게도 좋은 일입니다

면서 군국주의 파시스트 군인들이 일으킨 1936년 2·26 쿠데타 사건을 높이 평가하면서, 그때 젊은 '우국군인'들의 궐기처럼 우리도 일어나 확 뒤집어야 한다고 말했다고 한다. 일본은 2·26 쿠데타 후 정당정치가 사라졌는데, 한국은 유신체제로 절차적 민주주의마저 벗어던졌다. 유신체제 시기에는 친일파들이 자연 연령 때문에 대개는 일선에서 물러나 있었지만, 박정희 외에도 민복기, 정일권, 백두진, 최규하, 신현확 등의 친일파 또는 친일행위자들이 여전히 대법원장, 국회의장, 국무총리 등 고위직에서 중요한 역할을 맡고 있었다. 백두진 등이 텔레비전에 나타나 유신체제를 옹호하는 발언을 할 때 일제 말이 연상되어 피가 거꾸로 치솟은 이는 필자만이 아니었을 것이다. 중요한 것은 해방 후 일제 잔재, 친일파가 청산되었더라면

결코 유신체제 같은 극단적인 독재체제는 나타나지 않았을 것이란 점이다. 과거 청산이 되지 않으면 어떠한 보복을 받는가를 유신체제는 적절히 보여 주었다.

박정희는 유신체제를 지탱하기 위해 끊임없이 반북·반공 이데올로기 공세를 폈다. 박정희의

3선 개헌 반대 운동.

유신 헌법 공포식.

반북 · 반공 선전에서 큰 몫을 한 것이 공산군의 학살 · 방화 등의 만행이었다. 온 교실을 도배질하다시피 한 포스터 등에 익숙해진 아동들은 북의 공산주의자들을 흡혈귀 또는 이리로 보게 되었다. 한마디로 북은 인간이 사는 땅이 아니었다. 이보다 더 비인간적인 교육이 있을 수 있을까.

학살은 초등학교 · 중학교 교육에서는 연령을 생각해서 신중히 처리했어야 했다. 그것 못지 않게 중요한 것은 한국인들에게 큰 상처를 입혔기 때문에도 진실의 차원에서 접근해야 되고 과거 청산이라는 역사적 안목을 가지고 대해야 한다는 점이다. 그런데 1975년에 문교부에서 펴낸 《사상교육(반공교육) 지도자료집》 제1집 163쪽을 보면

"6 · 25 사변 중에 보여진 북괴의 비인도적 행위에 대하여 증오심을 가진다"라고 쓰여 있다. 아동 · 청소년들에게 증오심을 고취시키라고 지시하다니! 그리고 170쪽에는 "1. 점령지에서의 학살 계획… 한국 군 포로의 무차별 학살, 민간인과 지주 및 자본가에 대한 학살, 40세 미만을 전멸시킨다는 남침 초기의 기본 계획" 등이 나오는데, 도저히 상상할 수 없는 거짓들이다. 그러한 내용은 그 다음 설명에도 계속 나온다. 또한 제주 4 · 3학살에서부터 전쟁기에 일어난 학살에 이르기까지 참혹한 주민 집단학살과 관련하여, 진실에 입각해서 군 · 경찰의 잘못을 반성하고 있는 대목은 찾아볼래야 찾아볼 수가 없다.

지역주의는 박정희 정권 · 신군부 정권이 남긴, 청산하기가 참으로 어려운 망국병이다. 유신 정권 · 신군부 정권이 그러하지만, 정통성이 취약하고 부도덕한 정권이었기 때문에 특정 인맥 · 특정 지역 지지에 과도하게 기울지 않을 수 없어서 나타난 현상이었다. 지역주의는 무슨 수단 방법을 쓰든지 돈만 벌면 된다는 박정희식 근대화 지상주의와 밀접히 연결되어 있다는 점에서 문제가 한층 더 심각하다. 곧 극단적인 이기주의에 결합되어 있는 것이다. 뿐만 아니라 그것은 극우 반공 · 반북주의와 떼려야 뗄 수가 없는 불가분의 관계를 가지고 있다. 지역주의, 극단적 이기주의가 극우 반공 · 반북주의와 표리관계를 이루고 있는 것이다. 그 결과 오늘날에도 과거에 '혜택'을 많이 받은 기득권층이나 특정 지역 일부 주민들이 특히 '퍼주기'라면서 남북 관계 진전에 심한 거부반응을 보이고 있다.

서중석
진정한 공존은 과거 청산에서 나온다

과거 청산 외면하는 일본 정부 · 일본 국민

일본의 과거 청산은 최근에 들어와 단지 과거의 잘못을 사죄하고 배상 · 보상해야 한다는 차원을 넘어서서 중요한 현실적인 문제로 대두되고 있다. 일본의 우경화 현상이 점차 심각한 양상을 보여 주고 있고, 북 · 일의 국교 정상화에서도 과거 청산 문제가 이해하기 어려운 양상으로 나아가고 있으며, 일본 역사교과서 문제도 계속해서 제기될 전망이다.

일본은 동아시아 침략과 군국주의 파시즘에 관련이 있는 자들이 대거 복권되어 정국을 이끌었다. 국민의식도 전쟁 이전과 크게 달라지지 않았다. 요시다의 뒤를 이어 수상이 된 하토야마(1954~56), 이시바시(1956~57)는 군국주의 정권에 개입하였다는 이유로 연합국 최고사령부에 의해 바람직하지 못한 인물들로 낙인이 찍혀 숙청되었던 자들이었다. 그 뒤를 이어 두 번이나 수상이 된 기시는 A급 전범으로 지목되어 3년 동안 형무소에 수감되었고, 1952년까지 정치 활동을 금지당한 자였다. 이러한 상황이어서 이들과 이들을 지지한 일본 국민들이 과거 청산을 한다는 것은 나무에서 물고기를 찾는 것이나 다름없었다.

박정희 정권은 태생적으로 일본의 과거 청산을 요구하기가 어렵게 되어 있었고, 정통성 · 도덕성의 취약함을 일본 자본에 의존한 경제 발전으로 커버하려고 했기 때문에도 과거 청산 문제에 관심을 기

당신에게 좋은 일이
나에게도 좋은 일입니다

울이지 않았다. 기시 등 일본 정객들은 박정희가 쿠데타를 일으켜 권력을 잡은 것을 환영하면서 이 기회에 한일회담을 타결지어야 한 다고 주장했다.

쿠데타 정권과 일본 정부는 한일회담을 밀실외교로 타결지으려고 하였다. 쿠데타 정권이기 때문에도 한일 국교 정상화만은 투명하게 처리해야 하는데도 그것에 역행하자 학생과 국민들은 밀실 흑막 외 교와 굴욕적인 저자세를 성토하면서 맹렬히 비판하였다. 실제로 1965년에 맺어진 한일협정에는 을사강제조약, 병합조약 등의 불

박정희가 1942년 만주군관학교 졸업식에서 우등상을 받는 모습.

서중석
진정한 공존은 과거 청산에서 나온다

한일회담 반대 시위 도중 진압 기동대에 쫓겨 달아나던 학생들과 그들이 펼쳐보이는 태극기.

법 · 부당함이 모호하게 처리되었다. 강제 연행 문제도 제대로 고려되지 않은 채 청구권 조항에 일괄 처리되고 말았다.

　한일협정이 얼마나 철저하게 과거 청산을 외면했는가는 한일협정 가조인에서 명료히 드러났다. 이동원 외무부장관은 한일공동성명에서 "과거의 어느 기간에 양 국민에게 불행한 관계가 존재"했다고 언급했다. 도대체 어느 기간은 무슨 말이고, 가해자 · 피해자의 구별도 없는 양 국민이라는 표현은 무엇이며, 침략과 만행, 강제 연행과 수탈을 불행한 관계라고 말한 것은 무슨 심리에서 나온 것일까. 이 장관이 이렇게 발언하자 시이나 일본 외상은 "이러한 과거의 관계는

당신에게 좋은 일이
나에게도 좋은 일입니다

유감이며, 깊이 반성하고 있다"라고 받아넘겼다. 난형난제 같은 발언이지만, 이동원은 한국 정부 외무부장관이라는 점에 문제의 심각성이 있다.

　박정희 정권 18년간 한일 관계는 가치관 전도 현상을 극명히 보여주었다. 한일협정을 체결했을 때 양국 당사자를 보면, 한국 대통령은 관동군 지배 하의 만군 중위 박정희였고, 국무총리 정일권은 만군에서 총애 받은 장교였다. 일본왕 히로히토는 전쟁 최고책임자였고, 수상 사토는 기시의 친동생이었으며, 시이나는 기시가 만주괴뢰국 총무처 차장일 때 그 밑에서 일했고, 도조내각에서 기시가 통산성 대신이었을 때 차관이었다. 정말 이상하지 않은가. 박정권 18년간의 대표적인 친한파로는 기시, 야즈기, 고다마 등을 들 수 있다. 야즈기는 만주 침략 때부터 군부 배후에서 암약한 '쇼와 최대의 괴물'이었다. 고다마는 중일전쟁 때 고다마기관을 조직하여 특무활동을 벌여 연합군에 의해 A급 전범으로 지목되었는데, 기시와 함께 살아남은 자였다. 친한파는 침략의 주역이었고, 박정희 정권으로부터 비난받고 경계 받은 이른바 반한파는 다수가 평화주의자들로 일본의 과거 청산을 위해 고군분투했고, 유신체제 때 한국인 인권을 위해 노력한 사람들이었다.

　과거 청산이 안 되었기 때문에 일어나는 사건이 일본 역사교과서 사건이다. 이 사건은 일본의 과거사가 기록 속에서만 남아 있는 죽은 역사가 아니라, 오늘날 생생하게 살아 있는 역사라는 것을 웅변적으로 말해 준다. 메이세이사 출판의 고교용 《최신 일본사》는 독일의 소련 침공은 사실 그대로 기술하면서 똑같은 페이지에서 일본의 침략은 '진출' (2회) '진주' 등으로 기술했고, 동아시아 침략 전쟁을 아시아 여러 민족의 해방을 위한 전쟁으로 미화했다. 일본 학생이 한국학생이나 중국 학생과 만났을 때 우리는 침략한 역사가 없었다고 말한다면, 그들은 일본 학생을 어떻게 볼까. 필자는 2003년 2월 일본 도쿄에서 열린 일본 교과서 학술발표회에 참석한 바 있다. 우리 일행 중 한 젊은 여성이 일본 여성과 미국의 이라크 침공을 젊은이답게 맹렬히 비판했는데, 그때 일본 여성이 그것에 덧붙여 우리는 타국을 침략한 적이 없다고 '토로' 해, 온몸에 전기가 흐르듯 깜짝 놀라 그 여성을 다시 새롭게 쳐다봤다고 말하는 것을 들은 바 있다.

북·일 국교 정상화는 동아시아에서 마지막 적대관계가 해소되는 것으로, 동아시아의 평화와 연대를 위해 중요한 의미를 갖고 있다. 그것은 또한 과거 청산에 대한 일본의 자세를 보여 준다는 데도 의미가 있다. 그런데 그러한 북·일 관계 정상화를 위해 거보를 내디뎠다는 2002년 9월 17일 두 나라 정상회담에서 김정일 국방위원장이 일본인 납치 사실을 시인하면서 일본열도는 폭풍에 휩싸였고, 두 나라의 화해와 협조는 일단 물 건너가 버린 것처럼 되었다. 아마 일본 현대사에서 일본인 납치 사건만큼 텔레비전을 위시한 각종 매체에서 장기간에 걸쳐 센세이셔널한 반향을 불러일으킨 것은 드물 것이다. 필자는 이 TV 등의 '보도 사건'을 들으면서 과거 남경학살이

당신에게 좋은 일이
나에게도 좋은 일입니다

나 일본군 성노예 사건 등에 대한 일본인 보도 태도가 떠올랐다.

일본의 정론지 아사히신문 2002년 9월 20일자에는 가미야 교수의 경악할 만한 주장이 실려 있다. 그는 식민지 시대 일본의 잘못과 최근 일본인 납치 사건은 질적으로 차이가 있다는 점을 명확히 해야 한다고 말하면서 식민지 지배는 선진국이 추구해야 할 가치로서 널리 인정되었던 것인데, 그것을 현대의 시대정신으로 재단하는 것은 잘못이라고 지적하였다. 이 글을 읽은 많은 독자들은 일제 침략과 주민 집단학살, 일본군 성노예, 731부대 세균전 실험, 강제 연행과 징발 등등의 만행을 십수 명의 일본인 납치사건과 비교해서는 안 된다고 생각했을 것이다.

한 일본단체가 2002년 11월 30일부터 2003년 3월 20일까지 조사한 통계에 따르면, 2002년 9·17 정상회담에서 납치 사건을 인정한 이후 조선학교 21교 2,710명의 학생 중 일본인들로부터 폭언, 폭행을 당했다고 답한 학생이 19.3퍼센트인 522명이었는데, 이 중 여학생은 24.3퍼센트나 되었다. 1993년 8월 18일자 아사히신문은 1988년까지의 독일의 전후 배상·보상액은 국민 1인당 부담액으로 환산하여 비교하면 일본의 65배가 넘는다고 보도했다.

최근 수년 동안 보여 준 일본의 국가주의 군사 대국주의는 이웃 국가들로 하여금 깊은 우려를 갖게 하고 있다. 군국주의 상징인 기미가요도 학교에서 부르도록 법제화했다. 무력 공격 사태 대처법안, 자위대법 개정안, 안전보장회의 설치안 등 '유사법제' 관련 3개 법안을 통과시켜 '전쟁할 수 있는 나라'가 되었다. 이지스함이 언제 어떤 모습으로 어느 곳에 출항할지 알 수 없는 상황으로 되어 가고 있다.

회개와 기억, 화해로 상생의 미래를

과거 청산과 관련해 2003년 10월 〈제주 4·3사건 진상조사 보고서〉를 정부에서 채택한 것은 자못 의미가 크다. 주민학살과 관련해 그 이전에 부분적이나마 국가가 잘못을 인정한 것은 1951년 거창 양민학살 사건으로 그해 군사재판이 유일했다.

역사를 바로 세우려면 반드시 선행조건이 갖춰져야만 된다. 역사 바로알기가 그것이다. 일제가 저지른 만행을 잘 알지 못하면, 그리하여 한국인이 제대로 교육을 받지 못하면, 제대로 요구하기가 어렵다. 친일파 청산도 마찬가지이고, 학살, 부역자 문제, 연좌제 등도 그러하다. 이승만 독재, 유신 독재도 극우 반공 이데올로기를 정확히 파악하지 못하면 비판하기가 쉽지 않고, 청산 운동을 전개하는 데도 한계가 있다.

한국 현대사의 가장 큰 특징 중 하나는 극우 반공 세력이 자신의 권력과 극우 반공 이데올로기는 그렇게 선전을 했으면서도 현대사는 알지 못하게 했다는 점이다. 그것의 제도적 장치가 북에 대한 사

당신에게 좋은 일이
나에게도 좋은 일입니다

실을 말할 수 없도록 봉쇄하고, 남에 대해서도 사실상 결국 그렇게 하도록 강제한 국가보안법의 존재였다. 이 때문에 현대사는 연구하기도 교육하기도 어려워 사실과 진실 대신 무지와 왜곡, 억지 주장이 통용되었다.

왜 극우 반공 세력은 무지와 왜곡을 강요하였을까. 왜 한국인은 "아는 것이 병이고 모르는 것이 약이다"라는 말도 안 되는 소리를 금과옥조로 떠받들며 쉬쉬하고 눈치를 보며 반세기를 서글프게 살아왔을까. 사실과 진실은 과거 청산을 불러오기 때문이었다. 그들은 자신에 대한 단죄를 두려워했다.

한국인은 해방 50년인 1995년, 분단 정부 수립 50년인 1998년, 전쟁 발발 50년인 2000년에 역사 바로알기, 과거 청산 운동을 통해 새로 태어날 수 있었다. 그러나 기득권 세력은 추호도 그것을 용납하려고 하지 않았고, 극우 신문은 이승만·박정희 살리기에 급급했다.

2005년은 을사강제조약 100년, 해방 60년, 한일협정 체결 40주년이 되는 해다. 과연 깨어 있는 눈, 열린 가슴, 비운 마음으로 한국인은 2005년을 맞이할 수 있을까. 그리하여 회개와 기억, 화해로 상생과 공존의 미래를 열 수 있을까.

---

* 주민 집단학살과 극우 반공체제에 대해서는 서중석, 『조봉암과 1950년대』 하, 친일파 문제에 대해서는 서중석, 『배반당한 한국민족주의』 등을 참고하였다

서중석
진정한 공존은 과거 청산에서 나온다

　　　　　　　•　•　•

우리는 대륙 세력과 해양 세력 사이에 놓인 반도라는 지정학적 조건 때문에 분단

된 양쪽 중 어느 한쪽의 정권과 체제가 소멸되어야 하는 그런 통일은 불가능했

고, 따라서 분단된 양쪽이 상생하고 공존하는 통일 방법이 개발되지 않는 한 통

일될 수 없었다. 그런 방법이 개발되기 위해서는 우선 남북 당국이 공존을 확인

하는 과정이 필요했고, 다음에는 공존하면서 통일하는 방법론의 개발이 뒤따라

야 했다. 월남 및 독일과 다른 우리 땅의 조건에서는 공존이 안 되는 한 통일될 수

없다고 할 수 있다.

11

평화통일,
그 가장 발전된
공존과 상생의 철학

강만길

고려대학교 사학과를 졸업하고, 동대학원에서 문학석사 및 박사학위를 받았다. 고려대학
교 사학과 교수 및 고려대 도서관장과 한국사연구회 회장을 역임하였다. 현재 상지대학
교 총장 및 남북역사학자협의회 남측위원장직을 맡고 있으며 월간지 《민족21》의 편집인
으로 있다. 지은 책으로 《조선시대 상공업사 연구》《한국민족운동사론》《조선후기 상업
자본의 발달》《일제시대 빈민생활사 연구》《분단시대의 역사인식》《한국근대사》《한국현
대사》《20세기 우리 역사》《역사를 위하여》《고쳐 쓴 한국 근대사》《회상의 열차를 타고》
《21세기사의 서론을 어떻게 쓸 것인가》 등이 있다.

좌우 공존이 안 되어 갈라졌다

제2차 세계대전이 끝난 후 우리 민족 사회가 맞은 3년간의 '해방 공간'을 통해 왜 통일민족국가를 건설하지 못하고 남북에 두 개의 분단국가가 성립되었는지 그 원인을 한마디로 말하라 하면 이렇게 정리할 수 있다. 당시는 하나의 국가, 하나의 정부 안에 좌우익 정치 세력이 공존할 만한, 다시 말해 좌우익 연립정부를 수립할 만한 정치적·역사적 수준이 안 되었기 때문이라고. 민족 분단과 동족상잔의 중요한 원인의 하나는 좌우익의 공존이 불가능했던 데 있었던 것이다.

불행하게도 38도선이 그어지고 미·소 양군이 분할 점령하며 8·15 해방은 왔다. 해방 전의 민족해방운동전선에도, 그리고 '해방 공간'의 정치 세력 안에도 좌익과 우익은 있었지만, 우익 정치 세력은 38도선 남북 우리 땅 전체를 독자적으로 다스리는 국가를 만들려 했다. 그러려면 38도선 이북 땅을 점령하고 있던 소련군이 이에 동의

당신에게 좋은 일이
나에게도 좋은 일입니다

하고 물러가야 했으며, 좌익 정치 세력도 이를 용납해야 했다. 그러나 당시 상황에서 이것은 불가능한 일이었다.

마찬가지로 좌익 정치 세력이 38도선을 없애고 남북 우리 땅 전체를 독자적으로 다스리는 나라를 세우려면, 미국군이 38도선 이남에서 순순히 물러나야 했고, 우익 정치 세력이 또 이에 따라야 했는데 당시 정황으로서는 이 또한 불가능한 일이었다.

그렇다면 민족은 필연적으로 분단될 수밖에 없었는가? 결과적으로 좌익은 38도선 이북에 친소 사회주의 국가를 만들었고, 우익은 그 이남에 친미 자본주의 국가를 만들어 민족 분단이 고착되고 말았다.

아무리 해도 그리 될 수밖에 없었는가 하고 물으면 나는 그렇지

1945년 9월 2일, 맥아더 장군 앞에서 항복 문서에 서명하는 일본 대표.

않다고 대답할 수 있다. 민족이 분단되지 않고 남북이 통일된 하나의 국가를 건설하는 길은 좌익 정치 세력과 우익 정치 세력이 양보하고 타협하여 하나의 국가, 하나의 정부 안에 공존하는 데 있었다. 그리고 그 구체적인 방법으로 크게 두 가지가 거론되었다.

하나는 좌익과 우익이 타협하고 공존하여 남북을 합친 하나의 좌우 연립정부를 수립하는 길이었다. 그리고 또 하나의 분단 극복 통일국가 건설 방안은 극좌 세력과 극우 세력을 배제하고 중도좌파 및 중도우파를 중심으로 남북 통일정부를 세우는 길이었다. 해방 정국에는 38선의 획정과 미 · 소 양군의 분할 점령에 편승하여 극좌 또는

해방을 맞아 서대문 형무소에서 풀려나온 애국인사들과 이를 환영하는 사람들.

당신에게 좋은 일이
나에게도 좋은 일입니다

신탁 지지 시위와 신탁 반대 시위. 미·영·소 회담에서 결정된 '한국 5개년 신탁 통치 실시' 는 큰 파문을 일으켰다.

극우라 할 만한 정치 세력이 형성된 한편, 중도좌파와 중도우파라 할 만한 정치 세력도 있었던 것이다.

해방 정국에는 연합국이 인정하는 남북을 통한 임시정부가 없어 38도선 경계를 넘어서 남북 총선거 같은 것을 실시할 수 없었고, 따라서 좌우익 정치 세력별 지지도를 확인할 수도 없었다. 그런 정치적 상황에서는 좌우 정치 세력이 공존 정신을 발휘하여 같은 비율로 내각을 구성하는 연립정부를 수립함으로써 통일된 민족국가를 건설할 수 있어야 했으며, 그럼으로써 비극적인 민족 분단을 막았어야 했다.

그러나 20세기 전반기를 일본의 강제 지배 아래에서 보냄으로써 근대적 정치 훈련과 경험을 쌓을 기회를 빼앗긴 우리 민족 사회는, 해방은 되었다 해도 38도선이 획정되고 미·소 양군이 분할 점령한 상태를 극복하고 좌우익 공존으로 통일민족국가를 건설할 만한 정치적 수준에는 이르지 못했던 것이다. 한편으론 일본 제국주의의 강제 지배가 민족 분단의 근원적 원인이 되기도 한 것이다.

그런 조건 아래서도 실제로는 좌우익 연립정부 수립보다 중도좌파와 중도우파 중심 통일 정부 수립의 가능성이 높았고, 실제로 미국과 소련도 중도파 정부를 수립하여 통일국가를 만들 계획을 한때 가지고 있었다. 구체적으로 미군정이 시도한 좌우 합작 계획이 그것이라 할 수 있다. 그러나 좌우익 정치 세력의 반대로 38도선 이남에서의 좌우 합작도 실패했으니 남북 간의 좌우 합작에 의한 통일민족국가 수립은 무산되지 않을 수 없었다.

해방 전의 민족해방운동전선에서는 좌우익을 막론하고 해방 후 두 개의 국가를 수립하리라고는 그야말로 꿈에도 생각하지 않았다. 그렇기 때문에 좌우익 공존을 위한 통일전선 수립 노력이 해방될 때까지 계속되었고 일부 성공하기도 했다. 그러나 해방이 38도선 획정과 미·소 양군의 분할 점령으로 오게 되자, 좌익은 극좌 경향이 높아졌고 우익은 극우 경향이 높아졌다. 특히 좌우를 막론하고 민족해방운동전선에 참가하지 않았거나, 일제 통치에 협력하여 입지가 불리해진 정치 세력의 경색화와 대립화가 심해지면서 좌우익 공존의 여지는 좁아져만 갔다.

해방과 함께 그어진 38도선은 제2차 세계대전의 양대 전승국인 미국과 소련의 동아시아에서의 세력 경계선이요, 세력 균형선이기도 했다. 자본주의권과 사회주의권 사이의 세력 경계선과 세력 균형선을 넘어서 통일된 민족국가를 건설하기 위해서는 무엇보다도 민족 내부의 좌익 세력과 우익 세력이 공존하는 일이 중요했다. 그러나 해방 정국에서는 좌우익이 모두 공존 세력이 되지 못하고 대립 세력·적대 세력이 됨으로써 결국 민족이 분단될 수밖에 없었고, 그 결과는 처절한 민족상잔으로 이어지고 말았다.

공존이 안 되어 통일 못했다

두 개의 분단국가가 성립되고 난 후에도 남북을 막론하고 통일에 대한 의욕도 있었고 또 노력도 계속되었다. 그러나 그것은 공존 정신에 의한 평화통일이 아닌 무력통일 기도였다. 38도선을 경계로 대립한 남북 두 군대 사이에는 무력 충돌이 계속되었고, 무력통일이 공공연하게 주장되었으며, 또 준비되기도 했다. 무력통일이란 곧 공존통일이 아닌 일방적 점령·정복통일이요, 상대방 체제를 파괴하는 통일을 가리킴은 두말할 필요가 없다.

무력통일론은 현실화되어 결국 6·25 전쟁이 발발했고 전쟁 초기

강만길
평화통일, 그 가장 발전된 공존과 상생의 철학

군사분계선 앞의 두 미군 병사.

에는 북녘에 의해 우리 땅 전체가 통일될 뻔했다. 남녘 영토의 대부분이 북녘 군대에 의해 점령되었던 것이다. 태평양전쟁 말기 소련군이 한반도 전체를 점령할 가능성이 높았을 때, 미·소 양대 전승국의 동아시아에서의 세력 경계선 내지 세력 균형선으로 그어진 38도선을 5년 만에 무너뜨리고 우리 땅 전체를 대륙 쪽 사회주의 세력권에 포함시키는, 그리하여 일본 자본주의 체제에 직접적 위협을 주는 6·25 전쟁통일을 해양 쪽의 자본주의 세력 미국은 용납하지 않았다.

그때만 해도 거의 미국 세력 안에 있던 유엔을 움직여 미국군이 절대다수인 유엔군이 참전하게 되었고, 인천 상륙을 감행하고 38도선을 넘어 진격함으로써 이번에는 우리 땅 전체가 역으로 해양 쪽 자본주의 세력권에 포함되는 전쟁통일 즉, 점령·정복통일이 될 뻔했다. 그러나 20세기 초엽 우리 땅이 해양 쪽 일본에게 점령됨으로써 중국의 '만주' 지방과 나아가서 그 본토를 침략하는 발판이 되었던 사실을 경험한 중국이 이번에는 같은 해양 세력 미국의 위협을

당신에게 좋은 일이
나에게도 좋은 일입니다

받게 되었다. 그 때문에 혁명에 성공한 지 1년밖에 안 되었으면서도 중국은 참전하지 않을 수 없게 되었다.

민족 내부의 통일 전쟁으로 시작된 6·25 전쟁은 이제 미국과 중국 사이의 국제 전쟁으로 확대되었고, 여기에 같은 대륙 세력 소련도 전투기 조종사에게 중국군복을 입혀 참전시켰다. 중국군의 참전으로 전선은 다시 과거의 38도선과 비슷한 선에서 교착 상태에 빠졌다. 미국군 중심의 유엔군과 중국군과 일부 소련군이 참전해도 우리 땅은 어느 쪽으로도 전쟁의 방법으로는 통일되기 어려웠다. 결국 38도선이 휴전선으로 바뀌었을 뿐 한반도의 분단은 계속되었다.

6·25 전쟁은, 우리 땅은 그 지정학적 위치가 주된 원인이 되어 전쟁의 방법으로는, 다시 말하면 어느 한쪽이 다른 한쪽을 일방적으로 점령하고 지배하게 되는 방법으로는 통일되지 않는다는 사실을 증명하였다. 그래서 이후에는 4·19를 기점으로 해서 민간 차원의 평화통일운동이 일어났고, 7·4 공동성명을 통해 남북 정부 차원의 평화통일안이 나오게 되었다. 그러나 이 성명 때부터 평화통일이 곧 공존통일이 되어야 한다는 인식에까지 나아갔는지는 의문이다.

그러다가 같은 분단 민족이었던 독일에서 흡수통일이 실현되자 우리 땅에서도 같은 방법의 통일이 가능할 것처럼 기대되기도 했다. 동유럽 공산권과 소련의 붕괴, 미국의 경제 봉쇄, 김일성 주석의 사망, 자연 재해 등이 겹치면서 북녘 경제가 어려워지고 '고난의 행군' 시기로 들어가게 되자 남녘에서의 흡수통일 기대는 커져 갔다. 그러

미·소공동위원회.

제네바 국제회담. 앞에서 셋째 줄 왼쪽에서 두 번째가 변영태 대표이다.

나 흡수당한 지역이 흡수한 지역에 편입되어 지배되고, 흡수한 쪽 체제가 흡수당한 쪽에 적용되는, 결과적으로 사실상 월남식 전쟁통일과 다르지 않은 독일식 흡수통일은 우리 땅에서는 역시 불가능하다는 사실이 증명되었다.

월남식 전쟁통일과 독일식 흡수통일은 분단된 두 지역과 두 체제가 공존하면서 통일하는 방법이 아니라, 하나의 지역과 하나의 체제가 다른 지역과 체제에 의해 소멸되는 통일 방법이었다. 그러나 우리 땅에서는 주로 그 지정학적 위치 문제 때문에 월남식 전쟁통일도 또 독일식 흡수통일도 안 되었다. 그럼에도 지난 20세기 동안의 인류 사회는 월남식 전쟁통일과 독일식 흡수통일 방법밖에 경험하지 못했다. 그 때문에 여러 가지 조건이 전쟁통일도 흡수통일도 불가능한 우리 땅은 20세기 동안에는 통일되지 못하고 말았다.

우리는 대륙 세력과 해양 세력 사이에 놓인 반도라는 지정학적 조건 때문에 분단된 양쪽 중 어느 한쪽의 정권과 체제가 소멸되어야 하는 그런 통일은 불가능했고, 따라서 분단된 양쪽이 상생하고 공존하는 통일 방법이 개발되지 않는 한 통일될 수 없었다. 그런 방법이 개발되기 위해서는 우선 남북 당국이 공존을 확인하는 과정이 필요했고, 다음에는 공존하면서 통일하는 방법론의 개발이 뒤따라야 했다. 월남 및 독일과 다른 우리 땅의 조건에서는 공존이 안 되는 한 통일될 수 없다고 할 수 있다.

강만길
평화통일, 그 가장 발전된 공존과 상생의 철학

공존이 곧 평화통일의 길이다

　월남과 달라서 전쟁통일도 불가능하고 독일과 달라서 흡수통일도 불가능한 우리 땅에서는 결국 독자적 통일 방법이 개발될 수밖에 없게 되었다. 그래서 우리 땅의 남북 당국은 실정에 맞는 통일 방법을 고안하지 않을 수 없었다. 그 결과 1991년에는 협력·불가침 합의서를 교환했고, 2000년에는 6·15 공동선언을 선포하게 되었다. 남북의 정부 당국이 전쟁통일은 말할 것 없고 흡수통일도 하지 않겠다고 약속한 것이라 하겠다.

　협력·불가침 합의서의 교환과 특히 6·15 공동선언은 우리식 통일 방안, 즉 필자가 말하는 '협상통일' 방안이 정착되어 가는 과정이라고 말할 수 있다. '협상통일' 이란 어느 한쪽이 다른 한쪽을 전쟁으로 점령하거나 체제적으로 흡수해서 통일하는 방법이 아니라 쌍방이 공존하면서 통일해 가는 진정한 의미의 평화통일을 말한다. 그것은 지난 20세기 세계사에서는 경험하지 못한 21세기적 통일 방안이라 할 수도 있다.

　'협상통일', 즉 공존통일이 전쟁통일이나 흡수통일과 다른 점은 하루 아침에 되는 통일이 아니라는 점이다. 월남식 전쟁통일은 사이공이 함락되는 그날로 되었고, 독일식 흡수통일은 베를린 장벽이 무너지는 그날로 되었다. 그러나 우리가 추진하려는 '협상통일', '공존통일' 은 그렇게 일시에 되는 것이 아니라, 크게 두 단계로 나누어

당신에게 좋은 일이
나에게도 좋은 일입니다

추진된다고 할 수 있다. 그 첫 단계는 공존을 위한 평화 정착 단계이며, 둘째는 지금 두 개로 되어 있는 나라를 하나로 만들어 가는 단계이다.

6·15 공동선언의 결과 남북 사이에 철도와 도로가 연결되고 개성공단이 건설되고 무력 충돌을 미연에 방지하기 위한 여러 가지 군사적 장치가 합의되어 가고 하는 것은 '협상통일'의 첫 단계인 평화 정착 단계라 할 수 있으며, 그야말로 남북 공존으로 통일에 접근해가는 필수적 과정이라 할 수 있다. 이 같은 평화 정착 과정이 더 진전되어 휴전조약을 평화조약으로 바꾸고 군비 감축을 할 수 있는 단계까지 가게 되면, 그리하여 이 땅에서 전쟁 위험이 완전히 가시게 되면, 이제 통일의 제2단계로서 두 개로 되어 있는 나라를 어떻게 하나가 되게 할 것인가 하는 문제를 구체적으로 논의할 수 있을 것이다.

두 개로 되어 있는 나라를 하나로 하는 방법에도 지금 남

북녘의 주체사상탑.

강만길
평화통일, 그 가장 발전된 공존과 상생의 철학

과 북은 생각이 다르다. 남녘의 경우 1국 1정부 1체제가 되어야 통일되는 것이라 인식하고 있다. 이 경우의 1체제는 물론 자본주의 체제를 말하며 남북 전체 우리 땅에 자본주의 체제가 적용되는 통일을 말하는데, 지금까지의 역사 경험에 의한 1국가 1정부 1체제 통일은 월남식 전쟁통일이나 독일식 흡수통일밖에 없었다.

한편 북녘의 경우 1국가 2정부 2체제 통일을 내세우고 있다. 국가는 하나로 하되 남북 두 정부를 그대로 두고 또 남의 자본주의 체제와 북의 사회주의 체제를 그대로 두는 통일을 하자는 것이다. 즉 국가만을 하나로 하여 그 국가가 외교권과 군사권을 가지고 남북 두 정부는 각각 내치권을 가지며 두 체제가 공존하는 통일을 하자는 것이다. 이 같은 연방제 통일안을 남녘의 사직당국은 이른바 전통적 통일전선방법에 의한 적화통일론이라 하여 남녘 사람이 그것에 찬성하는 경우 국가보안법으로 다스리고 있는 실정이다.

연방제 통일안이 적화통일안인가, 아니면 북녘의 사회주의 체제 유지통일안인가 하는 판단은 생각에 따라 다를 수 있겠지만, 어떻든 1990년대 이후 남북 두 정부가 화해·불가침 합의서와 6·15 공동선언을 통해 전쟁통일은 말할 것 없고 흡수통일도 하지 않겠다고 약속한 것은 사실이다. 하나의 국가 안에 두 개의 정부와 각기 다른 두 개의 체제가 공존하면서 통일하는 일은 지금까지의 역사 경험에서는 없었다고 하겠다. 만약 앞으로 가능하다면 그것은 그야말로 21세기식, 그리고 우리식 공존통일 방법이라 할 수도 있을 것이다.

지금은 체제보다 공존이 중요하다

지난 20세기적 상황에서는, 우리 땅이 왜 분단되었는가 하고 물으면 하나의 국가, 하나의 정부 안에 좌우익 정치 세력이 공존할 수 없었기 때문이라 답할 수 있다. 왜 공존할 수 없었는가 하고 물으면 우리 땅의 지정학적 위치 문제, 38도선 획정과 미·소 양군의 분할 점령, 해방 정국 좌우익 세력의 정치적 수준 문제 등을 원인으로 꼽을 수 있다. 그렇다면 통일이 이루어지기 위해서는 이 같은 분단 원인들이 해소되어야 하는데, 그때로부터 반세기 이상 지난 지금 그 같은 조건들은 얼마나 해소되었는지, 그래서 통일 전망은 얼마나 밝아졌는지 살펴볼 필요가 있다.

우선 지정학적 위치 문제인데, 우리 땅의 위치야 그때나 지금이나 다르지 않다. 그러나 해방 당시는 우리 땅이 동아시아에서 자본주의 세력권과 사회주의 세력권의 경계선이 되었지만, 이제는 소련이 해체되고 중국이 변함으로써 이데올로기보다 대륙 세력권과 해양 세력권의 경계선이 되었다. 그리고 세계사가 20세기를 넘기면서 제국주의 시대를 극복하고 평화주의를 지향해 가고 있기 때문에, 우리 땅의 지정학적 위치 문제가 반드시 과거와 같은 분단 지대나 분쟁 지대, 혹은 대립 지대로만 되라는 법은 없다.

38도선이 휴전선으로 바뀐 지 오래되었고, 지금은 철도와 도로가 연결되고 그 경계선 위에 남북 공동경영의 공단이 조성됨으로써 과

1985년 이산가족 만남 광경.

거의 국경선적 성격 혹은 군사대결선적 성격에서 차차 하나의 단순한 경계선적 성격으로 바뀌어 가고 있다. 지난날에는 한·미·일 공조체제와 조·중·소 공조체제가 대립함으로써 우리 땅의 분단이 지속되었다. 지금은 조·중·소 공조체제가 무너지고 그것을 대신할 만한 조·중·러 공조체제가 재확립되기 전이며, 한·미·일 공조체제가 유지되는 속에서도 남북 공조체제가 성립되려는 조짐을 조금씩 보이고 있다.

당신에게 좋은 일이
나에게도 좋은 일입니다

다음은 전체 우리 땅 주민들의 정치적 수준 문제인데, 좌우익과 이른바 보수와 진보 세력이 이제 하나의 국가, 하나의 정부 안에 공존할 수 있는 수준에 이르렀는가 하는 점이다. 남녘의 경우 6·25 전쟁을 겪은 세대는 아직도 북녘을 적으로, 미국을 '혈맹의 우방'으로 간주하는 경우가 많다고 할 수 있다. 그러나 인구의 대다수를 차지하는 6·25 전쟁을 겪지 않은 젊은 세대는 북녘을 동족으로, 미국을 단순한 타국으로 보는 경향이 높아져 가고 있는 것이 사실이다.

　적대하는 상대와는 공존할 수 없다. 따라서 전쟁통일이나 결과적으로 그것과 같은 흡수통일이 아닌 평화통일은 할 수 없게 마련이다. 그러나 전쟁통일이나 흡수통일이 아닌 우리 땅의 '협상통일'은 단계를 밟게 마련이며, 따라서 1국 1체제건 1국 2체제건 일정한 시간이 요구되게 마련이다. 그 시간이 6·25 전쟁을 기억하는 세대를 감소시키는 대신 그것을 기억하지 못하는 세대를 증가시켜 갈 것이

다. 따라서 북녘을 동족으로 보고 공존하면서 평화통일을 이루어갈 수 있는 여건이 확대되어 갈 것이다.

38도선.

　다음은, 곧바로 1체제로 가건 2체제를 거쳐서 가건 1체제로 되어야 통

강만길
평화통일, 그 가장 발전된 공존과 상생의 철학

일이라 할 수 있는 경우 그 체제의 내용과 성격 문제이다. 지난 20세기는 분명 자본주의 체제와 사회주의 체제가 대립 항쟁한 시기였다. 따라서 자본주의와 사회주의가 대립 항쟁했던 20세기적 관점에서 보면 1체제 통일의 경우 그 체제 문제는 대단히 중요하며, 전쟁도 흡수도 아닌 '협상통일'의 경우 그 체제를 어느 쪽으로 할 것인가 하는 문제는 대단히 어렵고도 심각한 문제가 되지 않을 수 없다.

　20세기를 넘기면서 세계사는 국가사회주의 체제가 약화되어 가는 한편 자본주의 체제는 이른바 신자유주의로 치닫고 있다. 21세기 세계사가 신자유주의 독존의 시대가 될 것인지, 아니면 그것에 맞설 만한 새로운 도전 세력이 등장할 것인지 아직은 아무도 예측하기 어

려운 것이 사실이다. 다만 국가사회주의의 약화로 인해 자본주의가
독선적 신자유주의로 가면 갈수록 그 독존 체제 유지가 불가능하게
되는 것이 역사의 법칙이라 할 수 있다.

1체제 통일이 21세기의 어느 시점에서 이루어질지 아니면 2체제
통일이 그대로 정착할지 예측하기 어려운 지금의 시점에서, 통일 후
의 체제를 어떻게 할 것인가 하는 문제에 걸려 남북이 전쟁을 피하
고 공존하기 위한 평화 정착 사업을 효과적으로 수행하지 못한다면,
그보다 어리석은 일은 없을 것이다. 지금은 남북이 전쟁 없이 공존
하면서 이 땅에 평화를 정착시켜야 할 때이며, 그것이 곧 통일의 길
이다.

비무장지대 서부전선. 공존을 하지 못해 분단된 상징의 공간이다. 이제 우리에게 남겨진 것
은 전쟁 없이 공존하며 이 땅에 평화를 정착시키는 일이다.

• • •

'공동체 전체에 한 톨의 양식이라도 남아 있는 한 굶주리는 자가 있어서는 안 된

다' 는 것이 그들의 삶의 법칙이고 깨달음이다.

그래서 오아시스에는 물과 나눔이 넘친다. 호전적이고 약육강식의 법칙밖에 모

른다는 서구의 베두인 묘사는 완전히 조작되었고, 사실과 거리가 멀다.

12 공존과 상생의 이슬람
— 그들의 파란만장한 역사와 현실의 왜곡

이희수

현재 한양대 문화인류학과 교수로 있다. 국립 이스탄불대학교에서 공부하고 역사학 박사학위를 받았으며 터키, 튀니지, 사우디아라비아에서 10년 동안 이슬람 문화를 연구했다. 이슬람학 분야의 국내 최고 전문가로서 9.11 테러 이후 균형 감각을 잃고 방황하는 국내 지성 사회에 탁월한 저술과 기고를 통해 우리 입장에서 세계를 바라보는 진정한 글로벌 인식을 대중들에게 확산시켜준 장본인이다. 2001년 최고의 화제작이었던 《이슬람》과 《어린이 이슬람》 《이희수 교수의 세계문화기행》 《이희수 교수의 지중해 문화기행》의 저자, 그리고 2002년 《끝나지 않은 전쟁》의 주저자, 《중동의 역사》 《문명의 대화》 등의 번역자, 《전쟁과 평화》의 공동 저자, 《아랍인의 눈으로 본 십자군 전쟁》 《마호메트 평전》 《인류문명의 박물관 이스탄불》의 감수자로서, 미국과 서구 편중의 시각을 교정시키며 객관적인 자료와 정보를 설득력 있게 제공해 왔다.

두 얼굴의 이슬람

　이슬람은 두 얼굴을 가졌다. 이슬람을 믿는 무슬림들처럼 착하고 순수한 심성을 가진 사람들도 흔치 않을 것이다. 지난 25년간 중동 전역을 샅샅이 돌아다녀 보았지만 나는 서구가 만들어 놓은 테러리스트의 마음씨를 가진 사람들을 만나지 못했다.

　그들은 어떤 사람들인가? 뜨거운 사막에 낙타를 타고 하얀 터번을 머리에서 어깨까지 늘어뜨리고 멀리 달구어진 오아시스를 응시하는 그들. 신에 대한 경외와 자연에 대한 겸허함, 그리고 한없는 인간미를 가진 그들을 우리는 베두인(Bedouin)이라 부른다. 가야 할 길과 가지 말아야 할 길을 결정해야 하는 길목. 삶과 죽음이 수없이 교차하는 순간 그들은 알라께 자신을 맡겨 버린다. 이글거리는 모랫바닥에 머리를 묻고 겸허하게 운명의 선택을 받아들인다. 패배를 모르고 살아오면서 어떤 악조건에서도 살아남을 강인한 베두인 전사이지만, 신 앞에서는 너무나 유순하고 부드럽다. 열악한 풍토를 본향으

당신에게 좋은 일이
나에게도 좋은 일입니다

로 삼아 굶는 것을 먹는 것처럼 살아가는 민족들이지만, 이웃과 손님에게 자신의 것을 나누어주는 배려를 최고의 미덕으로 삼는다. 내일 먹을 것이 남아 있지 않아도 오늘 찾아온 손님을 그냥 돌려보내는 일이 없다. 도움의 손길을 내민 자에게 베푼 인정은 언젠가 그들 자신에게 되돌아오리라고 믿기 때문이다. '공동체 전체에 한 톨의 양식이라도 남아 있는 한 굶주리는 자가 있어서는 안 된다'는 것이 그들의 삶의 법칙이고 깨달음이다.

그래서 오아시스에는 물과 나눔이 넘친다. 호전적이고 약육강식의 법칙밖에 모른다는 서구의 베두인 묘사는 완전히 조작되었고, 사실과 거리가 멀다.

한편, '이슬람'의 뜻이 평화라 하고, 종교가 지향하는 가치도 평화라 하면서 지금 지구촌에서 일어나는 비평화적 분쟁에는 거의 빠짐없이 이슬람이 등장한다. 매일 죄 없는 사람들이 끔찍한 고통을 당하고 있는 팔레스타인은 물론 러시아의 침략을 받고 있는 체첸, 인도와 파키스탄 간의 카슈미르, 동유럽의 보스니아와 코소보, 모로 무슬림들이 저항을 계속하는 필리핀 남부, 이슬람 국가의 독립을 외치는 인도네시아의 아체, 분리 독립을 위해 투쟁하는 중국 치하의 신강성 등지에서는 모두 이슬람이 분쟁의 한 축으로 자리하고 있다. 나아가 9.11 사태 이후 전 세계에 테러를 일으키는 당사자들은 거의 이슬람 집단으로 굳어 버릴 정도로 무차별적인 인명 살상이 계속되
'

고 있다.

이러한 현상을 두고 새뮤얼 헌팅턴(Samuel Huntington) 같은 미국 학자는 '이슬람과 피의 경계선'이라는 끔찍한 용어를 사용하면서 이슬람과 서구의 문명충돌을 예견하고 있다. 얼핏 보아선 이제 두 세계 사이의 공존과 화해는 물 건너간 듯이 보인다. 과연 그럴까? 희망은 없는 것일까? 긴 이슬람 역사와 종교적 가르침에서 공존과 상생을 위한 지혜의 숲을 찾을 수는 없는 것일까?

공존의 지혜, 칼보다는 공납을

이슬람이야말로 공존과 상생이라는 두 뿌리를 딛고 자란 종교이다. 아라비아라는 척박한 생태 조건에서 두터운 문화적 하부구조를 갖지 못한 상태로 발아한 이슬람은 용광로를 활짝 열어 놓고 주변문화를 적극적으로 수용하고 그것을 자기화함으로써 급속한 발전을 거듭하였다. 다른 문화를 받아들이는 포용력과 융화력이야말로 이슬람문화의 가장 큰 특징이라 할 수 있다.

초기 이슬람 세계에 문화적 자양분을 공급한 한 축은 페르시아 제국의 이란 지역이고 또 다른 한 축은 로마와 비잔틴 제국의 동부 지중해였다. 동양적 배경을 공유하던 페르시아로부터 주로 행정 체계와 제도를 도입했다면, 그리스-로마의 지중해 문화로부터는 광범위한 철학과 사상을 받아들였다. 9세기 초 압바스 제국의 칼리프 알 마문이 바그다드에 설립한 최초의 고등학문기관인 '바이틀 히크마(Bait al-Hikma: 지혜의 집)'에서는 번역을 통한 그리스의 학문과 사상이 광범위하게

13세기 《찬송가 모음(Book of chants)》에 실린 무슬림과 그리스도교인이 함께 큐트를 연주하는 그림.

수용되고 전승되었다. 서구에서는 신의 이름으로 단죄되었던 플라톤, 아리스토텔레스, 유클리드, 프톨레미, 아르키메데스, 갈렌 등과 같은 그리스 학자들의 업적이 고스란히 계승되었다. 이처럼 수학, 천문학, 물리학, 화학, 약학, 약리학, 지리학, 농경학 등과 철학 분야의 그리스 서적들이 폭넓게 번역되어 획기적인 학문의 발전을 가져다 주었다. 나아가 단순한 번역을 넘어 인도나 페르시아의 학문 성과까지를 포함하여 독창적인 영역을 구축하면서 중세 이슬람 과학은 세계 최고 수준의 황금 시대를 열었다.

다른 문화권의 학문적 성과에 대한 존중과 집대성이야말로 이슬람이 인류 문명사에 기여한 가장 기억될 발자취였다. 유럽의 르네상

스가 아랍 학문의 집대성으로 꽃을 피우게 된 사실은 결코 우연이 아니었다.

다른 일신교의 역사와 비교해 볼 때, 이슬람 제국의 기본 정책은 칼보다는 공납이었으며, 이슬람 세력의 권위와 기득권을 받아들이는 전제에서 소수민족들의 종교와 피지배민족들의 문화는 향유되었다. 소수정예의 교역·유목·전사 집단이 주축이 된 이슬람 세력은 우선 수적으로 절대적인 열세였기 때문에, 과거 비잔틴과 페르시아 치하에 있던 농경 정주사회를 직접 통치하는 것은 애초에 불가능한 일이었다. 그래서 피정복지의 토착 세력과 결탁하여 세금을 내는 조건으로 그들의 자유로운 삶을 보장해 주었다. 해당 지역의 문화를 순화시키고, 기존 문화와의 공존을 최우선적으로 구축했다. 일방적으로 이슬람을 강요하는 일은 거의 없었다.

사실 300년 이상 지속된 비잔틴과 페르시아의 기나긴 소모전은 양 제국 치하 주민들의 삶을 유린했으며, 수탈 경제의 고통은 극에 달했다. 이러한 사회 환경에서 일정한 세금을 내면 자신들의 재산은 물론 고유한 관습과 종교까지도 보장받는 새 정권의 질서 유지는 그들에게 새로운 기대와 희망을 주기에 충분했다. 따라서 이때 강자의 편에 붙겠다는 생존 전략과 세금 감면이라는 현실적 동기 부여는 피정복민의 대량 개종을 가능케 한 요인으로 보인다.

당신에게 좋은 일이
나에게도 좋은 일입니다

그러나, 이슬람 정부가 피정복민의 대량 개종을 강제한 흔적은 찾을 수 없다. 오히려 피정복민의 지나친 대량 개종은 국가 조세 수입을 감소시키고, 상층 권력 구조의 불균형을 야기할 수 있기 때문에 경계한 것으로 보인다.

이런 면에서 이슬람의 정복 과정에서 서구가 만들어 놓은 '한 손에 칼, 한 손에 코란'은 역사적 사실을 왜곡하는 거의 완전한 허구다. 이슬람의 급속한 전파는 토착 문화와의 자연스런 만남과 공존의 결과였다. 16세기 이후 이슬람화된 지역들은 그 후 수백 년 동안 서구 기독교나 다른 정치 세력의 지배를 받았으면서도 단 한 곳도 이슬람 종교를 버리고 원래의 토착 종교로 돌아가거나, 혹은 다른 정치 집단의 이데올로기로 개종한 사실이 발견되지 않는다. 이슬람이 무력으로 세력을 확장했다는 주장을 반박하고 종교의 공존과 문화의 상생을 상징적으로 보여 주는 가장 완벽한 역사적 증거다.

십자군 전쟁과 살라딘의 가르침

십자군 전쟁은 인류 역사상 종교의 이름으로 더럽혀진 가장 추악한 전쟁이었다. 그것은 기독교 유럽 세계가 자신들과 다른 가치를 짓밟고, 자신과 다른 모습을 가진 자들을 무참하게 학살한 반문명적대사건이었다.

1099년 7월 15일, 예루살렘에 입성한 십자군들은 시퍼런 칼을 들고 무슬림들과 유대교도들을 닥치는 대로 학살했다. 도망치지 못하고 성 안에 남아 있던 이교도들은 단 한 사람도 살아남지 못했다. 이슬람 사원은 불탔고, 철저히 파괴되었다. 1204년 4차 십자군 원정 때는 비잔티움을 공격해 같은 그리스도인들을 상대로 살육전을 벌였다. 화려한 비잔티움 문화가 다시는 회복되지 못할 정도로 초토화되었다.

십자군 운동이 시작될 무렵의 비잔틴 황제, 알렉시우스 콤네누스.

1187년에는 살라딘 장군이 이끄는 이슬람군이 예루살렘을 탈환했다. 그곳의 기독교 프랑크인들은 삶을 포기했다. 이슬람군에 의한 복수의 앙갚음에 두려워 떨었다. 그러나 살라딘은 그들을 털끝 하나 건드리지 않았다. 부자들은 재산을 갖고 떠나도록 허용되었으며, 그들의 종교적 성소는 보호되었다. 그들 모두는 무릎을 꿇고 사죄하고

당신에게 좋은 일이
나에게도 좋은 일입니다

살라딘의 너그러움에 감복했다. 그 뒤 천 년간 예루살렘은 이슬람과 유대인 그리스도인들이 함께 공존하면서 살아가는 상생의 상징으로 남아 있었다. 적어도 유럽 기독교 사회가 자신들이 버리고 박해했던 유대인들을 팔레스타인 땅에 불러들여 이슬람을 믿는 아랍인들을 몰아내고 그곳에 이스라엘이라는 국가를 세워 주는 1948년까지는.

안달루시아의 교훈

이슬람과 기독교 문화의 또 다른 공존의 현장은 스페인 남부 안달루시아였다. 안달루시아는 8백 년간(8세기~15세기 말) 무슬림과 유대인, 기독교인들이 함께 조화롭게 살던 사회였다. 아랍인, 베르베르인, 토착 스페인 인은 말할 것도 없고, 새롭게 이슬람으로 개종한 사람이나 유럽으로부터 이주한 외국인 병사들까지 한데 어울려 살았다. 떠나는 사람은 적고 몰려드는 사람은 많았다. 그들은 일상생활에서 안달루시아 아랍어와 후일 스페인어로 발전한 로망스어를 함께 사용했다.

아랍 역사에서 이븐 루시드(Ibn Rushid)로 알려진 아베로스(Averroes), 이븐 밧자(Ibn Bajjah), 이븐 아라비(Ibn 'Arabi), 이븐 투파일(Ibn Tufayl) 같은 대학자들이 안달루시아에서 배출되어 잠자는 중세 문명을 뒤흔들었던 것은 이런 점에서 결코 우연이 아니었다.

적들에게조차 존경을 받았던 살라딘 장군. 그는 예루살렘을 공존과 상생의 상징적인 공간으로 만들었다.

그러나 안달루시아는 16세기부터 과거의 화려한 문화가 철저히 부정되고 말살당하는 편협과 독선의 무대로 바뀌었다. 1492년 그라나다의 이슬람 왕국을 침공한 페르난도 5세와 이사벨라 여왕은 문화적 공존 대신 이교도 문화를 철저히 파괴하는 정책을 택했다. 8백 년간 꽃피웠던 안달루시아 문화는 고개를 떨구었고, 유대인과 무슬림들에 대한 가혹한 인종 청소가 뒤따랐다. 모스크를 비롯한 이슬람 유산들은 사용이 중단되거나 철폐되었고, 어떤 형태의 이질적인 종교적 가치도 용납되지 않았다. 무자비한 억압은 1631년까지 계속되었고, 남아 있던 무슬림들이 모두 그라나다를 떠남으로써 안달루시아 문화는 종말을 고했다.

안달루시아 문화가 그토록 발전할 수 있었던 것은 다양한 민족들이 상호 교류를 통해 끊임없이 새로운 민족, 사상, 언어 등을 접할 수 있었고, 상호 배타적 적대 관계보다는 이질적인 종교와 이데올로기를 뛰어넘는 상보적인 조화가 이루어졌기 때문이다. 그렇게 안달루시아는 이슬람 세계와 막 태동한 유럽 세계를 잇는 문화의 교량으로서 유럽 르네상스를 일으키는 튼튼한 한 축을 담당했다. 그 후 기독교 안달루시아가 가톨릭 이외의 모든 종교를 배척하자, 문화 다양성의 용광로는 가동을 멈추었으며, 결국 17세기 이후 스페인 문화가 정체하게 된 한 이유가 되었다.

이슬람의 소수민족 보호 정책, 딤미와 밀레트 제도

이슬람 초기부터 소수민족에 관한 코란의 기본적인 틀은 유지되었다. 코란은 자신과 다른 종교와 이념을 강제로 개종시키는 것을 엄격히 금지하고 있었기 때문이다.

"종교에는 강요가 없다. 진리는 분명 오류와 구분되나니…."

(코란 2:256)

"그대는 그들의 뜻에 반하여 강제로 믿음을 강요하려 하느냐?"

(코란 10:99)

이런 기본적인 가르침 속에서 비무슬림 소수민족들은 개종 대신 일정한 공납을 추가함으로써 자신들의 종교와 고유한 문화적 전통을 보호받았다. 다양성과 조화야말로 알라의 창조에 대한 기본 속성이며 이슬람의 본질적 핵심임을 밝힌 것이다. 타자와의 공존과 타자의 인정, 적극적인 대화와 절충이 무슬림들의 덕목으로 요구되어졌다. 이슬람의 이러한 전통은 딤미 제도를 정착시켰다.

딤미는 이슬람 국가 내에서 허용된 보호를 받는 비무슬림 시민들을 일컫는 법률적 용어였다. 실제로 그들은 기독교인, 유대인, 그리고 동부 지역의 조로아스터교인들이었다. 딤미는 지즈야라 불리는 인두세를 납부하는 대가로 자신들의 생명과 재산의 안전, 외적 침입으로부터의 보호, 신앙의 자유, 그리고 자신들의 문제에서 광범위한 내적 자치 등을 보장받았다. 따라서 딤미는 무슬림들보다는 열등했

당신에게 좋은 일이
나에게도 좋은 일입니다

금박 장식의 코란. 사우디아라비아 국립박물관 소장.

고 비록 그 숫자도 미미했음에도 불구하고 거대한 부를 축적하여 경제력을 행사하고, 심지어 정치적 권력을 휘두르기도 하였다.

딤미에게 주어졌던 이슬람 사회의 소수민족 정책은 오스만제국 시대(14세기~19세기)에 오면 '밀레트(millet)'라는 독특한 체제로 되살아난다. 그리스 정교, 아르메니아 정교, 유대인 공동체 등은 밀레트에서 완전한 자치와 종교적 정통성을 인정받았다. 특히, 유대인들은 이스탄불을 중심으로 지금까지 특혜를 누리고 있다. 오스만 제국에 유대인들이 대량으로 거주하게 된 배경은 1492년 기독교 스페인에 의한 유대인과 무슬림들에 대한 대량 학살 사건과 폴란드, 오스트리아, 보헤미아 등지의 유대인 추방이었다.

이처럼 소수민족 공동체와의 조화와 공존은 오스만 제국 6백 년 역사를 관통하는 기본적인 통치 이념이었다. 적어도 1차 세계대전까지 중동의 이슬람 사회는 소수민족에 대한 지위 인정과 다원주의적인 공존에 익숙해 있었던 것이다.

이슬람 급진주의의 생성과 알 카에다

이슬람의 포용성과 다문화 공존의 가르침은 이슬람 교의의 기본 축이었고, 오랜 역사를 통해 많은 이슬람 사회에서 구체적으로 경험되고 실천되어 왔다. 그러나 중세의 번성기를 거쳐 근세까지 이슬람권은 지배자의 위치에 있었으나, 19세기 이후 오히려 서구 열강의 침략을 받게 되었다. 그들에게는 과거의 피지배자에게 오히려 지배당하는 기가 막힌 현실을 인정하기가 결코 쉽지 않았다. 설상가상으로 1948년 이후 아랍의 성스런 영토가 이스라엘에 의해 유린당하고, 국제법과 인류 사회의 상식, 인간의 가장 원초적인 삶과 생명이 위협 당하는 현실을 조장하고 비호하는 미국에 대한 반감은 모든 이슬람 세계에 지울 수 없는 증오심으로 확산되었다. 이런 상황에서 빼

당신에게 좋은 일이
나에게도 좋은 일입니다

앗긴 이슬람의 자존심을 회복시켜 줄 아랍 국가나 민중의 욕구에 답할 수 있는 종교적 카리스마의 부재 속에서 급진주의자들이 자연스럽게 새로운 대안으로 떠올랐다. 알 지하드, 하마스, 헤지불라, 무슬림 형제단, 알 카에다와 같은 급진 무장 그룹들이 그들이다. 누구도 풀어 주지 못했던 아랍 민중들의 응어리를 급진주의자들은 대변해 주었다. 급진주의자들은 미국의 잘못을 지적하고, 온몸으로 투쟁한다. 나아가 미국 눈치만 보는 자국 정부나 미국과 협력하는 아랍 왕정을 반이슬람적인 기회주의자로 공격한다.

여기서 중요한 것은 소수의 폭력적인 성향의 배경에도, 다른 저항

카드미나 모스크. 이슬람 중 시아파의 성지로 이란에서 성지 순례를 많이 오는 곳이다.

의 수단을 빼앗아 버린 서구 자신의 책임이 엄연히 도사리고 있음을 간과해서는 안 된다는 점이다. 지배자로서 소수민족을 보호해 왔던 포용성은, 이제 약자로서 오히려 보호를 받아야 하는 상황으로 돌변하면서, 이슬람의 오랜 다민족 공존과 이교도에 대한 관용의 문은 현저히 좁아지기 시작했다.

그렇다고 반서구 식민 투쟁으로 출발한 이슬람 이념 운동이 모두 급진적 성격을 갖는 것은 아니다. 오히려 이슬람의 가치를 다시 회복하고 서구의 부정이 아닌 서구와의 협력과 조화 속에서 이슬람의 새로운 진로를 모색하려는 소위 이슬람 부흥 운동, 혹은 이슬람 개혁 운동이 함께 일어나고 있다.

9.11과 새로운 이슬람의 몸짓

9.11 사건으로 서구는 물론 이슬람권에서도 이슬람의 폭력성과 다문화 존중에 대한 심각한 도전을 우려하는 목소리가 높아지고 있다. 이제 급진 저항 조직들에게 이슬람이 가르치고 강조했던 공존과 상생의 정신을 기대하기는 어렵다. 기본적으로 이슬람의 관용과 포용정신은 무슬림들의 우위와 이교도들의 복종을 전제로 해서 성립된 것이기 때문이다.

당신에게 좋은 일이
나에게도 좋은 일입니다

중세의 예루살렘 모습을 담고 있는 그림. 예루살렘은 다시 상생의 상징적
인 공간으로 태어날 수 있을 것인가?

때문에 지배자의 입장에 선 서구가 이슬람의 가치와 무슬림들의 자긍심에 최소한의 예의를 갖추지 않는 한, 더 많은 젊은 무슬림들이 포용성의 문을 닫고 급진주의자의 길로 나아갈 것이다. 이런 상황에서 서구는 최소한 팔레스타인 문제를 공정하게 해결하여 50년간의 돌덩이 같은 응어리를 풀어 주고, 이슬람을 악의 축이 아닌 공존과 협력의 상대로 받아들이는 자세를 먼저 보여야 할 것이다.

급진 무장 세력들의 명분과 주장이 미국의 횡포에 시달리고 있는 많은 무슬림들에게 일시적인 동조를 유발하는 것은 사실이지만, 그들의 수단과 방법을 가리지 않는 투쟁, 특히 무고한 민간인을 겨냥한 테러 방식에는 결코 동의하지 않는다. 급진 무장 세력들이 대중적 지지기반을 가지고 정권을 쟁취하거나 목적을 이룰 가능성은 이슬람권 어디에서도 보이지 않는다. 이슬람권 95% 이상의 절대다수는 서구와의 공존과 협력을 통해 삶의 질을 높여야 한다고 믿고 있다. 실제로 그들 절대다수는 이미 신자유주의와 시장 경제 체제를 받아들이고, 우리와 함께 살아가고 있다.

최근 이란 대통령 하타미의 문명대화론이나 말레이시아 정치지도자 안와르 이브라힘의 아시아의 르네상스론 등이 이슬람 속에서 세계를 찾고자 하는 노력으로 보여진다.

결국 이슬람이 지난 1400년의 역사를 통해 보여 주었던 유례없는 관용과 상생의 정신은 서구의 비열한 지배와 일방주의적 가치 강요,

당신에게 좋은 일이
나에게도 좋은 일입니다

이슬람 성지인 바위신전.

혹은 일부 급진주의자들의 무분별한 반서구 무장 투쟁으로 일시 그 빛을 잃고 있지만, 공존과 협력의 글로벌 시대에 이슬람의 화해 정신이 다시 한번 되살아나는 때를 고대해 본다. 그것은 가진 서구가 빼앗긴 이슬람 세계를 향해 더 많이 양보하고 더 많이 나누어 줄 때 가능할 것이다.

· · ·

길은 이처럼 사람들로 하여금 자기 중심의 좁은 세계관에서 벗어나게 함으로써

타자의 존재를 인정하고 또 그의 고통을 이해하도록 만들어 주기도 한다. 길은

무엇보다도 곳곳에 시장을 만들었다. 사람들은 시장에서 한푼이라도 더 많은 이

문을 챙기려 하지만, 그게 열리지 않으면 이문은 생각도 할 수 없다는 사실을 잘

안다. 시장이야말로 공존의 터전이란 사실까지도.

13 문명,
도전의 길 위에서 만나
공존의 길 위에 집을 짓다

권삼윤

문명비평가이자 역사여행가. 한국외국어대학교 무역학과를 졸업하였으며, 본격적인 문명 연구를 위해 1995년 19년간의 직장생활을 청산하고 60개국을 여행하면서 고대문명 유적지와 유네스코 지정 세계문화유산 등을 답사하고, 그 성과들을 다양한 글과 책으로 내놓고 있다. 지은 책에 《두브로브니크는 그날도 눈부셨다》 《차도르를 벗고 노르웨이 숲으로》 《태어나는 문명》 《나는 박물관에서 인류의 꿈을 보았다》 《문명은 디자인이다》 《골드 차이나》 《꿈꾸는 여유, 그리스》 《성서의 땅으로 가다》 등이 있다.

인간, 모바일을 하다

인간은 모바일(mobile) 하는 동물이다. 그래서 흔히 '호모 모빌리타스(Homo Mobilitas)' 라고도 불린다. 더듬이는 없지만 머리(뇌)를 굴려가야 할 방향과 목적지를 정한 다음 움직이며 오늘에 이른 것이다.

지금까지 알려진 바로는 인류의 조상은 동아프리카(정확히 말해서 탄자니아와 케냐 일대)에서 태어난 것으로 되어 있다. 거기서 출발해 북쪽으로 모바일을 시작하여 전 세계로 흩어졌다고 한다. 이러한 대규모 모바일은 기원전 5000년까지, 무척 오랜 기간에 걸쳐 서서히 진행됐다. 그때란 인류가 문명을 이룩해 정착 단계로 접어든 시기를 말한다. 그러니까 인류는 이동을 통해 비로소 인간이 된 셈이다.

모바일 시대를 지배한 것은 그 후 건조 지역에서 유행한 유목 생활에서와 같이 '다툼' 과 '협력' 이란 두 개의 큰 축이었다. 하지만 다툼이라 해서 모두 부정적인 것은 아니었다. 다툼을 통해 공존의 필요성과 함께 그 노하우를 터득하였으니, '도전을 통한 공존' 이야말로 모바일 동물인 인간 행동의 중심 요소가 된 것이다.

정착 단계에서의 주된 모바일 수단은 그때까지 위력을 떨쳤던 두 다리가 아니라 언어와 문자였다. 언어와 문자는 사람들 사이에 약속이 있어야만 존재한다. 상대의 존재를 인정해야만 언어와 문자가 제 기능을 할 수 있다면, 인류는 문명의 첫 단계부터 공존을 염두에 두었다고 해도 과언은 아닐 것이다. 문자의 원시적 형태는 도형문자와 가까운 설형문자(cuneiform)와 신성문자(hieroglyph)였다. 다시 말해 문자는 동굴벽화와 바위그림의 연장선상에서 한 단계 업그레이드된 그런 문자 형태였던 것이다.

문명은 이 같은 문자와 숫자, 농경과 바퀴, 도시와 법령 등을 주된 내용으로 하는데, 인류 최초의 문명이 태어난 지역은 지금의 서아시아 일대와 나일강 유역이다. 그 중에서도 서아시아는 성서(구약)에서도 인류의 조상인 아담이 태어나 자란 에덴동산이 있었다고 하여 창세의 땅으로 기록돼 있다. 또 이 지역은 그 동안 여러 차례 커다란 문명의 충돌이 있

고대 이집트 피라미드의 문서에 새겨진 상형문자.

었고, 지금도 분쟁이 끊이지 않는 화약고이기도 하다. 이곳은 이것으로 끝나지 않고 문명의 핵심이 되는 종교, 그것도 서구인들이 현존 '세계 3대 종교'라고 일컫는 기독교, 이슬람, 유대교가 태어난 곳이고, 지금에 와선 거의 사교(死敎)가 됐으나 한때 이 일대에 적지 않은 영향을 미쳤던 조로아스터교의 발상지이기도 하다. 지금에 와선 '문명충돌론'자인 새뮤얼 헌팅턴(Samuel Huntington) 교수가 문제삼고 있는 '호전적'인 이슬람의 땅인 것이다.

인류, 도시와 공동체를 만들다

인류의 역사는 문명사에 다름 아니다. 지상에 나타난 최초의 국가 형태는 도시국가였고, 또 작은 신전 공동체였다. 기원전 4000년 경 메소포타미아(지금의 이라크 일대) 지역에서 일어난 인류 최초의 문명인 수메르(Sumer) 문명은 제 나름의 고유의 신을 믿는 도시국가들의 집합체였던 것이다. 고유의 신을 믿는 각 도시국가는 도시 공간 한 가운데에 으뜸 신, 즉 주신(主神)을 모시는 신전을 세우고, 그 주위에 왕궁과 문서보관실, 창고와 일반 주거시설, 그리고 왕묘 등을 배치했다. 이같은 신전 공동체의 탄생은 문명 발생의 3대 요소라 할 수 있는 문자의 창안, 도시의 건설, 계급사회의 출현이라는 조건들을 한꺼번에 충족시킴으로써 문명의 단계로 진입할 수 있었다.

당신에게 좋은 일이
나에게도 좋은 일입니다

하나의 신전 공동체는 하나의 통일된 질서의 세계였다. 그러므로 종교와 국가의 기원은 동일한 것이라 할 수 있다. 수메르의 도시국가 체제는 그 다음에 등장한 바빌로니아 제국과 아시리아 제국의 시대로 접어들면서 마침내 영역국가 체제로 바뀌었다. 그러나 고유의 신을 받드는 신앙 형태는 계속됐고, 왕을 비롯한 모든 백성은 그 신을 공경했고 또 의지했다. 으뜸 신이 자신에게 풍요와 다산, 그리고 안전을 보장해 줄 것이라 믿었던 그들은 성문이나 왕궁의 입구에다 신상을 새기곤 했다. 그리하여 바빌론의 도성 현관인 이시타르 성문은 '시르시' 라는 성수(聖獸)의 부조로 장식됐고, 아시리아 왕궁의 입구에는 '라마스(사람의 머리에 독수리의 날개, 황소의 몸통, 뱀의 비늘을 한 상상의 동물)' 의 조각이 세워졌다.

힘센 수호신이어야 악령을 몰아내고 적을 무찌를 수 있다고 믿었던 그들은 자신들의 수호신이 얼마나 강하냐에 따라 왕국의 흥망이 좌우된다고 생각했다. 이런 이유로 자신들의 수호신을 자연 속에 현실적으로 존재하는 것에서 구하지 않고 실재하는 여러 동물 가운데서 그들이 필요로 하는 특성이나 신성을 고른 다음 그것들을 적절히 조합하여 '상상의 혼성 동물' 을 탄생시켰으니 그게 수호신으로 삼았던 시르시와 라마스였다.

신앙이 다르면 사물을 보는 태도에도 차이가 나게 마련. 구약 창세기(11장)의 '바벨탑 이야기' 는 이를 극명하게 보여 준다. 거기에는 바빌로니아 사람들이 왕도(王都) 바빌론에다 견고한 벽돌로 하늘에

권삼윤
문명, 도전의 길 위에서 만나 공존의 길 위에 집을 짓다

닿을 정도로 높은 바벨탑을 세우고자 했으나 이를 본 야훼께서 불손하다고 생각하여 작업하는 인부들의 말을 혼잡케 하여 탑 쌓는 일을 중단케 했다고 기록되어 있다.

하지만 기원전 5세기 바빌론을 직접 여행한 그리스의 역사가 헤로도토스는 바벨탑을 목격하고는 그 모습을 '역사'란 제목의 저서에 이렇게 기록해 놓았다.

"바벨탑은 8층 구조로 꼭대기에는 황금빛을 발하는 커다란 제단이 있고, 탑 바깥으로는 나선형의 통로가 있다."

헤로도토스의 기록에 따르면 바벨탑은 분명 실재했고 그리하여 신전으로 이용됐음을 알 수 있다. 그런데도 창세기는 바벨탑 축조가 야훼의 노여움을 사 중단되었다고 했다. 그리고 요한 계시록(18장)은 "무너졌도다. 무너졌도다. 큰 성 바빌론이여… 화 있도다. 화 있도다. 큰 성이여…"라면서 바빌론을 저주했다.

이분법적 세계관과 성현의 메시지

헌팅턴 교수도 지적했듯이 모든 문명은 스스로를 세계의 중심으로 보며 또 자신의 역사를 인류사의 주역으로 인상 깊게 기술하는 경향이 있다. 유대인들은 당시 최고의 문명사회였던 메소포타미아 땅에서 일어났던 많은 사건들을 자신들의 세계관 · 역사관에 의거,

당신에게 좋은 일이
나에게도 좋은 일입니다

인류 보편의 역사로 편집하여 '구약'이란 작품을 남겼다. 그들은 자신들처럼 야훼를 믿는 사람들을 '유대인(Jew)'이라 불렀고, 그렇지 않은 사람들을 '이교도(Gentiles)'라며 분명하게 구별했다.

후일 고대 그리스인들도 그리스 도시국가 시민들을 '헬라인(Hellas)'이라 하고 그렇지 않은 사람들을 '이방인(Barbarians)'이라고 불렀다. 고대 중국에서도 화(華)와 이(夷)로 구분하는 이분법으로 세상을 바라보았다.

고대세계에서 유행했던 이분법적 사고는 지금까지도 계속되고 있다. 어느 새 세계의 주도권을 잡은 근대 서구는 자기 우월감에 도취되어 이분법적 세계관으로 세계를 정복하고 또 지배했다. 서구의 비(非)서구에 대한 모멸적인 사고방식과 행동양식을 팔레스타인 출신의 에드워드 사이드는 '오리엔탈리즘'이라 불렀고, 동명(同名)의 저술(1977)에서 이렇게 말했다.

"동양은 유럽의 식민지 가운데서도 가장 광대하고 풍요로우며 오래된 땅으로서, 유럽 문명과 언어의 연원이었으며 유럽 문화의 호적수였다. 그래서 서양의 오리엔탈리즘은 동양을 지배하고 재구성하며 위압하기 위한 서양의 스타일인 것이다. 유럽 문화가 일종의 대리물이자 은폐된 자신이기도 한 동양으로부터 스스로를 소외시킴으로써 스스로의 힘과 정체성을 획득했다."

오리엔탈리즘의 바탕에는 서구 문명의 성과는 보편적 가치를 지니고 있다는 이데올로기가 깔려 있다. 이는 또 인류의 역사는 시간

권삼윤
문명, 도전의 길 위에서 만나 공존의 길 위에 집을 짓다

의 흐름과 함께 진보한다는 이른바 진보사관과 맥을 같이 한다.

하지만 세계 역사를 문명 단위로 접근하여 '도전과 응전'이란 원리로 해석하고자 했던 역사가 아놀드 토인비는 서구 기독교 문명은 다른 문명들과 똑같은 가치를 지니고 있는 여러 문명들 가운데 하나라고 지적했다. 프랑스의 인류학자 레비 스트로스 또한 《슬픈 열대(1955)》에서 "예수회 선교사들도 그들이 기독교로 개종시키고 현대화시킨 보로로(Bororo) 미개인들보다 우월한 점이 조금도 없었다"면서 문명 간에는 절대적인 우열이 없음을 설파한 바 있다. 그리고 지금 세계적으로 문제가 되고 있는 문화다원주의는 이를 웅변적으로 말해 주는 결정적인 증거이다.

산둥성 취푸〔曲阜〕에 있는 공자의 무덤.

중국 취푸에 있는 공묘의 대성전. 공묘의 가장 대표적인 건축물로 공자에게 제사를 드리는 곳이다.

이 같은 문명동등론이 20세기에 들어 처음 제기된 것은 아니다. 2천5백 년 전, 그러니까 기원전 5세기에 이미 그와 유사한 주

당신에게 좋은 일이
나에게도 좋은 일입니다

장을 폈던 인물이 여럿 있었기 때문이다. 그때는 인류가 문명을 이룩한 지 2천여 년이 지난 시기로서 이미 철기(鐵器)를 사용하여 상당한 물질적 기반을 구축하였으며, 따라서 물질적 욕망 또한 한껏 부풀어 있었다. 사회적 갈등은 물론 전쟁과 약탈도 빈번하게 일어났다.

바로 그 즈음, 공자와 석가, 소크라테스가 중국과 인도, 그리스에서 거의 동시에 등장하여 욕망을 자제하라는 메시지를 들려주었다. 20세기 실존주의 철학자 칼 야스퍼스는 여러 성현이 동시에 출현한 기원전 5세기를 일러 '인류의 추축(樞軸)시대'라 명명했다. 그러면서 그는 시대가 그들을 원했기 때문에 그들이 출현한 것이라며, 그들의 동시 출현은 절대 우연이 아니라고 했다. 욕망의 절정 시대에 나타난 이들 성현들은 하나같이 욕망의 절제를 외쳤으니 그의 주장엔 설득력이 있다. 이들보다 조금 뒤늦게 나타난 예수 또한 "마음이 가난한 자는 복이 있나니"라고 하지 않았던가. 그들의 메시지는 개인적 차원에선 욕망의 절제를, 국가나 민족의 차원에서는 전쟁과 정복·약탈의 자제를 주문한 것이었다. 다시 말해 정신과 물질의 균형, 문명 간 공존과 상생의 가치를 강조하고 실천하라는 메시지를 몸소 들려주었던 것이다.

권삼윤
문명, 도전의 길 위에서 만나 공존의 길 위에 집을 짓다

길 위에서 만나고, 지혜를 얻다

이런 사건이 있었기 때문일까. 대륙과 바다에선 교류의 물꼬가 트이기 시작했다. 20세기에 들어서 붙여진 이름이지만 초원의 길, 사막의 길, 바다의 길로 나뉜 실크로드가 동양과 서양을 이어 주었던 것이다. 공자는 자신의 뜻을 펴기 위해 중원(中原) 일대를 주유했고, 석가는 왕자란 고귀한 신분을 스스로 내던지고 고행의 길을 걸었으며, 소크라테스 역시 남루한 차림으로 아테네 청년들에게 참 진리에 이르는 방법을 가르치지 않았던가. 그게 바로 길이었으니 새로 난 길을 따라 물자와 문화, 그리고 사람들이 오간 것은 지극히 당연한 일이었다. 거래도 함께 늘어났다. 그 덕분에 지구

로마광장과 콘스탄티누스 개선문. 로마광장은 고대 로마의 중심 공간이고, 개선문은 승전한 황제나 장군의 귀국을 축하하기 위해 세운 축조물이다.

이편의 사람들이 저편 사람들의 사정도 알게 됐다. 사람들은 상대를 적으로 인식하지 않고 내게 없는 것, 그리하여 내게 필요한 것을 싼값에 공급해 주는 고마운 파트너로 받아들였다.

길은 사람과 물자가 오가는 이동의 통로다. 그 옛날엔 모든 길은 로마로 통했다. 로마는 자연스레 다양한 인종과 문화가 뒤섞인 그야

3천여 년의 역사를 지닌 고도인 중국의 시안[西安]. 고대 중국과 서방 세계를 연결한 실크로드의 기점 도시이며, 이 길을 통해 서역과 서방 제국, 우리나라에 이르기까지 활발한 문화 교류가 이루어졌다.

말로 유니버설한 세계가 됐다. 이렇게 해서 태어난 것이 '팍스 로마나(Pax Romana)', 즉 로마 제국이 주도하는 평화 체제였다. 속주에 자치권을 부여하고 또 그 주민들을 로마 제국의 시민으로 인정해 주는 팍스 로마나 체제는 나무랄 데가 없었다. 그게 궁극적으로는 로마 제국 자신을 위한 것이었다 해도.

로마 제국은 실제로 많은 길을 건설했다. 그 가운데서도 로마를 서아시아와의 연결 항구인 브린디시와 이어 주었던 아피아 가로는 제일 중요했다.

이에 반해 실크로드를 통해 로마와 연결됐고, 무엇보다도 실크의 최대 생산국이었던 중국에서는 사람이 다닐 수 있는 눈에 보이는 길보다는 지켜야 할 도리라는 뜻의 도(道)를 중히 여겼다. 노자는 그의 '도덕경(제24장)'에서 이렇게 말한 바 있다.

"사람은 땅을 본받고 땅은 하늘을 본받고 하늘은 길을 본받는데, 길은 스스로 그러함을 본받는다〔人法地, 地法天, 天法道, 道法自然〕."

당시 중국이 전국시대라는 분열의 시대에 있었기에 이를 정돈한다는 차원에서 자연의 도를 강조했던 것이었을 뿐 가시적인 길을 소홀히 생각하거나 무시한 것은 절대 아니었다. 왜냐하면 그의 그 말 속엔 인간은 결국 길 위에서 하나가 된다는 메시지가 담겨져 있기 때문이다. 실제로 중국의 도시나 마을은 길을 따라 들어섰다. 노자는 거기서 한발짝 나아가 '스스로 그러한' 자연을 본받아 자기 내면의 세계를 확장하면 비어 있고 고요한, 그리하여 다투지 않는 삶을 살 수 있다면서 도가 공존의 바탕이라는 점을 강조했던 것이다.

길은 이처럼 사람들로 하여금 자기 중심의 좁은 세계관에서 벗어나게 함으로써 타자의 존재를 인정하고 또 그의 고통을 이해하도록 만들어 주기도 한다. 길은 무엇보다도 곳곳에 시장을 만들었다. 사람들은 시장에서 한푼이라도 더 많은 이문을 챙기려 하지만, 그게 열리지 않으면 이문은 생각도 할 수 없다는 사실을 잘 안다. 시장이야말로 공존의 터전이란 사실까지도.

실크로드상의 여러 도시에는 그래서 반드시 시장(수크 또는 바자)이 섰고, 시장에는 상인들이 쉬었다 갈 수 있는 캐러밴세라이(여관)와 함맘(공중욕탕), 마차를 손질할 수 있는 칸(khan) 등이 들어섰으며, 페르시아 제국의 수도였던 페르세폴리스의 아파다나(왕궁의 알현실) 입구에는 각국에서 온 조공사신들의 모습을 생생하게 새겨 놓았다. 그러므로 페르시아 제국이 추구했던 사해동포주의는 캐러밴〔caravan, 대상(隊商)〕무역에 기인한 것이었다 해도 과언이 아니다.

길은 육지에만 있는 것은 아니다. 바다 위에도 있다. 사막과 초원에 길을 냈던 '길의 민족'이 결국 바다 위에도 길을 만들었던 것이다. 바다의 길은 육지의 길과는 여러모로 다르다. 거기에는 타자가 없다. 바다는 무주(無主)의 공간이기 때문인데(최근에 들어 배타적 경제수역이라는 게 생겨났다), 그만큼 자유스런 이동과 교류의 터전이었다.

나누고 전파하다, 충돌하며 결국 공존하다

서재에서의 토르 헤이에르달. 노르웨이 출신의 탐험가이자 인류학자인 그는 해양을 통한 문화 이동을 직접 증명해 보이겠다며 전 세계를 누볐다.

교류는 새로운 문명을 낳기도 한다. 문명전파론자들은 한 문명이 다른 문명에 문명의 씨앗을 전파함으로써 그게 가능했다고 주장한다. 문명전파론의 대표적 주장자인 노르웨이 출신의 인류학자이자 탐험가인 토르 헤이에르달은 남태평양의 작은 섬에서 그 실마리를 찾았다. 그는 남미 대륙에서 고대 문명을 일으킨 콘티키 비라코차가 외부로부터 공격을 받자, 고향인 티티카카 호수(안데스 산맥 내)

근처에서 에콰도르를 거쳐 남태평양의 폴리네시아로 피신하여 그곳 최초의 문명을 일구었다고 하면서, 그 물증으로 폴리네시아의 한 섬인 라파누이(Rapa Nui)에 흩어져 있는 거대한 인물 석상 '모아이(moai)'를 들었다. 모아이의 형상은 라파누이 원주민의 모습이 아니라 안데스에서 문명을 일군 백인의 모습을 하고 있다면서.

그는 이런 자신의 주장을 몸소 입증하기 위해 1947년 4월, 동료 5명과 함께 그 옛날 배의 재료였던 발사 통나무로 길이 16m의 뗏목을 만들고 그때의 항해 방식에 따라 오직 바람과 해류의 힘만을 이

당신에게 좋은 일이
나에게도 좋은 일입니다

라파누이 섬의 사화산 라노라라쿠 경사면에 흩어져 있는 인물 석상, 모아이.

용해 페루를 출발하여 폴리네시아에 이르는 데 성공했다.

문명 전파에 대한 그의 믿음은 그 뒤 그를 이집트로 향하게 했다. 이집트 문명의 아메리카 전파 가능성을 실험해 보기 위해서였다. 지

요르단의 세계문화유산 페트라의 백미인 카즈네. 캐러밴 루트를 이용하여 상업 활동을 전개한 나바트 족의 작품이다.

난 1968년의 일이었다. 그는 아프리카 갈대 뗏목을 만들고 그 구조와 형태는 옛 이집트 고분벽화에서 힌트를 얻었다. 배의 이름은 '라(Ra, 고대 이집트의 태양신)'. 제작된 배는 모로코로 이송돼 거기서 대서양을 건너 카리브해의 바베이도스로 향했다. 첫 항해는 실패했으나 이듬해 재차 시도하여 결국 성공했는데, 그로써 이집트 문명의 아메리카 대륙 전파 가능성을 입증해 보였

던 것이다. 그는 1977년엔 이라크의 우르를 출발해 걸프만과 인도양을 거쳐 인더스 문명의 땅 파키스탄으로 갔다가 동아프리카의 지부티에 이르는 대장정마저 훌륭하게 성사시킨 바 있다.

당신에게 좋은 일이
나에게도 좋은 일입니다

인류의 역사를 큰 눈으로 보면 육지와 바다를 이용한 이동의 역사라 할 수 있다. 지금도 우리는 우주로의 여행을 꿈꾸고 디지털 기술을 이용한 사이버 여행을 즐기지 않는가.

 이동이 때때로 충돌을 부르지 않는 것은 아니지만 그 바탕에는 상대를 인정하고, 거기서 더 나아가 공존하려는 자세가 깔려 있다는 사실을 부정하진 못한다. 인간은 불완전한 존재라 타인의 도움이 필요하기에 그런 것이다. 경쟁이 최고의 생존조건이라는 말이 있듯이 문명은 공존하기 위해 경쟁하는 것이지 그것만을 목표로 하는 것은 결코 아니다. 도전을 통한 공존이 문명과 역사를 일구었고 또 오늘을 이끌어가고 있는 것이다.

권삼윤
문명, 도전의 길 위에서 만나 공존의 길 위에 집을 짓다

· · ·

볼테르는 이렇게 답한다. "우리들의 부싯돌은 부딪혀야 빛이 난다"고. 즉 서로

다른 견해가 표현되어 부딪힐 때 진리가 스스로 드러난다는 것이다. 다시 말해,

나와 다른 견해를, 다르다는 이유로 없애려고 하는 것은 내 견해의 정당성을 밝

히기 위해서도 옳지 못한 행위가 된다는 것이다. 17세기 인문주의자인 바나주 드

보발은 "견해의 대립을 통해 이성을 눈뜨게 하지 않으면 인간을 오류와 무지로

몰아가는 자연적 성향이 지체 없이 진리를 이기게 된다"고 말했던 바, 21세기 초

한국 사회의 모습을 설명해 주고 있는 것은 아닐까.

14 '다름=틀림'의 견고함에 대한 소고

홍세화

1947년 서울에서 태어났다. 1972년 '민주수호선언문' 사건으로 제적되는 등 순탄치 않은 대학생활 끝에 1977년 졸업했으며 1977~79년 '민주투위' '남민전' 조직에 가담해 활동했다. 1979년 3월 무역회사 해외지사 근무차 유럽에 갔다가 남민전 사건으로 귀국하지 못하고 파리에 정착, 20여 년간 이방인 생활을 했다. 현재 한겨레신문에 근무 중이다. 지은 책으로 《나는 빠리의 택시 운전사》 《쎄느강은 좌우를 나누고 한강은 남북을 가른다》 《빨간 신호등》 등이 있다.

'다름=틀림'의 등식

우리 사회에 '다름=틀림'의 등식이 강력하게 자리잡혀 있다. 우리는 사회 생활 속에서 '같다'의 반대말인 '다르다(different)'와 '맞다'의 반대말인 '틀리다(wrong)'를 마구 뒤섞어 사용하는 모습을 쉽게 발견할 수 있다. 교육과정을 통하여 '다르다'와 '틀리다'의 '다름'에 대해 공부하지만 그것은 문제풀이를 할 때에만 유효할 뿐, 실제 생활에는 별 영향을 미치지 못하고 있다. 사회 구성원들의 이성적 성찰이 부족한 탓인데, 이성적 성찰의 부족을 불러오는 이유가 바로 '다르다=틀리다'의 등식에서 비롯된다. 이 잘못은 폐쇄회로를 이루고 있어서 고치기 어려운 것이다.

'다름=틀림' 등식의 내면화는 사회 구성원들이 자유의 반대말을 '불안'이나 '무질서'로 반응하는 것과 같은 구조를 갖고 있다. 사회 구성원들에게 자유의 반대말이 무엇이냐고 물으면 '억압', '속박'이라고 정답을 내놓지만, 실제 생활에서는 자유의 반대가 마치 '불안'

당신에게 좋은 일이
나에게도 좋은 일입니다

이나 '무질서'인 양 반응하여 사회적 약자의 자유의 요구를 자유의 이름으로 억압하는 데 쉽게 동의하고 있다. 자유를 강조하기보다 자유(세계)를 지킨다는 명목으로 안보의식, 질서의식을 강조한 데서 비롯된 결과라 할 수 있다.

'다름=틀림'의 등식은 '나와 너는 다르다'='나는 맞고 너는 틀리다'의 등식을 낳고, 나아가 옳은 '내(우리) 편'과 틀린 '네(너희) 편'의 가름을 추동하여 나와 너의 다름의 관계를 옳고/그름의 관계에서, 선/악, 정상/비정상의 적대적 대칭관계로 증폭시킨다. 이런 사회에서 사회 구성원들은 다수, 강자에 속하여 안주하려는 집단주의나 패거리주의에 매달리게 된다. '튀는' 개인이나 개인주의는 배척되고 그 대신 '집단에 기댄 이기주의자'들이 양산되는 한편, 자기성숙의 모색을 위한 긴장을 다수, 강자 지향의 집단주의, 패거리주의의 품속에서 이완시킴으로써 사회문화적 소양을 함양하지 않도록 한다.

한국 사회 구성원들의 절대 다수는 자기성숙을 위한 모색을 하지 않는다. 다만 순위와 자리, 또는 물질을 차지하기 위한 타자와의 경쟁에만 몰두한다. 옳은 나(우리 편)를 전제하는 '다름=틀림'의 등식은 타자만을 대상화함으로써 자아를 성찰 대상으로 삼지 않도록 작용하기 때문이다. 사회구성원들의 사회문화적 소양을 높이기 위한 모색 위에서 문화 국가로의 발돋움은 불가능한 한편, 집단이나 패거리에 기초한 획일적 문화가 자리잡게 된다.

'왜?' 의 죽음

'다르다=틀리다' 의 등식은 '왜?' 라는 물음을 죽이는 습속을 통하여 더욱 강고하게 자리잡는다.

'왜?' 는 이치를 따지는 물음으로서 합리성 추구의 출발점이다. 힘의 논리를 궁극적으로 극복할 수 있는 것은 합리성의 추구에 있다. 예를 하나 들어보자. 가령 프랑스의 어린이들이 '엄마' 다음으로 가장 많이 사용하는 단어가 '왜?' 라는 물음말이다. 어린이들은 자라면서 끊임없는 물음과 만난다. 호기심에 가득한 순진무구한 어린이들이 말을 배우면서 끊임없이 '왜?' 라는 물음을 던지는 것은 당연하다. 이 점에는 한국의 어린이들과 프랑스의 어린이들 사이에 차이가 없다. 차이는 엄마와 아빠에게서 비롯된다. 프랑스의 엄마와 아빠는 때로는 순진하고 때로는 엉뚱하기 짝이 없는 아이의 물음에 성실하게 답한다. 아이를 가족의 한 구성원으로 보고 대화의 상대로 인정해 주는 것이다. 그들의 습속이 그런 것이다.

그렇다면 한국의 엄마와 아빠는 어떤가? 아이를 끔찍이 사랑한다는 점에서는 한국의 부모들이 더 열성이다. 아이가 원하는 것이라면 무엇이든지 사 줄 용의도 있다. 그러나 끝없이 이어지는 '왜?' 에 성의 있게 대답하는 엄마와 아빠는 아주 드물다. 아이를 대화의 상대로 보기보다는 '내 것' 즉, 소유물로 보는 타성과 그 자신 부모로부터 물려받은 습속이 그렇기 때문이다. 그리하여, "귀찮게 왜 자꾸 그

당신에게 좋은 일이
나에게도 좋은 일입니다

러니?"나 "크면 다 알아!", "나도 몰라!"를 몇 차례 듣게 된 아이는 '왜?'라는 물음을 스스로 접게 된다. 가장 가까운 엄마와 아빠에게서 거부당한 '왜?'라는 물음을 던질 곳은 아무 데도 없다.

우리 사회의 습속과 타성이 '왜?'라는 질문을 일찍이 죽이고 있는 것이다. 그리하여, 아이들의 세계에서부터 대화가 통하지 않고 '힘의 논리'가 관철된다. 이와 같은 '힘의 논리'의 관철은 그 아이가 사회에 진출할 때까지, 아니 죽을 때까지 계속된다. 과연 그 아이는 어렸을 때 스스로 접었던 '왜?'라는 물음을 언제, 어디서, 어떤 계기로 되찾을 수 있는가? 학교, 군대, 직장 등 사회 곳곳에서 힘의 논리, 서열의 논리가 관철되고 있는데?

'왜?'라는 질문을 죽인 사회, '까라면 까라'식의 군사문화가 상징하는 힘의 논리가 관철되고 권위주의가 판치는 사회에서 옳은 나(우리 편)와 틀린 너(너희 편)를 전제하는 '다름=틀림'의 등식은 거침없이 관철된다.

'공익'의 실종

우리는 '홍익인간'이라는 이상적 인간형에 대한 전통 개념을 상실했다. 적어도 홍익인간 이념을 기초로 제도화하는 데엔 실패했고, 그 대신에 헌법 제1조에 '민주공화국'을 빌려와 선언하고 있다. 나라의

홍세화
'다름=틀림'의 견고함에 대한 소고

정체성을 민주공화국으로 규정한 것이다. 그런데 민주공화국의 구성원인 대한민국 국민은 민주공화국을 통하여 공유하는 사회적 가치를 거의 갖고 있지 못하다. 사회 구성원이 어떤 가치도 공유하고 있지 못하다는 점은 '다름=틀림'의 등식을 더욱 강력하게 만든다. 공통분모가 없기 때문에 갈등은 더욱 치열한 양상을 띠게 된다.

가령 공화국(republic)의 라틴어 어원인 'res publica'를 직역하면 '공적인 일'이 된다. 일찍부터 '공화국'은 "자유로운 시민들이 '공익'을 목적으로 하는 사회로서 법에 의한 권위가 행사되는 국가"를 말했다. 공화국이 영어로 'republic'인 줄 모르는 사람이 거의 없지만, 우리는 공화국의 출발점인 '공익(public interest)' 개념을 사회에 정착시키지 못했다. 반세기 동안 수구기득권 세력이 나라의 공적 부문을 모두 장악하고 힘에 의한 권위를 행사하면서 사익을 추구해 왔기 때문이다.

그뿐이 아니다. 인류의 역사 발전 과정을 통하여 민주공화국이라는 제도 안에 용해시킨 사회적 가치 중에 그 어떤 것도 우리는 공유하고 있지 못한 실정이다. 가령 한국 사회 구성원들은 자유, 평등, 인권, 연대와 같은 사회적 가치를 민주공화국의 틀 안에서 공유하고 있는가? 그보다는 경쟁 의식과 질서 의식을 갖고 있다. 사회 구성원들에게 자유, 평등, 연대, 인권 의식을 갖도록 해야 할 교육과정에서 오히려 경쟁 의식과 질서 의식만을 형성해 왔기 때문이다. 즉 한국의 교육과정은 나라의 정체성으로 규정한 민주공화국의 구성원을 길러내는 게 아니라 그것을 배반하거나 부정하는 의식을 가진 구성원을 길러내고 있는 것이다.

공유하는 사회적 가치가 없을 때 다름의 관계는 서로 부정하는 관계로만 설정된다. 서로 다른 의견과 생각이 공익과 진실의 목표를 놓고 합리적 논거를 통해 경쟁하는 대신에 서로 부정하는 관계로만 축소되는 것이다. 서로 용인하는 경쟁 대상은 설자리를 잃고 내 편이 아니면 극복 대상이 될 뿐이다. '다름＝틀림'의 등식은 더욱 견고해진다.

똘레랑스, 나와 다른 남을 그대로!

위에서 보았듯이, 우리 사회의 '다름＝틀림'의 등식은 패거리 문화, 집단이기주의를 조장하고, 집단의 품속에서 자아성찰을 게을리하게 하고 사회문화적 소양을 높이기 위한 긴장을 이완하도록 작용하고 있다. 그리고 그 등식은, '왜?'를 죽이는 습속과, 공유할 사회적 가치의 실종으로 더욱 공고히 자리잡고 있다.

우리는 이 '다름＝틀림'의 등식을 허물지 않으면 안 된다. 똘레랑스 사상은 우리의 '다름＝틀림'의 등식을 허물기 위한 적절한 무기가 될 수 있을 것이다. 왜냐하면, '다름＝틀림'의 등식이 불러일으킨 인간 행위에 대한 반성적 성찰이 낳은 게 바로 똘레랑스 사상이기 때문이다.

똘레랑스란 "나와 다른 남을 다른 그대로 받아들이라는 인간 이성의 소리"이다. 즉, 다른 사람이 생각하고 행동하는 방식의 자유에 대한 존중, 그리고 다른 사람의 정치적, 종교적 견해에 대한 존중을 뜻한다.

나와 다른 남을 다른 그대로 용인하라는 똘레랑스의 요구는 일상생활에서 끊임없이 다름을 만나는 우리들에게 중요한 사회적 가치로 자리잡혀야 한다. 나와 성징이 다른 사람, 사상이 다른 사람, 신앙이 다른 사람, 출생지가 다르고 그리고 문화, 언어가 다른 사람과의 관계에서 그 차이를 차이로만 받아들이고 차별이나 억압, 배제의 근거로 해서는 안 된다는 것이다.

이성에 눈뜬 사람은 나와 다른 사람을 만났을 때 서로 좋은 점을 주고받으려고 노력한다. 반면에, 이성에 눈뜨지 못한 사람은 나와 다른 사람을 만났을 때 누가 더 우월한지 견주려고 한다. 이성에 눈뜨지 못한 인간의 저열한 속성은 나와 다른 남과 비교하여 내가 우월하다는 점을 확인하면서 만족해하는 것이다. 똘레랑스 사상이 이성의 목소리를 요구하는 까닭이 바로 이 점에 있다.

일상생활 속에서 다수를 차지하는 이성애자들은 동성애자들을 억압하거나 차별하고 또 질책하기 쉽다. 동성애자는 그렇게 태어난 존재일 뿐이건만 이성에 눈뜨지 못한 이성애자들은 동성애자들에 비해 자신이 '정상' 이라는 우월성을 확인하며 동성애자들을 억압하거

당신에게 좋은 일이
나에게도 좋은 일입니다

나 차별, 배제하는 데 동의하는 것이다.

　신앙의 다름 또한 마찬가지다. 단군상의 목을 친다거나 아무런 이유 없이 사찰에 페인트칠을 하는 행위는 분명 반이성적인 행위인데, 나와 다른 신앙을 받아들이지 않는 정신자세가 불러일으킨 것으로서, 루소가 말한 "자기가 믿는 모든 것을 믿지 않으면 선의의 인간이 될 수 없다고 생각하고 자기와 똑같이 생각하지 않는 모두에게 냉혹한 저주를 내리는 앵똘레랑스(똘레랑스의 반대)한 사람"의 전형적인 모습을 보여 준다. 몽테뉴는 "진리를 지킨다고 열의를 보이는 사람들은 실상 자기애와 오만을 보이는 것"이라고 했으며, 존 로크 역시 "견해를 달리하는 사람들을 자신의 견해에 동의하도록 강제하는 것은 자부심과 자만심에서 나온다"고 말했다.

　신앙의 다름은 사람들에게 나와 너의 관계를 우월 관계보다 선악 관계로 증폭시키는 위험을 안고 있다. 나는 선인데 너는 악이라는 것이다. 이러한 선악 구분은 사회 구성원들의 이성의 성숙 단계가 낮을 때 사상의 다름에 대해서도 똑같이 나타난다. "내 사상은 옳고 너의 사상은 그르다"는 정도에서 멈추는 것이 아니라 "내 사상은 선인데 너의 사상은 악"이라는 것이다. 악은 이 사회에서 없어져야 한다. 따라서 감옥에 가두거나 죽음을 요구한다.

　국가보안법은 이 점에 대한 성찰을 요구한다. 국가보안법이 현존한다는 것은 한국 사회에 사상적 반신불수 상태에 있는 사람이 적지 않다는 것과, 그만큼 사회 구성원들의 이성의 성숙 단계가 아주 낮은 데 머물러 있음을 증언한다.

"나는 당신의 견해에 반대한다. 그러나 나는 당신이 그 견해를 지킬 수 있도록 끝까지 싸울 것이다." 18세기의 계몽사상가 볼테르의 이 말은 나와 다른 사상에 대한 똘레랑스를 상징적으로 말해 주고 있다. 나와 반대되는 견해를 죽이기 위해 끝까지 싸우는 게 아니라 그 견해가 지켜질 수 있도록 끝까지 싸우겠다는 그의 선언은, 나와 반대되는 의견을 죽이기 위해 노력하는 한국 사회, 즉 국가보안법을 계속 꿰차고 있는 우리에게 '왜 그래야만 하는가'라는 물음을 제기한다.

볼테르는 이렇게 답한다. "우리들의 부싯돌은 부딪혀야 빛이 난다"고. 즉 서로 다른 견해가 표현되어 부딪힐 때 진리가 스스로 드러난다는 것이다. 다시 말해, 나와 다른 견해를, 다르다는 이유로 없애려고 하는 것은 내 견해의 정당성을 밝히기 위해서도 옳지 못한 행위가 된다는 것이다. 17세기 인문주의자인 바나주 드 보발은 "견해의 대립을 통해 이성을 눈뜨게 하지 않으면 인간을 오류와 무지로 몰아가는 자연적 성향이 지체 없이 진리를 이기게 된다"고 말했던 바, 21세기 초 한국 사회의 모습을 설명해 주고 있는 것은 아닐까.

특히 한국 사회의 이성의 성숙 단계가 아주 낮은 데 머물러 있다는 점은, 사상과 신앙이 다르다는 이유로 억압하고 차별하는 것에 머물지 않고 선택할 수 없는 출생지의 차이에 대해서도 차별하고 시비를 걸고 있는 것에서도 알 수 있다.

무릇 사람은 죽어서 누울 자리는 선택할 수 있으나, 단 한 사람도 자기가 태어나는 자리를 선택할 수 없다. 그런데 이 좁은 땅덩어리에서 "지리산 이 자락이냐, 저 자락이냐"가 대단히 중요한 문제가 되고 일생 동안 따라다니는 천형처럼 받아들여지기도 한다. 스스로 선택할 수 없는 차이에 대해 차별하고 억압하고 배제할 수 있다면, 사상과 신앙처럼 설령 사회화 과정을 통해 규정된다 하더라도 궁극적으로는 각 개인이 선택하는 것에 대한 차별, 억압 그리고 배제는 당연한 일이 아니겠는가.

똘레랑스는 관용이라기보다 화이부동(和而不同)이다. 관용에는 남이 저지른 잘못이나 실수를 너그러이 봐준다는 뉘앙스가 담겨 있다면, 똘레랑스는 잘못이나 실수가 아니라 다름이 전제되는 것이다. 이 점에서 똘레랑스는 화이부동에 아주 가깝다고 할 것이다.

한국 사회의 고질적인 병인 지역주의를 극복하고 나아가 분단을 극복하기 위해 나와 다른 사상, 체제, 이념, 신앙, 출생지, 성징, 피부색을 다른 그대로 받아들이라는 똘레랑스 사상이 중요한 사회적 가치로 자리잡혀야 할 것이다. 그때에 이 사회는 수직적 사회에서 수평적 사회로 바뀔 수 있을 것이며, 획일적 사회에서 다양성이 존중되는 사회로 바뀔 수 있을 것이다. 사회 구성원들이 똘레랑스 사상을 공유함으로써 '다름=틀림'의 등식을 극복하는 것은 우리가 지향하는 문화 국가를 위한 일차적 조건이다.

정동진

밤을 다하여 우리가 태백을 넘어온 까닭은 무엇인가

밤을 다하여 우리가 새벽에 닿은 까닭은 무엇인가

수평선 너머로 우리가 타고 온 기차를 떠나보내고

우리는 각자 가슴을 맞대고 새벽 바다를 바라본다

해가 떠오른다

해는 바다 위로 막 떠오르는 순간에는 바라볼 수 있어도

성큼 떠오르고 나면 눈부셔 바라볼 수가 없다

그렇다

우리가 누가 누구의 해가 될 수 있겠는가

우리는 다만 서로의 햇살이 될 수 있을 뿐

우리는 다만 서로의 파도가 될 수 있을 뿐

누가 누구의 바다가 될 수 있겠는가

바다에 빠진 기차가 다시 일어나 해안선과 나란히 달린다

우리가 지금 다정하게 철길 옆 해변가로 팔짱을 끼고 걷는다 해도

언제까지 함께 팔짱을 끼고 걸을 수 있겠는가

당신에게 좋은 일이
나에게도 좋은 일입니다

동해를 향해 서 있는 저 소나무를 보라

바다에 한쪽 어깨를 지친 듯이 내어준 저 소나무의 마음을 보라

네가 한때 긴 머리카락을 휘날리며 기대었던 내 어깨처럼 편안하지 않은가

또다시 해변을 따라 길게 뻗어나간 저 철길을 보라

기차가 밤을 다하여 평생을 달려올 수 있었던 것은

서로가 평행을 이루었기 때문이 아니겠는가

우리 굳이 하나가 되기 위하여 노력하기보다

평행을 이루어 우리의 기차를 달리게 해야 한다.

기차를 떠나보내고 정동진은 늘 혼자 남는다

우리를 떠나보내고 정동진은 울지 않는다

수평선 너머로 손수건을 흔드는 정동진의 붉은 새벽 바다

어여뻐라 너는 어느새 파도에 젖은 햇살이 되어 있구나

오늘은 착한 갈매기 한 마리가 너를 사랑하기를

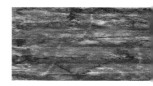

—정호승(시인), 시선집 《내가 사랑하는 사람》에서